赵孟頫诗文全集

任道斌 编校

中国美术学院出版社

䪨《自写小像》

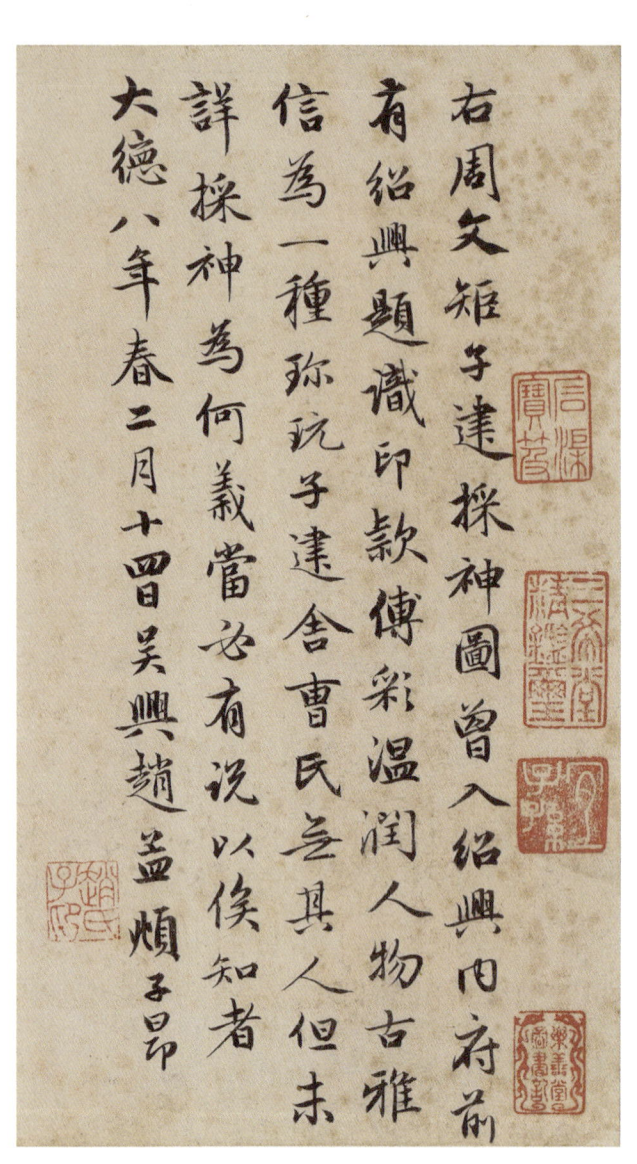

右周文矩子建採神圖曾入紹興内府前有紹興題識印款傅彩溫潤人物古雅信為一種猕玩子建舍曹氏無其人但未詳採神為何義當必有說以俟知者

大德八年春二月十四日吳興趙孟頫子昂

赵孟頫《题周文矩子建采神图》

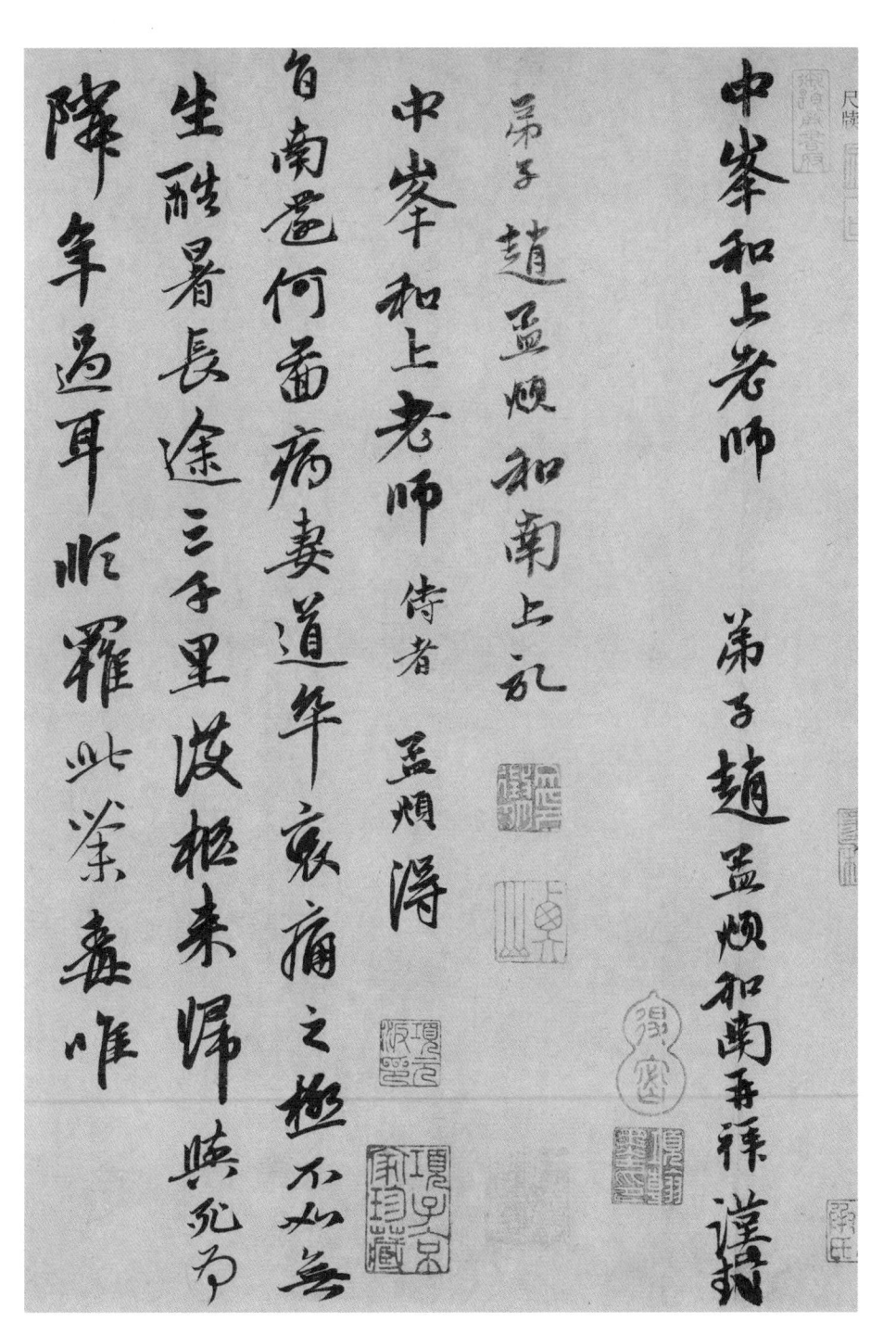

中峯和上老師 弟子趙孟頫和南再拜謹封

弟子趙孟頫和南上記

中峯和上老師 侍者 孟頫濆

自南還何當病妻道華哀痛之極不如無生酷暑長途三千里旅柩來歸興兒為降年過耳此罹此縈毒唯

赵孟頫《致中峰明本南还札》局部

说 明

一九八五年我在中国社会科学院工作时,整理了《赵孟頫集》,由浙江古籍出版社付梓。二〇〇九年又辑集部分佚文,更名为《赵孟頫文集》,由上海书画出版社印行。如今,《赵孟頫文集》自上海书画出版社印行以来,又度过了十四载春秋。其间我应浙江摄影出版社之邀,主编《赵孟頫书画全集》,而欣赏了一些过去无缘寓目的海内外博物馆散藏之赵孟頫作品,因此有幸可对若干传世的相关诗文作些订讹纠谬,并补充信札及书画题跋二十通,保存旧序,作为《赵孟頫诗文全集》付梓。

感谢杭州国家版本馆吴雪勇馆长、李东霖先生及中国美术学院出版社祝平凡、周翔飞等领导,感谢不辞辛劳的章腊梅、张素琪博士,助力《赵孟頫诗文全集》的出版,使我近四十年的努力,终成善果,既让世人可以分享元代文化名人赵孟頫的艺文,又可让文献增辉,服务社会,增强文化自信,岂不快哉!

任道斌
二〇二三年初夏于杭州西湖勾山

《赵孟頫集》前言

赵孟頫，字子昂，号松雪道人、水精宫道人等。浙江吴兴人，生于南宋理宗宝祐二年（一二五四年），为宋太祖赵匡胤的十一世孙。年轻时当过真州司户参军的小官，南宋灭亡后闲居里中，家境每况愈下。为了保住自己士大夫的地位与利益，他发愤苦学，以谋进取。当时元廷不断派员网罗江南地主阶级的文人名士，委以官职，借此加强封建统治，赵孟頫也被荐举，三十三岁时应召赴大都。

他初任兵部郎中，后调任集贤直学士，并参加反对权相桑哥的斗争。尽管他竭力向元朝统治者表白自己的忠诚，以为"往事已非那可说，且将忠直报皇元"（杨载《行状》），但由于出身宋朝皇族，总受到元廷中某些人的猜忌。因此赵孟頫力请外补，不久出任同知济南路总管府事、江浙儒学提举等职。元仁宗时，升任集贤侍讲学士，官至从一品秩的翰林学士承旨，虽然"名满四海"（夏文彦《图绘宝鉴》卷五），地位显赫，但他所担任的职务，不过类似文学侍从，在政治上并没有多大的权力。晚年赵孟頫告老还吴兴，元英宗至治二年（一三二二年）去世。享年六十九岁。

赵孟頫是个博学多才的人物，他精通音乐，善于鉴定古器物；书法篆、隶、楷、行、草，绘画山水、人物、竹石、鸟兽，均享有盛名，在我国艺术发展史上占有重要的地位。

他也是元初有名的文学家，所作散文清俊有致，记事、抒情互得益彰。诗歌流转圆润，直抒胸臆，有"珊瑚玉树，自足照映清时"（倪瓒《清闷阁集》卷九)之誉。这些诗歌大多表达了他对祖国山川景物的热爱,抒发追求自由的情感,风格较为奔放、疏散。他尤其热爱家乡山水清远的绮丽风光,时时陶醉其中,甚而宦游在外亦萦萦于怀,以至初次归来就有"乍到江南似梦魂"(《至元壬辰由集贤出知济南暂还吴兴赋诗书怀》)的惊叹。赵孟頫还善于填词,风格和婉,如美女簪花,典雅清丽,除写闲情逸致之外,也有歌颂新朝之作。

　　身为赵宋宗室的后裔而入仕元朝,赵孟頫对此不时感到负疚,加上受到元廷中某些人的猜忌,更使他内心交织着仕与隐的矛盾。他眷恋京中"簪笏千官列,箫韶九奏成"(《元日朝贺》)的堂皇景象,歌颂元帝"经天纬地规模远"的"圣德"(《颂世祖皇帝圣德诗》);却又向往故乡"余不溪上扁舟好"的美景,自问"何日归休理钓蓑"(《海上即事》)。他还写道"在山为远志,出山为小草"(《罪出》);"重嗟出处寸心违"(《和姚子敬韵》),楚楚自怜,情绪十分复杂。所以赵孟頫在有些诗中就未免痛惜宋室的覆亡,流露出身世之感,像"英雄已死嗟何及,天下中分遂不支。莫向西湖歌此曲,水光山色不胜悲"(《岳鄂王墓》);"溪头月色白如沙,近水楼台一万家。谁向夜深吹玉笛?伤心莫听《后庭花》"(《绝句》)等,就显得较为沉痛,倾吐出由衷的哀音。

　　赵孟頫入仕元朝历来受到人们的讥讽,有人还因此而贬低他在艺术、文学上的成就,这种以偏概全的研究方法显然是不足取的。因为赵孟頫的入仕新政,是和他的地主阶级立场相一致,不足为奇。同时,元代是我国历史上一个民族融合的伟大时代,今天我们更不能以封建、落后的狭隘民族观去苛求古人,否定他们的文化成就。

　　赵孟頫生前即将自己的诗文辑成《松雪斋诗文集》,友人戴表元作序,但未及刊行他便去世,文稿为其子赵雍收藏。至元后五年(一三三九年),湖州总管何贞立应赵雍之请为文稿写序,乡人沈伯玉依此辑成《松雪斋文集》(亦称《松雪斋集》《松雪斋诗文集》),

并增以《外集》付梓。这就是赵孟𫖯诗文集的最初刻本,简称"元沈氏刊本"。

以后《松雪斋文集》虽不断地翻刻流传,但通行诸本大致相同,甚而篇幅有所删减。清康熙五十二年(一七一三年),曹培廉重行校订《松雪斋集》,并以新辑赵孟𫖯诗文若干编为《续集》,增以《元史·赵孟𫖯传》,一并付梓,是为"城书室本"。

这次校点的《赵孟𫖯集》,大致以《松雪斋文集》元沈氏刊本为底本,参校城书室本。凡城书室本文字增补之处,我们均加〔 〕号以示区别;个别增补之处尚须斟酌者,则加( )号予以保留,以存其貌。《续集》据城书室本标点。此外,《赵孟𫖯集》还补辑赵孟𫖯词《巫山一段云》十二首及文《翠寒集序》,原件采自北京图书馆善本室。其中《巫山一段云》我们还参校《花草粹编》万历刻本,以及唐圭璋先生所编《全金元词》。文字校订之处均在校记中作了说明。

世传赵孟𫖯的诗文、题跋较多,散见于地方史志、书画著录和文集笔记中,但囿于学识,真赝难辨,故未能全部收辑。为方便研究,《附录》中增入了《四库全书总目提要·松雪斋集提要》,谨此说明。

任道斌
一九八五年春于北京建国门内中国社会科学院

《赵孟頫文集》序

　　二十五年前，我点校《赵孟頫集》，由浙江古籍出版社出版。自此以后，随着开放国策的推进，我不仅有机会去我国台北、香港地区以及美国、日本等地考察，而且还可以在各地博物馆欣赏不少海内外珍藏的赵孟頫书画真迹，并通过友人获得许多有关史料，积稿盈尺，由是便萌发辑集赵氏全集以利学术文化之念，乃对传世公认的赵氏书画真迹作一梳理，新得碑文、题跋六十二则，信札六十七通，并赵氏代管夫人作信札三通，补入其文集中，留存历史之真。金秋桂花盛放之时，我在西子湖畔终于了此夙愿，朗月清风之下，坐在冷板凳上，看到《赵孟頫文集》样稿，不禁有"完璧归赵"之喜。遥想吴兴赵氏子昂泉下有知，定会连呼幸甚、幸甚！

　　上海书画出版社总编卢辅圣先生，乃博雅君子，知悉后极力支持付梓，令我至为感动。此外，中国社会科学院陈高华、商传研究员，故宫博物院王连起、单国强研究员，中国美术学院范景中教授、张素琪博士，亦给我的工作以很多帮助；书后附《赵孟頫系年简编》，参考施佳《赵孟頫艺术年表》甚多，谨此致以谢忱！

任道斌
二〇〇九年重阳日于杭州荷花池头勾山里寓舍

戴 序

吴兴赵子昂与余交十五年，凡五见，每见必以诗文相振激。子昂才极高，气极爽，余跂之不能及，然而未尝不为余尽也。最后又见于杭，始大出其平生之作曰《松雪斋诗文集》者若干卷，属余评之。余惟人之各以其材自致于世，必能相及也而后相知，必相知也而后能相为言。余于子昂不相及，而何以知、何以言乎？子昂曰："虽然，必言之。"余曰："必言之，则就吾二人之今所历者，请以杭喻。浙东西之山水，莫美于杭，虽儿童妇女未尝至杭者，知其美也，使之言杭，亦不敢不以为美也，而不如吾二人之能言，何者？吾二人尝身历而知之，而彼未尝至也。他日试以其说问居杭之人，则言之不能以皆一，彼所取于杭者异也。今人之于诗、之于文，未尝身历而知之，而欲言者，皆是也；幸尝历而知之，而言之同者亦未之有也。子昂未弱冠时，出语已惊其里中儒先。稍长大，而四方万里重购以求其文，车马所至，填门倾郭，得片纸只字，人人心惬意满而去。此非可以声色致也，而子昂岂谓其皆知我哉！故古之相知者，必若韩、孟、欧、梅，同声壹迹，绸缪倾吐，而后为遇。而后世乃欲望此于道途邂逅之间，则又过矣！余评子昂古赋，凌历顿迅，在楚、汉之间；古诗沈涵鲍、谢；自余诸作，犹傲睨高适、李翱云。子昂自知之，以为何如？"大德戊戌仲春既望，剡源戴表元序。

目 录

赵孟頫《自写小像》 …………………………………………（Ⅰ）

赵孟頫《题周文矩子建采神图》 ………………………………（Ⅱ）

赵孟頫《致中峰明本南还札》局部 ……………………………（Ⅲ）

说明 …………………………………………………………（Ⅴ）

《赵孟頫集》前言 ……………………………………………（Ⅶ）

《赵孟頫文集》序 ……………………………………………（Ⅺ）

戴序 …………………………………………………………（ⅩⅢ）

卷第一 …………………………………………………………（1）
  赋 ……………………………………………………………（1）
    吴兴赋 ……………………………………………………（1）
    求友赋答袁养直 …………………………………………（2）
    纨扇赋 ……………………………………………………（3）
    修竹赋 ……………………………………………………（4）
    赤兔鹘赋 …………………………………………………（4）

卷第二 …………………………………………………………（5）
  古诗 …………………………………………………………（5）
    古风十首 …………………………………………………（5）
    有所思 ……………………………………………………（6）
    和子俊感秋五首 …………………………………………（6）
    咏怀六首 …………………………………………………（7）

咏逸民十一首 (8)
岁暮和刚父杂诗四首 (9)
赠道隆上人 (9)
游南山憩山下人家和人韵 (10)
东郊 (10)
春后多阴偶成三首用复无逸来贶 (10)
晓起川上赠友 (11)
游弁山 (11)
二月二日尊经阁望郊外山水二首 (11)
四慕诗和钱舜举 (11)
春思 (12)
杂诗 (12)
寄题右之此静轩 (12)
廉山晓行 (12)
奉和本斋先生首夏即事 (12)
赠赵虞卿 (13)
题董元溪岸图 (13)
赠别夹谷公二首 (13)
题舜举小隐图 (13)
赵村道中 (14)
奉酬戴帅初架阁见赠 (14)
桐庐道中 (15)
张詹事遂初亭 (15)
送周正平学士致仕还里 (15)
寄鲜于伯几 (15)
送程子充运副之杭州 (16)
赠茅山梁道士 (16)
罪出 (16)
次韵齐彦学士中秋雨后玩月 (17)
秋日锦樱为继卿作 (17)
听姜伯惠父弹琴擘阮 (17)
题洞阳徐真人万壑松风图 (17)

自释 (18)
祷雨龙洞山 (18)
送石仲璋 (18)
题桃源图 (18)
题归去来图 (19)
题李伯时元祐内厩五马图黄太史书其齿毛 (19)
酬滕野云 (19)
述太傅丞相伯颜功德 (20)
送文子方调选云南 (20)
吴真人卢沟雨别图 (20)
高氏谨节堂 (20)
题耕织图二十四首奉懿旨撰 (21)

卷第三 (27)

古诗 (27)

次韵周公谨见赠 (27)
清胜池上偶成 (27)
重用韵 (27)
韩定叟自会稽来作诗赠之 (28)
次韵韩定叟留别 (28)
拟古 (28)
哀鲜于伯几 (28)
酬潘提举 (29)
新秋 (29)
秋日言怀 (29)
送姚子敬教授绍兴 (29)
述怀 (30)
庆寿僧舍即事 (30)
送李仲渊同知眉州 (30)
幽独二首 (30)
允怀斋 (31)
送文章甫陕西都事 (31)

美人隔秋水	(31)
赠季明道尊师	(31)
云林山中	(32)
题括苍山成德隐玄洞天	(32)
题先天观	(32)
周南翁悠然阁	(32)
夏日即事呈六兄	(33)
送谢伯琰	(33)
偶记旧诗一首	(33)
游幻住庵	(33)
清河道中	(34)
夏至	(34)
庭前松	(34)
承贞居先生寄周钟	(34)
闲居	(35)
病中春寒	(35)
松涧诗赠丁师善	(35)
兴中府某氏见山楼	(35)
赠恢上人	(36)
露坐	(36)
题黄华为其父写真	(36)
题先贤张公十咏图	(36)
犀浦遘观	(36)
吴俊卿义塾	(37)
寄题杜尊师白云庵琼秀亭	(37)
杨坚州治水歌	(37)
题钱舜举着色梨花	(38)
兵部听事前枯柏	(38)
题西溪图赠鲜于伯几	(38)
题二乔图	(38)
题黄素黄庭后	(39)
戏题出洗马	(39)

送孟仲则游荆湖兼往襄汉……………………………………（39）
烈妇行………………………………………………………（40）
送高仁卿还湖州……………………………………………（40）
赠相士………………………………………………………（40）
谢鲜于伯几惠震余琴………………………………………（41）
赠相者………………………………………………………（41）
渔父词二首…………………………………………………（41）
送朱仲阳太平教授…………………………………………（42）
题李公略所藏高彦敬夜山图………………………………（42）
赠吴真人……………………………………………………（42）
题也先帖木儿开府宅壁画山水歌…………………………（43）
孤燕曲………………………………………………………（43）
题商德符学士桃源春晓图…………………………………（43）
秋夜曲二首…………………………………………………（43）
孔道辅击蛇笏………………………………………………（44）
李氏种德斋诗………………………………………………（44）
赠张彦古……………………………………………………（44）
送田师孟知河中府…………………………………………（45）
赵克敬耘庵…………………………………………………（45）
胭脂骢图歌…………………………………………………（45）
赠捏古伯……………………………………………………（45）
送高郎仲德往汝州迎母……………………………………（46）
次韵叶公右丞纪梦…………………………………………（46）
杨天瑞府判平冤诗…………………………………………（46）
赋张秋泉真人所藏研山……………………………………（47）
题舜举摹伯时二马图………………………………………（47）
兔……………………………………………………………（48）
赠相师王蒙泉………………………………………………（48）

卷第四……………………………………………………………（49）
  律诗……………………………………………………………（49）
    春寒………………………………………………………（49）

雪后同子俊游何山次韵四首……………………………………………（49）

早春………………………………………………………………………（49）

重游弁山…………………………………………………………………（50）

鱼乐楼……………………………………………………………………（50）

秋夜………………………………………………………………………（50）

次韵陈无逸中秋月食风雨不见…………………………………………（50）

独夜………………………………………………………………………（50）

次韵子山登楼有感………………………………………………………（51）

闻角………………………………………………………………………（51）

次韵冯伯田秋兴…………………………………………………………（51）

本斋先生挽诗……………………………………………………………（51）

赠权季玉兼简李顺甫……………………………………………………（52）

奉和帅初兄将归见简……………………………………………………（52）

送杨幼澄教授归江西兼寄吴幼清………………………………………（52）

送李清甫由御史出按四川………………………………………………（52）

送刘伯常淮东都事………………………………………………………（53）

晋公子奔狄图邀端父御史同赋…………………………………………（53）

题米元晖山水……………………………………………………………（53）

送张仲实还杭州…………………………………………………………（53）

食粥………………………………………………………………………（53）

酬卫处士见赠……………………………………………………………（54）

送吴礼部奉旨诣彭湖……………………………………………………（54）

大司农侯公挽诗…………………………………………………………（54）

和周景远见寄二首………………………………………………………（54）

奉隆福召命赴都过德清别业……………………………………………（54）

谢石林赠湖石……………………………………………………………（55）

筇竹杖赠天圣长老仁公…………………………………………………（55）

胡穆仲先生挽诗…………………………………………………………（55）

赠永清曹显祖县尹………………………………………………………（55）

赠郑之侨…………………………………………………………………（55）

来鹤亭……………………………………………………………………（56）

大都遇平江龙兴寺僧闲上座话唐綦毋潜宿龙兴寺诗因次其韵…………（56）

李太白酒楼……………………………………………（56）
送翟伯玉云南省都事……………………………（56）
题赵敬父侍御祖德诗……………………………（56）
获周丰鼎…………………………………………（57）
赠刘节轩侍御……………………………………（57）
雨…………………………………………………（57）
寄题陆振之与闲堂………………………………（57）
次韵观复表兄见简………………………………（57）
故两浙运使李公挽诗二首………………………（58）
送张梦符郎中还朝………………………………（58）
送董参政赴召……………………………………（58）
投赠刑部尚书不忽木公…………………………（58）
送夹谷公分省陕西………………………………（59）
秋日即事…………………………………………（59）
元日朝贺…………………………………………（59）
奉赠平章李相公十韵……………………………（60）
题杨司农宅刘伯熙画山水图……………………（60）

七言律诗……………………………………………（60）
和姚子敬秋怀五首………………………………（60）
闻捣衣……………………………………………（61）
登飞英塔…………………………………………（61）
岳鄂王墓…………………………………………（61）
溪上………………………………………………（62）
次韵刚父无逸游南山作…………………………（62）
次韵子俊…………………………………………（62）
次韵本斋先生即事………………………………（62）
次韵信仲晚兴……………………………………（62）
次韵王时观………………………………………（63）
钱塘怀古…………………………………………（63）
次韵舜举春日感兴………………………………（63）
纪旧游……………………………………………（63）

次韵章得一同原父侄游兰泽···(64)

见章得一诗因次其韵二首···(64)

奉和帅初雨中见赠···(64)

次韵帅初···(64)

多景楼···(65)

东阳八咏楼···(65)

金陵雨花台遂至故人刘叔亮墓···(65)

蛾眉亭···(65)

海上即事···(66)

赠周景远田师孟···(66)

送李元让赴行台治书侍御史···(66)

送刘天锡镇守鄂州···(66)

送缪秀才教授真州···(66)

送阎子静廉访浙西···(67)

次韵左辖相公···(67)

次韵左辖相公奉寄行台中丞徐公···(67)

送孟君复信州总管···(67)

追挽宋汉臣副使···(68)

钦颂世祖皇帝圣德诗···(68)

送吴思可总管汀州···(68)

李仲渊求其弟叔行万竹亭诗为赋一首·······································(68)

王氏节妇···(68)

和姚子敬韵···(69)

赵子敬御史志养堂···(69)

至元壬辰由集贤出知济南暂还吴兴赋诗书怀·································(69)

初到济南···(70)

刘端父御史见和前诗次韵答之···(70)

次韵端父和鲜于伯几所寄诗···(70)

春日送廉访监司赴都···(70)

送刘安道指挥副使还都兼寄李士弘学士·····································(70)

趵突泉···(71)

继郑鹏南书怀···(71)

惊秋……………………………………………………(71)
　　德清闲居………………………………………………(71)
　　题山堂…………………………………………………(72)
　　醉后同张刚父清风楼联句………………………………(72)
　　和邓善之九月雪………………………………………(72)
　　次韵子敬怀王子庆往吴中………………………………(72)

卷第五……………………………………………………(73)
　七言律诗………………………………………………(73)
　　海子上即事与李子构同赋………………………………(73)
　　重用韵…………………………………………………(73)
　　次韵西云长老赠周仲和…………………………………(74)
　　送杜伯玉四川行省都事…………………………………(74)
　　次韵李秀才见赠………………………………………(74)
　　人日立春………………………………………………(74)
　　送岳德敬提举甘肃儒学…………………………………(74)
　　送萧万户镇阆州………………………………………(75)
　　留别沈王………………………………………………(75)
　　德昌总管雪后见过而余适往德清别业归来承惠诗走笔奉和……(75)
　　三日后再雪德昌复枉骑见过既而复和前篇见赠辄亦次韵………(75)
　　己酉元日朝拜喜晴总管次前韵见教复和一首……………(76)
　　游乌镇次韵千濑长老……………………………………(76)
　　赠张进中笔生…………………………………………(76)
　　赠放烟火者……………………………………………(76)
　　挽洞霄章耕隐…………………………………………(77)
　　题温雪峰诗迹…………………………………………(77)
　　次韵庞夷简礼部………………………………………(77)
　　卢彦威用韵见赠亦复次韵………………………………(77)
　　论书……………………………………………………(77)
　　寄题保定杜处士晚翠楼…………………………………(78)

赠张德玉…………………………………………………(78)
岁晚偶成…………………………………………………(78)
胜概楼……………………………………………………(78)
次韵杜浩卿咏所藏研……………………………………(79)
送史总管廉访江东………………………………………(79)
赠脱帖木儿总管…………………………………………(79)
寿平章李韩公……………………………………………(79)
鹤归亭……………………………………………………(79)
挽道士危功远……………………………………………(80)
送柳汤佐怀孟总管………………………………………(80)
送吴真人谒告归为二亲八十寿兼降香名山……………(80)
老态………………………………………………………(80)

五言绝句…………………………………………………(81)

题秋山行旅图……………………………………………(81)
题高彦敬树石图…………………………………………(81)
题萱草蛱蝶图……………………………………………(81)
题米元晖山水……………………………………………(81)
黄葵词……………………………………………………(81)
题孙安之松楸图…………………………………………(81)
题太白酒船图……………………………………………(82)
题彦敬越山图……………………………………………(82)
寄题真定明远亭…………………………………………(82)
独夜………………………………………………………(82)
因禅师挽诗………………………………………………(82)
题李仲宾野竹图…………………………………………(83)
天冠山题咏二十八首……………………………………(83)
玄洲十咏寄张贞居………………………………………(87)
题仲宾竹…………………………………………………(88)
题周秀才此山堂二首……………………………………(88)
晓起闻莺…………………………………………………(88)

六言绝句 (88)
- 黄清夫秋江钓月图 (88)
- 题孤山放鹤图 (89)
- 题王子庆所藏大年墨雁 (89)

七言绝句 (89)
- 初至都下即事 (89)
- 送王月友归杭州 (89)
- 清胜轩 (89)
- 浮玉山 (90)
- 鄣南山中 (90)
- 奉和本斋先生午日绝句二首 (90)
- 采桑曲 (90)
- 题东野平陵图 (90)
- 次韵刚父即事 (90)
- 戏题僧惟尧墨梅 (91)
- 题范蠡五湖杜陵浣花图 (91)
- 梅花 (91)
- 酬罗伯寿 (91)
- 题苍林叠岫图 (92)
- 送王子庆诏檄浙东收郡县图籍 (92)
- 九月八日雨中闷坐和答仇仁父张季野 (92)
- 以画寄高仁卿 (92)
- 题龚圣予山水图 (92)
- 杭州雨中 (93)
- 题秋胡戏妻图 (93)
- 题舜举折枝桃 (93)
- 怀德清别业 (93)
- 过严陵钓台 (93)
- 部中暮归寄周公谨 (93)
- 送山东廉访照磨于思容 (94)
- 绝句 (94)
- 喜晴 (94)

简王搏霄乞芙蓉杏……………………………………………（94）

都南张氏园寓居……………………………………………（94）

和韩君美二绝句……………………………………………（95）

题所画梅竹赠石民瞻…………………………………………（95）

题所画梅竹幽兰水仙赠鹤皋…………………………………（95）

和黄景杜雪中即事……………………………………………（95）

送黄景杜………………………………………………………（96）

偶成绝句二首奉怀宋齐彦学士田师孟省郎…………………（96）

东城……………………………………………………………（96）

湖上暮归二首…………………………………………………（96）

春日漫兴………………………………………………………（97）

题朱锐雪景……………………………………………………（97）

即事三绝………………………………………………………（97）

又………………………………………………………………（97）

牧牛图…………………………………………………………（98）

题孙登长啸图…………………………………………………（98）

题山水卷………………………………………………………（98）

咏史……………………………………………………………（98）

题群仙壁………………………………………………………（98）

宫中口号………………………………………………………（98）

自警……………………………………………………………（99）

刘时济归来堂…………………………………………………（99）

宿五华山怀德清别业…………………………………………（99）

留题惠山………………………………………………………（99）

徐敏父龙虎山仙岩闻鸡鸣寄玄卿二首………………………（99）

题苕溪绝句……………………………………………………（100）

题四画…………………………………………………………（100）

偶得灵璧石笔格状如俗所谓钻云螭虎者因成绝句…………（100）

题高彦敬画……………………………………………………（101）

偶成……………………………………………………………（101）

即事二首………………………………………………………（101）

赠彭师立二首…………………………………………………（101）

卷第六 (103)

杂著 (103)

- 乐原 (103)
- 琴原 (104)
- 五柳先生传论 (105)
- 夷斋说 (105)
- 赵郡李氏世谱 (106)

序 (109)

- 书今古文集注序 (109)
- 印史序 (110)
- 赠赵虞卿序 (110)
- 送吴幼卿南还序 (110)
- 送凌德庸赴淮东宪幕序 (111)
- 第一山人文集序 (112)
- 陈子振诗序 (112)
- 薛昂夫诗集序 (113)
- 左丞郝公注唐诗鼓吹序 (114)
- 皇朝字语观澜纲目序 (114)
- 送田师孟知河中府序 (114)
- 刘孟质文集序 (115)
- 南山樵吟序 (116)
- 古今历代启蒙序 (116)
- 玄武启圣记序 (117)
- 清权斋内稿序 (117)
- 叶氏经疑序 (118)
- 阙里谱系序 (118)
- 高惟正吴山纪实诗序 (119)

卷第七 (121)

记 (121)

- 吴兴山水清远图记 (121)
- 缩轩记 (121)

默斋记……………………………………………………………（122）
明肃楼记…………………………………………………………（123）
完州前进士题名记………………………………………………（124）
贤乐堂记…………………………………………………………（125）
大雄寺佛阁记……………………………………………………（126）
瑞州路北乾明寺记………………………………………………（126）
九宫山重建钦天瑞庆宫记………………………………………（127）
南泾道院记………………………………………………………（129）
管公楼孝思道院记………………………………………………（129）

碑铭…………………………………………………………（130）
　大元敕赐故荣禄大夫中书平章政事守司徒集贤院使领太史院
　事赠推忠佐理翊亮功臣太师开府仪同三司上柱国追封赵国公
　谥文定全公神道碑铭…………………………………………（130）
　故昭文馆大学士荣禄大夫平章军国事行御史中丞领侍仪司事
　赠纯诚佐理功臣太傅开府仪同三司上柱国追封鲁国公谥文贞
　康里公碑………………………………………………………（133）
　程氏先茔之碑…………………………………………………（137）
　郝氏先茔碑铭…………………………………………………（138）

卷第八………………………………………………………（139）
碑铭…………………………………………………………（139）
　蔚州杨氏先茔碑铭……………………………………………（139）
　赵君谦甫墓碣…………………………………………………（140）
　杜氏新茔之碑…………………………………………………（141）
　故成都路防城军民总管李公墓志铭…………………………（142）
　大元故嘉议大夫燕南河北道提刑按察使姜公墓志铭………（144）
　田氏贤母之碑…………………………………………………（147）
　先侍郎阡表……………………………………………………（147）
　故嘉兴县主簿谢府君墓志铭…………………………………（149）
　故忠翊校尉海道运粮千户谢君墓志铭………………………（151）
　有元故征士王公墓志铭………………………………………（152）

任叔实墓志铭···（154）
　　义士吴公墓铭···（155）

卷第九···（157）

碑铭···（157）

　　大元封赠吴兴郡公赵公碑···（157）
　　田师孟墓志铭···（158）
　　故嘉议大夫浙东海右道肃政廉访使陈公碑·····························（158）
　　故昭文馆大学士资德大夫遥授中书右丞商议通正院事领太史
　　院事靳公墓志铭···（161）
　　元故将仕郎淮安路屯田打捕同提举濮君墓志铭·······················（163）
　　敕赐玄真妙应渊德慈济元君之碑···（164）
　　隆道冲真崇正真人杜公碑···（165）
　　敕建大兴龙寺碑铭···（168）
　　大元大崇国寺佛性圆明大师演公塔铭···································（169）
　　临济正宗之碑···（170）

卷第十···（173）

制···（173）

　　资善大夫隆禧院使爻著封赠三代制·······································（173）
　　章佩丞黑黑封赠三代制···（175）
　　中奉大夫殊祥院使执礼和台封赠三代制·································（177）
　　光禄大夫平章政事大司徒徽政院副使领将作院事张九思赠推
　　诚翊亮功臣开府仪同三司太傅上柱国鲁国公谥忠献制················（180）
　　故行军千户权顺天河南等路军民万户贾辅赠金吾卫上将军中
　　书左丞武威郡公谥武毅制···（180）
　　故湖广行中书省参知政事贾文备赠荣禄大夫平章政事祁国公
　　谥通敏制···（181）
　　开府仪同三司太师录军国重事遥授中书右丞相宣徽使尚服院
　　使知枢密院事领中正院事歪头封淇阳王制·····························（181）
　　交趾批答···（182）
　　御试策题···（182）

赞·····(182)
　李士弘真赞·····(182)
　参政郝公画像赞·····(182)
　雪楼先生画像赞·····(183)
　昭文馆大学士荣禄大夫平章军国事行御史中丞领侍仪司事赠
　纯诚佐理功臣开府仪同三司太傅上柱国鲁国公谥文贞康里公
　不忽木画像赞·····(183)
　长春宫孙真人真赞·····(183)
　兵部主事申穆之父伯祥医学教官画像赞·····(183)
　开府仪同三司辅成赞化保运玄教大宗师张公画像赞·····(184)
　夏真人真赞·····(184)
　平章政事赵公子敬真赞·····(184)
　中峰和尚真赞·····(184)

铭·····(185)
　周待制致乐堂铭·····(185)

题跋·····(185)
　书吴幼清送李文卿归养序后·····(185)
　七观跋·····(185)
　题如上人诗集·····(186)
　阁帖跋·····(186)
　洛神赋跋·····(187)

乐府·····(188)
　浪淘沙·····(188)
　太常引·····(188)
　南乡子·····(189)
　水龙吟　次韵程仪父荷花·····(189)
　虞美人·····(189)
　江城子　赋水仙·····(189)
　蝶恋花·····(189)
　点绛唇·····(190)

水调歌头……………………………………………………（190）
　　水调歌头　和张大经赋盆荷………………………………（190）
　　虞美人　浙江舟中作………………………………………（190）
　　后庭花………………………………………………………（191）
　　浣溪沙　李叔固丞相会间赠歌者岳贵贵…………………（191）
　　月中仙　应制………………………………………………（191）
　　万年欢　应制………………………………………………（191）
　　万年欢　中吕宫元　日朝会………………………………（192）
　　长寿仙　道宫　皇庆三年三月三日圣节大宴……………（192）
　　太常引………………………………………………………（192）
　　人月圆………………………………………………………（192）
　　木兰花慢　和桂山庆新居韵………………………………（192）
　　木兰花慢　和李箕房韵……………………………………（193）

外集……………………………………………………………（195）

诗……………………………………………………………（195）
　　题李侯诗卷…………………………………………………（195）

序……………………………………………………………（195）
　　御集百本经序………………………………………………（195）
　　农桑图序……………………………………………………（196）
　　为政善恶事类序……………………………………………（197）
　　送张元卿序…………………………………………………（197）

记……………………………………………………………（198）
　　五台山文殊菩萨显应记……………………………………（198）
　　重修观堂记…………………………………………………（199）
　　天目山大觉正等禅寺记……………………………………（200）
　　济南福寿禅院记……………………………………………（201）

碑铭…………………………………………………………（203）
　　大元大普庆寺碑铭…………………………………………（203）
　　仰山栖隐寺满禅师道行碑…………………………………（205）
　　五兄圹志　代侄作…………………………………………（206）

魏国夫人管氏墓志铭……………………………………………(207)

疏………………………………………………………………(209)
　　五台山寺请谦讲主讲清凉疏……………………………(209)
　　请雨公长老住圣安禅寺疏………………………………(209)
　　幻住庵主月公金书楞严经疏……………………………(209)
　　请谦讲主茶榜……………………………………………(210)

题跋……………………………………………………………(210)
　　题东老事实后……………………………………………(210)
　　纪梦稽侍中………………………………………………(210)

续集………………………………………………………………(211)

五言律诗………………………………………………………(211)
　　次袁学士上都诗韵………………………………………(211)

七言律诗………………………………………………………(211)
　　万柳堂席上作……………………………………………(211)
　　弁山佑圣宫次孟君复韵…………………………………(212)
　　杭州拱北楼………………………………………………(212)
　　送陈都事云南铨选兼简李廉访…………………………(212)

五言绝句………………………………………………………(212)
　　牧废苑……………………………………………………(212)

题跋……………………………………………………………(213)
　　跋王右军帖………………………………………………(213)
　　题东坡书醉翁亭记………………………………………(213)
　　题右军思想帖真迹………………………………………(213)
　　定武兰亭跋（附日本东京国立博物馆藏残册之文）……(214)
　　临兰亭跋…………………………………………………(218)
　　题王右军快雪时晴帖真迹………………………………(218)
　　临右军乐毅论帖跋………………………………………(218)
　　题王大令保母碑…………………………………………(218)
　　题李思训蓬山玉观图……………………………………(219)

题顾恺之秋嶂横云图……………………………………(219)
　　题曹弗兴海戍图…………………………………………(219)
　　题王摩诘松岩石室图……………………………………(219)
　　题郑虔画…………………………………………………(219)

补遗……………………………………………………………(221)

词……………………………………………………………(221)
　　巫山一段云　净坛峰……………………………………(221)
　　又　登龙峰………………………………………………(221)
　　又　松鹤峰………………………………………………(221)
　　又　上升峰………………………………………………(221)
　　又　朝云峰………………………………………………(222)
　　又　集仙峰………………………………………………(222)
　　又　云霞峰………………………………………………(222)
　　又　栖凤峰………………………………………………(222)
　　又　翠屏峰………………………………………………(223)
　　又　聚鹤峰………………………………………………(223)
　　又　望泉峰………………………………………………(223)
　　又　起云峰………………………………………………(223)

序……………………………………………………………(224)
　　宋无翠寒集序……………………………………………(224)

碑铭…………………………………………………………(224)
　　大元敕赐龙兴寺大觉普慈广照无上帝师碑（胆巴碑）………(224)
　　有元故奉议大夫福建闽海道肃政廉访使副仇公墓碑铭（仇锷碑）……(226)

题跋…………………………………………………………(228)
　　题晋唐宋元绘画…………………………………………(228)
　　　　题晋人顾恺之洛神赋图……………………………(228)
　　　　题唐人韩滉五牛图…………………………………(228)
　　　　题唐人九老图………………………………………(228)
　　　　题王子庆家藏唐人阎立本西域国图…………………(229)

题唐人张璪山堂琴会图……(229)

题五代周文矩子建采神图……(229)

题北宋赵光甫番王礼佛图……(229)

题北宋武宗元朝元仙杖图……(229)

题北宋郭熙树石平远图……(230)

题北宋赵大年江村秋晓图……(230)

题北宋徽宗竹禽图……(230)

题北宋人临辋川图卷……(230)

题南宋赵伯骕万松金阙图……(231)

题南宋人寒鸦图卷……(231)

题南宋马和之月色秋声图……(231)

题宋人猴猫图……(231)

题金王庭筠幽竹枯槎图……(231)

题金何澄归庄图……(232)

题宋末元初钱舜举八花图……(232)

题宋末元初钱舜举来禽栀子图……(232)

题元李仲宾四清图……(232)

题元李仲宾墨竹图……(233)

题元高彦敬墨竹坡石图……(233)

题元陈琳溪凫图……(233)

题元黄公望快雪时晴图……(233)

题晋唐五代书法……(233)

题东晋佚名楷书曹娥诔辞卷……(233)

题晋王羲之兰亭序（神龙本·冯承素摹本）……(234)

题定武兰亭帖（五字已损本）……(234)

题晋王献之保母帖……(234)

题唐欧阳询梦奠帖……(234)

题唐欧阳询化度寺邕禅师塔铭……(234)

题唐陆柬之行书文赋……(235)

题唐国诠善见律……(235)

题唐怀素草书论书帖卷……(235)

  题五代杨凝式夏热帖…………………………………(235)

  题宋苏轼行书治平帖卷……………………………(236)

自题绘画………………………………………………(236)

  自题鹊华秋色图……………………………………(236)

  自题秀石疏林图……………………………………(236)

  自题人骑图卷………………………………………(236)

  自题兰亭图…………………………………………(237)

  自题水村图卷………………………………………(237)

  自题红衣罗汉图卷…………………………………(237)

  自题洞庭东山图卷…………………………………(237)

  自题二羊图卷………………………………………(237)

  自题兰蕙图卷………………………………………(238)

  自题九歌图…………………………………………(238)

  自题仿赵伯驹瓮牖图………………………………(238)

  自题双松平远图卷…………………………………(238)

  自题人马图卷………………………………………(239)

  自题古木散马图……………………………………(239)

  题自写小像…………………………………………(239)

  自题墨竹图…………………………………………(239)

自题书法………………………………………………(239)

  自题行书姜夔禊帖源流卷…………………………(239)

  自题行书杜甫秋兴诗………………………………(240)

  自题草书千字文……………………………………(240)

  自题行书陶潜归去来辞并序………………………(240)

  自题行书司马相如雪赋……………………………(241)

  自题行书曹植洛神赋………………………………(241)

  自题行楷书苏轼赤壁二赋册………………………(241)

  自题行楷书曹植洛神赋……………………………(241)

  自题行书吴兴赋……………………………………(241)

  自题行书周易系辞…………………………………(241)

  自题行书玄都坛歌…………………………………(242)

  自题行书苏轼古诗卷………………………………(242)

自题行书天冠山诗帖（拓本）册 (242)
自题老子像及楷书道德经 (242)
自题行书归去来辞卷 (242)
自题行书五律寄题杜尊师白云庵琼秀亭 (242)
自题楷书汉汲黯传册 (243)
自题行书苏轼西湖诗卷 (243)
自题行楷书道经生神章卷 (243)
自题行书七律趵突泉 (243)
自题行书二赞二图诗卷 (243)
自题行书道场何山诗帖页 (244)
自题小楷书临黄庭经 (244)

信札 (244)

十札卷（现藏上海博物馆） (244)
致石岩(许惠碧盏札) (244)
致石岩（不闻动静札） (245)
致石岩（雨中闷坐札） (245)
致石岩（雨中札） (245)
致石岩（令弟文书札） (245)
致石岩（厚贶札） (246)
致石岩（炀发于鬓札） (246)
致石岩（远寄鹿肉札） (246)
致石岩（便过德清札） (247)
致高仁卿（翡翠石札） (247)
七札册(现藏台北"故宫博物院") (247)
致野堂（不望风采札） (247)
致崔晋（去家札） (248)
致晋之（数日札） (248)
致季统（付至纸素札） (248)
致段辅（奉答札） (249)
致段辅（李长札） (249)
致陆厔（乡人札） (249)

致中峰六札 (现藏日本) ……………………………………………… (250)
 致中峰 (承教札) ……………………………………………… (250)
 致中峰 (长儿札) ……………………………………………… (250)
 致中峰 (暂还札) ……………………………………………… (250)
 致中峰 (幼女夭亡札) ………………………………………… (251)
 致中峰 (佛法札) ……………………………………………… (251)
 致中峰 (亡女札) ……………………………………………… (252)
致中峰和尚札卷一札 (现藏故宫博物院) …………………………… (252)
 致中峰 (叨位札) ……………………………………………… (252)
致中峰十一札 (现藏台北"故宫博物院") …………………………… (253)
 致中峰 (吴门札) ……………………………………………… (253)
 致中峰 (俗尘札) ……………………………………………… (253)
 致中峰 (南还札) ……………………………………………… (253)
 致中峰 (醉梦札) ……………………………………………… (254)
 致中峰 (还山札) ……………………………………………… (254)
 致中峰 (丹药札) ……………………………………………… (255)
 致中峰 (两书札) ……………………………………………… (255)
 致中峰 (入城札) ……………………………………………… (256)
 致中峰 (尘事札) ……………………………………………… (256)
 致中峰 (山上札) ……………………………………………… (256)
 致中峰 (疮痍札) ……………………………………………… (257)
赵氏一门合札二札 (现藏美国普林斯顿大学美术馆) ……………… (258)
 致中峰 (先妻札) ……………………………………………… (258)
 致束季博 (草率札) …………………………………………… (258)
尺牍二帖册二札 (现藏台北"故宫博物院") ………………………… (258)
 致丈人节干 (除授未定札) …………………………………… (258)
 致郑月窗 (倏尔两岁札) ……………………………………… (259)
致鲜于枢三札 (现藏台北"故宫博物院") …………………………… (259)
 致鲜于枢 (笔意清峭札) ……………………………………… (259)
 致鲜于枢 (绢素诏写札) ……………………………………… (260)
 致鲜于枢 (论古人画迹札) …………………………………… (260)
致季渊二札 (现藏故宫博物院) ……………………………………… (260)

致季渊（度日札）……………………………………………（260）
　　致季渊（近见札）……………………………………………（261）
赵管尺牍合璧卷二札（现藏故宫博物院）……………………（261）
　　致任吉卿（前岁到杭札）……………………………………（261）
　　致崔晋（病来月余札）………………………………………（262）
六帖册四札（现藏台湾陈氏）…………………………………（262）
　　致崔晋（乍凉札）……………………………………………（262）
　　致吴森（经率札）……………………………………………（262）
　　致明远（惠竹札）……………………………………………（263）
　　致次山（窃禄札）……………………………………………（263）
赵孟頫集册四札（现藏故宫博物院）…………………………（263）
　　致彦明（宗阳宫札）…………………………………………（263）
　　致赵孟颁（违远札）…………………………………………（263）
　　致段辅（近来吴门札）………………………………………（264）
　　致赵总管（过蒙札）…………………………………………（264）
三元人合卷一札（现藏故宫博物院）…………………………（264）
　　致王利用（入城札）…………………………………………（264）
十二尺牍卷一札（现藏上海博物馆）…………………………（265）
　　致杜道坚（腹疾札）…………………………………………（265）
元贤词翰册一札（现藏故宫博物院）…………………………（265）
　　致达观（惠书札）……………………………………………（265）
尺牍诗翰一札（现藏台北"故宫博物院"）……………………（266）
　　致明远（柔毛札）……………………………………………（266）
东衡帖卷一札（现藏吉林省博物院）…………………………（266）
　　致园中（种松札）……………………………………………（266）
赵书真行二体千字文卷附尺牍一札（现藏故宫博物院）……（266）
　　致崔晋（不蒙惠字札）………………………………………（266）
致张景亮书札册一札（现藏中国国家博物馆）………………（267）
　　致张采（荣上札）……………………………………………（267）
杂书四帖二札（现藏故宫博物院）……………………………（267）
　　致牟应龙（旬日札）…………………………………………（267）
　　为牟应龙（乞米札）…………………………………………（268）

元乐善堂四札(现藏中国国家图书馆) …………………………………(268)
　　　　致顾信(骑从南还札) ………………………………………………(268)
　　　　致顾信(政此驰想札) ………………………………………………(268)
　　　　致顾信(吴中札) ……………………………………………………(268)
　　　　致顾信(人至得书札) ………………………………………………(269)
　　四札卷(现藏上海博物馆) ………………………………………………(269)
　　　　致子明经历郎中尺牍卷………………………………………………(269)
　　　　致直夫提举姨丈(近得札) …………………………………………(269)
　　　　安家书付三哥尺牍卷…………………………………………………(270)
　　　　致大兄长路教尺牍卷…………………………………………………(270)
　　一札卷(现藏台北"故宫博物院") ……………………………………(271)
　　　　致野翁教授《跋书兰亭考帖》卷……………………………………(271)
　　一札卷(现藏日本东京国立博物馆) ……………………………………(271)
　　　　致林道人尺牍页………………………………………………………(271)
　　附：代管道升三札…………………………………………………………(271)
　　　　致婶婶(秋深札) ……………………………………………………(271)
　　　　致亲家太夫人(二哥久出札) ………………………………………(272)
　　　　致亲家太夫人(久疏上状札) ………………………………………(272)

附录……………………………………………………………………………(273)

　　何贞立序　元至元后五年……………………………………………(273)
　　沈伯玉记　元至元后五年……………………………………………(273)
　　曹培廉记　清康熙五十二年…………………………………………(274)
　　谥文……………………………………………………………………(275)
　　封赠宣命　元至顺三年………………………………………………(276)
　　大元故翰林学士承旨荣禄大夫知制诰兼修国史赵公行状
　　　元至治二年………………………………………………………………(276)
　　赵孟頫传　《元史》卷一七二…………………………………………(284)
　　四库全书总目提要·松雪斋集提要…………………………………(288)
　　赵孟頫系年简编………………………………………………………(289)

卷第一

赋

吴兴赋

猗与休哉！吴兴之为郡也，苍峰北峙，群山西迤，龙腾兽舞，云蒸霞起，造太空，自古始。双溪夹流，繇天目而来者三百里。曲折委蛇，演漾涟漪，束为碕湾，汇为湖陂，泓淳皎澈，百尺无泥，贯乎城中，缭于诸毗，东注具区，渺渺漭漭，以天为堤，不然，诚未知所以受之。观夫山川映发，照朗日月，清气焉钟，冲和攸集。星列乎斗野，势雄乎楚越，神禹之所底定，泰伯之所奄宅。自汉而下，往往开国，洎晋城之揽秀据实，沿流千雉，面势作邑。是故历代慎牧，必抡大才、选有识。前有王、谢、周、虞，后有何、柳、颜、苏，风流互映，治行同符，皆所以宣上德意，俾民欢娱。况乎土地之所生，风气之所宜，人无外求，用之有余。其东则涂泥膏腴亩钟之田，宿麦再收，粳稻所便，玉粒长腰，照筥及箱，转输旁郡，常无凶年。其南则伏虎之山、金盖之麓，浮图标其巅，兰若栖其足，鼓钟相闻，飞甍华屋，衡山绝水，鲁史所录，盘纡犬牙，陂泽相属。蒹葭菰卢，鸿头荷华，菱苕凫茨，蓷蒲轩于，四望弗极，乌可胜数！其中则有鲂鲤鲦鳜，针头白小，鲈鳜脍余，鼋鼍龟鳖。有蛟龙焉，长鱼如人，喷浪生风，一举百钧，渔师来同，罔罟䈜䈜，罩汕是工，鸣榔鼓枻，隐然商宫，巨细不遗，喷喷喁喁，日亦无穷。其西则重冈复岭，川原是来。其北则黄龙瑶阜之洞，玲珑长寿之坞,悬水百仞,既高且阻,硌砑嵌崟,嵔磊硼磳,怪石万数,旅乎如林。其高陵则有杨梅枣栗,楂梨木瓜,橘柚夏孕,枇杷冬华,槐檀松柏,椅桐梓漆之属。文竿绿竹,蓧簜杂遝,味登俎豆,才中宫室,下逮薪樵,无求不得。其平陆则有桑麻如云,郁郁纷纷,嘉蔬含液,不蓄长新。陆伐雉兔,水弋凫雁,舟楫之利,率十过半。衣食滋殖,容容衍衍,既乐且庶,匪教伊慢。于是有搢绅先生,明先圣之道以道之,建学校,立庠序,服逢掖,戴章甫,济济多士,日跻于古。乃择元日,用量币,尊玄酒,陈簠簋,选能者,秉周礼,赞者在前,献者在后,雍容俯仰,周旋节奏,成礼而退,神人和右。当是之时,家有诗书之声,户习廉耻之道,辟雍取法,列郡观效,诚不朽之盛事已!或者难曰:"自古论著之士,曷尝不识人物、纪风俗哉?夫人才者济时之具,而风俗者为治之质也。今子徒捃摭细碎,排比货食,高谈不切,炫耀自饰,莫大于斯二者,顾乃略而弗录,虽文夺组绣,声谐金石,窃为子不取也。"仆应之曰:"否。子独不闻夫子之言乎?'十室之邑,必有忠信',今年且千载,地且千里,人物之富,胡可殚纪!史册毕书,可无赘矣。若乃风俗之隆污,在为政者之所移易,又弗可得而定著也。夫吴虽分在江左,尝被至德之风矣。且吾闻之,风行而草偃,日中而表正,上行下效,置邮传命,辟若季子为守,言游为令,以仁义为化,礼乐为政,镇以不贪之宝,喻以不言之信,即刑可使不用,俗可使益盛,方将还敦朴于上古,考休祥于庶征。今美则美矣,又可遽以为定乎!"于是难者唯唯,逡巡而失意。

求友赋答袁养直

思古人之不可见兮,心郁结而不舒。登高丘而远望兮,独叹慨乎增欷。波洋洋其泛滥兮,欲济而无航。膏吾车而孤往兮,山郁乎其苍苍。四顾阒其寂寥兮,思蹇产而不铄。采众芳以自娱兮,聊假日以偷乐。

搴长洲之夫容兮，揽大泽之兰苣。撷江篱之秀颖兮，结秋兰以为佩。世俗方尚同兮，余独异乎今之人。谓兰茞为不芳兮，蛾眉枉之以善淫。众不可以户说兮，历年岁而觌闵。变心以从俗兮，而吾又不忍。徯朝阳之鸣凤兮，企空谷之白驹。何驽骀之众多兮，鹖雀纷其瞿瞿。宁饥渴以需时兮，耻属餍乎腥腐。古道久其弗继兮，吾惕焉为此惧。何美人之好修兮，独与余其同心。怀余以厚德兮，遗余以好音。世固有同居而不察兮，何千里而能同。乱浙江之滔滔兮，涉远道以相从。觏清扬之信美兮，怀盛年而莫当。子濯足于东海兮，晞发乎扶桑。吸沆瀣以为饮兮，餐朝霞以为粮。被列星之灿烂兮，抱明月之夜光。驾青云而高驰兮，鸣和鸾之锵锵。扰苍龙使挟辀兮，服白虎以驱不祥。愿发轫其勿亟兮，聊弭节而抑志。指黄昏以为期兮，夫孰远而弗至！乱曰：鹿鸣呦呦，犹求友兮。曾谓斯人，不如物之知兮。独行无俦，吾将与子为类兮。

纨扇赋

炎暑时至，阳乌怒飞。金石为流，白汗沾衣。候吹纤条，延爽南扉。玉枕徒设，桃笙安施？旁皇踯躅，不知所为。于是裂轻纨兮似雪，制圆扇兮如月。光摇怀袖，凉生毛发。起遐想于青蘋，引清飔于天末。萧然襟带，凄其绤葛。醒人肌骨，袢歊如脱。须臾或离，中肠为热。殆造物者欲解民之愠，假人力以为之，不然，岂天时之可夺也！复有题诗欣赏，因书奇绝。障轻尘以寄恨，扬仁风而言别。或画乘鸾之女，或误成蝇之笔。白羽褕襫而自愧，蒲葵比方而知劣。及乎商气应，厥民夷，玉露降兮百草，金风生兮桂枝。罗衣重拂，秋兰复菲。孤萤冷照，寒蛩暗啼。弃捐箧笥，绸缪网丝。班姬形中道之怨，江淹赋零落之诗。嗟夫！用舍有时，出处有宜。惟人亦尔，于物奚疑！彼狐貉之御冬，岂当暑而亦悲！苟行藏之任道，愿俟时乎安之。

伊圣贤其不可见兮，之二人又何知！

修竹赋

猗猗修竹，不卉不蔓，非草非木。操挺特以高世，姿潇洒以拔俗。叶深翠羽，干森苍玉。孤生太山之阿，千亩渭川之曲。来清飙于远岑，娱佳人于空谷。观其临曲槛、俯清池，色侵云汉，影动涟漪。苍云夏集，绿雾朝霏。萧萧雨沐，袅袅风披。露鹤长啸，秋蝉独嘶。金石间作，笙竽谁吹？若乃良夜明月，穷冬积雪。扫石上之阴，听林间之折。意参太古，声沉寥泬。耳目为之开涤，神情以之怡悦。盖其媲秀碧梧，托友青松。蒲柳惭弱，桃李羞容。歌簏簏于卫女，咏《淇奥》于国风。故子猷吟啸于其下，宣仲息宴乎其中。七贤同调，六逸齐踪，良有以也。又况鸣嶰谷之凤，化葛陂之龙者哉！至于虚其心，实其节，贯四时而不改柯易叶，则吾以是观君子之德。

赤兔鹘赋

皇庆元年，上赐大都留守臣伯帖木儿白兔鹘一，翎翮皓洁，白雪同皎。至延祐元年，凡三笼，而毛羽变赤，光采艳奕，异于寻常；搏击勇鸷，加于畴昔。虽老于五坊者，亦不知其所以然，岂若君子进于德以润身者邪？公既写其形质，集贤侍读学士臣赵孟頫为之赋。其词曰：

猗鸷禽兮出金门，赐贵臣兮示殊恩。色霜雪兮耀前轩，解绦旋兮纵平原。狐兔骇兮不及奔，历年岁兮毳如璊。粲晨霞兮炫朝暾，刚气胜兮肆飞骞。德愈进兮义愈敦，炯双眸兮睨乾坤。

卷第二

古诗

古风十首

《诗》亡《春秋》作,仲尼盖苦心。空言恐难托,指事著以深。大义炳如日,万古仰照临。凤鸟久不至,楚狂乃知音。愁来不得语,起坐谈吾琴。

周衰有战国,纷纷极荆蓁。黄金聘辩士,驷马迎从人。朝为刻骨仇,暮作歃血亲。终然智力屈,奉身俱入秦。

相如赋《大人》,出语颇奇怪。飘然凌云意,过耳诚一快。夸言入无际,自觉尘俗隘。安知翻成劝,何用名为戒?

自有天地来,蓬莱几清浅。人生空嚣首,举世谁得见?瑶台在何许?渺渺烟波远。方舟不可渡,使我空展转。

绝代有佳人,被服绮与纨。蛾眉秀联娟,吐词馥若兰。清歌启皓齿,瑶琴发哀弹。一弹再三叹,听者涕汍澜。借问谁家子,为言本邯郸。

秋风吹庭树,故叶纷以坠。明月耿夜长,草虫促经纬。四序苦不淹,少壮何足贵!展转复展转,寤辟不能寐。昔为闺中秀,今作市门鄙。岂无膏与沐,甘心得憔悴。

山深多悲风,日暮愁我心。玄云降寒雨,松柏自哀吟。人生百年后,奄然闷重阴。念此每不乐,天路何由寻?仙人偓佺辈,消遥在青岑。奈何不尔思,委命重黄金。

海山有奇树，粲粲珊瑚枝。由来植物性，无胫可推移。如何石氏子，树之白玉墀。洛阳经几战，金谷久荒夷。空令千载下，闻者为伤悲。
烈风号枯条，落叶满周道。原野何萧索，川流亦浩浩。离居日以远，怀思令人老。功名会有时，生世苦不早。顾瞻靡所骋，忧心惄如捣。
浮云何方来，不知竟安之？飘飘随风去，汗漫以为期。自昔功名士，往往事驱驰。白驹空谷中，谁能加絷维？皎皎难见容，翻受世妍媸。虚名诚无益，不见斗与箕？

有所思

思与君别来，几见夫容花。盈盈隔秋水，若在天一涯。欲涉不得去，茫茫足烟雾。汀洲多芳草，何心采蘅杜。青鸟翻云间，锦书何时还？君心虽匪石，只恐凋朱颜。朱颜不可仗，那能不惆怅！何如双翡翠，飞去兰苕上。

和子俊感秋五首

秋至倏廿日，天宇豁然清。凉飙旦夕至，林木发商声。良辰不我与，慨然心自惊。古人久已逝，念之动中情。苦心婴世患，只博身后名。今我将无同，庶复得此生。

明月照北林，翩翩栖鸟翻。虚室当静夜，幸绝人事喧。念子已独寐，无人相与言。吾生性坦率，与世无竞奔。空怀丘壑志，耿耿固长存。何由持此意，往与严陈论？

披衣步中庭，仰视河汉白。寓形天地内，聊复度朝夕。仲尼谅非愚，皇皇不暖席。履运有异同，喟然慨今昔。丘园岂云远，终当期屏迹。日月驰骛去，鸟影飞过隙。归休盍不早，胡为受形役！

微霄暖高宇①，轻飙弄微凉。天气正尔佳，抚己徒自伤。今日非昨日，荏苒叹流光。几见春鸟鸣，已复啼寒螀。一时良亦短，万世则为长。

白露泫然坠，草木日以凋。闲居无尘杂，日薄风翛翛。登高写我心，葵扇欲罢摇。感时俯逝水，回睇仰层霄。松乔在何许？高蹈不可招。愿言从之游，怀古一何遥！

① "微霄"，城书室本作"晴云"。

咏怀六首

皇天分四序，寒暑互推移。如何当秋夕，怆悦令心悲！寒蝉寂无声，翔雁纷南飞。西风一披拂，草木失华滋。不惜鹎鵊鸣，但伤众芳萎。徘徊白露下，郁悒谁能知！

美人涉江来，遗我云和琴。朱丝缅玉轸，古意一何深！长歌和清弹，三叹有遗音。逸响随风发，高高不可寻。奈何俚俗耳，折杨悦哀淫！此道弃捐久，沉吟独伤心。

明明秋夜月，流光照罗帏。隐忧从中来，起视夜何其。草虫催杼轴，扎扎鸣声悲。良人远行役，万里归无期。予发已曲局，膏沐久不施。回身入闺房，愁思当告谁？独有中宵梦，遥遥为君驰。

苍天高无极，大川广且深。下有沉潜鱼，上有冥飞禽。先民莫不逸，我独怀苦心。抒情作好歌，歌竟意难任。

陵苕何青青，上蒙松与柏。一时良亦好，岁晚竟谁得？人无金石寿，生年不盈百。何为慕荣禄，抱此长戚戚！

菽粟在中原，夫人能采之。无为思百忧，欢乐当及时。今日忽已过，来日非所知。有酒且复饮，既醉歌令仪。

咏逸民十一首

　　自古逸民多矣，意之所至，率然成咏，聊与同好时而歌之耳。

　　凤凰览德辉，奋翅翔千仞。矫矫孤竹子，求仁斯得仁。于心有不厌，视世等埃尘。俯仰志不屈，又不辱其身。圣言一以宣，万古无缁磷。谁言首阳山，卓与嵩华邻。采采山中薇，愧尔肉食人。

　　劳生本非情，禄仕吾不苟。古来畎亩间，亦有沮溺叟。依依耦耕心，千载思尚友。中道世所难，狂狷诚足取。如何绝代下，相知不忠厚。仲尼不复作，斯怀向谁道？

　　驱车秣驽马，吾将适齐国。闻有鲁连子，淑傥好奇画。一谈秦师走，再说聊城拔。功成不受赏，高举振六翮。布衣终其身，岂复为世役！茫茫千载远，安往访遗迹？踌躇东海上，向风长太息。

　　四时相代谢，荣耀何足恃。瓜田引新蔓，不见桃与李。知士解其会，遇坎当复止。邵生故秦吏，乃亦睹兹理。贤哉感我怀，三叹不能已。

　　子真初亦仕，岁晚乃逃之。区区南昌尉，上疏忘其卑。忠言不见用，耿耿当告谁。飘然弃妻子，终身与世辞。抱关甘贫贱，所贵莫我知。至今九江坟，清风激群黎。神仙信茫昧，此士独不疑。孤云无定在，逝水何时归？遐思一矫首，怅望无由期。

　　悠悠空山云，泱泱长江流。廊庙意不屑，山泽聊淹留。故人在天位，高步追巢由。岂曰子无衣，辛苦被羊裘。东京多节义，之子乃其尤。穷居虽独善，辅世岂不优！

　　汪汪千顷波，不为人浊清。道周言行表，荡然无得名。谁言牛医儿，乃是人中英。当时无间言，后世流德声。思之不可见，使我鄙吝萌。淳风久已漓，此意岂复存。时无君子者，虽贤宁见称！

　　南州有高士，食力事耕稼。优游聊卒岁，不矫亦不隘。大木行欲颠，绋缅岂足赖！何为诸老翁，栖栖不遑舍？斯言非无见，明哲自高迈。谁能悬一榻，待子来税驾？

　　鹿门何亭亭，下有辟世贤。凤雏隐中林，卧龙蟠其渊。一朝起高翔，斯人独深潜。功名不可为，我志久已安。一闻《耆旧传》，使我心悠然。

黄鹄羽翼长，一举思千里。幼安本中原，乘桴走东海。举世方尚同，远引存吾志。流风渐异俗，敦礼化邻鄙。子鱼平生友，胡乃不相委？

尘事非所便，田园久见招。归来三径中，蔚蔚长蓬蒿。虽有荷锄倦，浊酒且自陶。茫茫大化中，委运将焉逃！唐虞去已远，由来非一朝。粲粲霜中菊，采采忘其劳。

岁暮和刚父杂诗四首

穷阴结严寒，玄景闷微阳。兰萧同憔悴，隐恻我中肠。美人弹玉琴，继之歌清商。弦急声未已，知子意独长。阳春时未至，此曲徒悲伤。

美玉处荆山，林木生光辉。采之献凡目，弃置亦其宜。如何和氏子，涕泣有余悲？古来贤达人，不为毁誉移。被褐怀至宝，宁惧不我知？待贾未能信，韫藏诚可师。

惊飙吹白日，流光忽蹉跎。登山采众芳，荆榛一何多！迷途幸未远，回车且委蛇。黄鹄志四海，雀鹦将如何？

肥马黄金鞍，轻裘华且鲜。揭来纵横驰，意气何翩翩！朝为人所慕，夕已为世怜。此道固应尔，祸福非虚言。生当称善人，死当谥为贤。勿羡夸毗子，狂驰终百年。

赠道隆上人

辟俗无所之，步寻招提游。颓垣蔽蓬艾，破屋坏不修。老僧俗念净，静坐百不忧。浮云有逸态，止水无急流。乃知我辈人，苦受世累囚。揭来得此地，稍觉心休休。窗前几丛菊，青蕊意已稠。爱之不忍采，留作山房秋。何当移四松，伴汝成清幽。南冈与北岭，路近颇易求。他年风雨夜，来听龙吟愁。

游南山憩山下人家和人韵

驱马南山阳，下马望绝巘。解衣坐盘桓，言就蓬庐偃。非无攀援力，兴尽自应返。天高暄风息，木落岁华晚。势阻乏遐观，趣得心自远。不有君子词，何用抒缱绻！

东郊

晨兴理孤榜，薄言东郊游。清风吹我衣，入袂寒飕飕。幽花媚时节，弱蒋依寒流。山开碧云敛，日出白烟收。旷望得所怀，欣然消我忧。中流望城郭，葱葱佳气稠。人生亦已繁，惠养要须周。约身不愿余，尚恐乏所求。且当置勿念，乘化终归休。

春后多阴偶成三首用复无逸来贶

日出晨星淡，散发步中庭。仰见濯濯柳，春风畅人情。兹晨岂不佳，谁能定阴晴？人生亦良脆，疲劳竟何营？万事可拨遣，舍道焉求成！

卧起向北窗，一室可栖迟。取《诗》三百篇，一一弦歌之。古道岂为远，先师不吾欺。嘉我有良朋，所志共在兹。适意聊娱乐，过此非所知。

仲春忽已过，四序随流波。水深不可厉，苦雨一何多！田园颇在念，春事今如何？沉忧亦无益，言笑复言歌。

晓起川上赠友

明发不能寐，独步柳荫中。秋色方浩荡，晨光乍曈昽。烁烁川上日，萧萧树间风。葛巾吹欲堕，纤缔已无功。感彼岁月驶，悟此人世空。悠悠竟何补，山林情所钟。终期抗高志，驾言从赤松。

游弁山

我欲到斯境，岁月良已深。今晨为兹游，酬我夙昔心。悠悠冈坂长，惨惨风云阴。微雨迫短日，飘然洒衣襟。屡欲还吾驾，去意复难任。逍遥得所止，林竹自萧森。素琴不须弹，山水有清音。邈在樊笼外，尘想何由侵。况怀冥绝理，去此将焉寻？他山岂不好，聊尔非所钦。

二月二日尊经阁望郊外山水二首

朝登西北楼，遐景舒我怀。熹微晨光动，窈窕春增华。草木罕悴色，山川一何佳。悠然斜川意，千载与我谐。及兹春服成，言咏乐无涯。此理将不泯，弃之良可嗟。

日出群动作，鸡犬亦复喧。渺渺孤舟发，翩翩栖鸟迁。先师有明训，政在善利间。结发事诗书，于今益可怜。况兹去古远，淳风未易还。吾行亦聊尔，一览可忘言。

四慕诗和钱舜举

子晰有高志，悠然舞雩春。接舆谅非狂，行歌归隐沦。周也实旷士，天地视一身。去之千载下，渊明亦其人。归来北窗里，势屈道自伸。仕止固有时，四子乃不泯。九原如可作，执鞭良所欣。

春思

春柳黄如鹅，春风扬绿波。美人在何许？忽若阻山阿。攀条弄白日，常恐岁蹉跎。怀思郁不舒，佳期将奈何！良辰难骤得，临风空浩歌。

杂诗

四时更代谢，物化常随之。春华曾几何，岁月忽如兹。严风动高林，百草具已萎。人生况有役，忧患乃其宜。弃捐勿复念，出入由化机。安得松乔术，邈与世相违。

寄题右之此静轩

卜居无喧寂，尚论心所宗。山林苟不静，亦与朝市同。闻君南窗下，寄傲乐无穷。曲肱有余趣，战胜纷华中。好风从何来，吹子庭前松？清琴时一弹，浊酒尊不空。颇恨道里赊，不得往相从。人事矧好乖，我心何时降？

廉山晓行

曳杖行墟曲，苍茫晓色分。凝霜被原隰，葛屦非昔闻。新松夹道周，宿草冒高坟。日月迭而逝，死生安足云？轻舟沿寒流，怅然廉山云。世固不可辟，斯人本同群。缅焉心如结，咏言著斯文。

奉和本斋先生首夏即事

天道虽不言，坐觉四时行。蔼蔼庭前阴，烨烨枝上荣。闲居有真趣，曲肱寄余情。仰视浮云翔，俯聆时鸟鸣。道胜心自怡，松乔可齐龄。惜哉无旨酒，为公称觥觗。

赠赵虞卿

客从北方来，逍遥江湖间。顾影空自爱，不见欣戚颜。弈秋去已远，神观一朝还。惜无双白璧，慰子行路难。翩翩云中鹤，孤高杳难攀。长怀紫霞客，引袂入名山。

题董元溪岸图

石林何苍苍，油云出其下。山高蔽白日，阴晦复多雨。窈窕溪谷中，遭回入洲淑。冥冥猿狖居，漠漠凫雁聚。幽居彼谁子？孰与玩芳草？因之一长谣，商声振林莽。

赠别夹谷公二首

驱马原隰间，经时不遑休。昔来日在斗，今去麦已秋。王事有埤益，宴安非所求。翩翩晨风翼，一举逝莫留。谁令匏瓜系，自怀离别忧。

青青蕙兰花，含英在中林。春风不披拂，胡能见幽心？相去千里余，会合大江南。促席谈自古，知我一何深！此别虽非远，怀思渺难任。公其爱体素，尚无金玉音。

题舜举小隐图

有水清且沘，洄洑乱石间。乐哉三子者，在涧歌《考槃》。流波牵弱缕,轻飙动文竿。信无吞舟鱼,我志匪鲂鳏。勿言隐尚小,神情有余闲。高士不可见,古风何时还?

赵村道中

朝出南郭门,遥指西山阴。马蹄与石斗,宛转愁我心。溪谷莽回互,寒风振穹林。黄叶洒我衣,岩泉走哀音。凄凄霜露降,穷思浩难任。人生亦何为,百年成古今。华堂昔燕处,零落归丘岑。况复不得保,悲来泪沾襟。

昔年干戈动,兵尘暗三吴。长江已无险,智勇亦难图。筑垒依平山,谋国一何愚!桢干群林空,遗址莽丘墟。至今蓬蒿下,犹有白骨枯。天阴万鬼哭,惨惨荒山隅。兴亡自有数,不敢问何如。独怜野菊花,立马为踌躇。

奉酬戴帅初架阁见赠

仙人海上来,遗我珊瑚钩。晶光夺凡目,奇采耀九州。自吾得此宝,昼玩夜不休。生世勿恨晚,及与斯人俦。惜哉无琼玖,可以结绸缪。世德日下衰,古风向谁求?蛾眉亦何有,空受众女仇。适俗固所愿,违己良足忧。感子赠言意,再拜涕泗流。安得骑麒麟,从子以远游。

吾爱戴安道,隐居绝尘埃。弹琴聊自娱,书画又绝伦。岂无召我者,已矣非所欣。昔我道剡中,山川自清新。是时夜雪霁,怀哉见其人。常欲以暇日,慷慨为写真。之子有祖风,千里响然臻。我从苏李后,敢言笔墨神。坐之盘石上,俗物不得亲。微君动高兴,此意当谁陈?

桐庐道中

历历山水郡,行行襟袍清。两崖束沧江,扁舟此宵征。卧闻滩声壮,起见渚烟横。西风林木净,落日沙水明。高旻众星出,东岭素月生。舟子棹歌发,含词感人情。人情苦不远,东山有遗声。岂不怀燕居,简书趣期程。优游恐不免,驱驰竟何成!我生悠悠者,何日遂归耕?

张詹事遂初亭

青山缭神京,佳气溢芳甸。林亭去天咫,万状争自献。年多嘉木合,春晚余花殿。雕阑留戏蝶,藻井语娇燕。退食鸣玉珂,友于此终宴。钟鼓乐清时,衣冠集群彦。朝市尘得侵,图书味方远。纷华虽在眼,道胜安用哉?初心良已遂,雅志由此见。何事江海人,山林未如愿。

送周正平学士致仕还里

关吏晨启门,仆夫戒首途。祖道京城南,喜色动闉阇。仕宦非徒荣,出处贵合义。公今虽未耄,进退有余地。高蹈激流俗,清风耸朝廷。增秩仍继禄,圣明优老成。逍遥桑梓间,年高德弥邵。红颜醉春酒,白发照晴昊。两疏真勇决,四皓甘隐沦。汉史不专美,古今凡几人?青牛当南游,紫气已先路。我欲强著书,怀哉未能去。

寄鲜于伯几

廊庙不乏才,江湖多隐沦。之子称吏隐,才高非众邻。脱身轩冕场,筑屋西湖滨。开轩弄玉琴,临池书练裙。雷文粲周鼎,《鹿鸣》娱嘉宾。图书左右列,花竹自清新。赋诗凌鲍谢,往往绝埃尘。我生少寡谐,一见夙昔亲。误落尘网中,四度京华春。泽雉叹畜樊,白鸥谁能驯?

送程子充运副之杭州

盐为生民食,日用犹水火。虽非饥所急,一日无不可。但令商贾便,那复愁国课。数年人坏法,贪欲肆偏颇。利多归私室,民始受盐祸。尔来又计口,强致及包裹。榷酤穷滴沥,征商剧遮逻。东南民力竭,此事非细琐。朝家更政化,选择堪负荷。君为尚书郎,精白色瑳瑳。明当戒行李,往理吴越舵。祝君无别语,编户要安妥。湖山多胜处,亦可供宴坐。谈笑尊俎间,佳声满江左。

赠茅山梁道士

名山标勾曲,秀岭蔚层云。层云散浩彩,中有三茅君。度世三千秋,流芳浩无垠。丹光耀朱阳,琴心传玉文。司命播万物,发蒙导人群。学道得旷士,采真遗尘氛。赠我书一编,清谣吐奇芬。笔耕亦已勤,寸田要锄耘。灵台耸绛阙,黄云覆氤氲。内观神自照,众言一何纷。平生山林意,独往乃所欣。攀援桂树枝,采撷芝兰薰。静与木石居,游则侣麋麏。松柏无冬夏,烟霞自夕昕。轩冕或桎梏,绮语徒膻荤。大道返尔朴,至哉吾师云。冥冥紫霞想,湛言久不闻。聆我歌洞章,判然仙凡分。

罪出

在山为远志,出山为小草。古语已云然,见事苦不早。平生独往愿,丘壑寄怀抱。图书时自娱,野性期自保。谁令堕尘网,宛转受缠绕!昔为水上鸥,今如笼中鸟。哀鸣谁复顾?毛羽日摧槁。向非亲友赠,蔬食常不饱。病妻抱弱子,远去万里道。骨肉生别离,丘垄缺拜扫。愁深无一语,目断南云杳。恸哭悲风来,如何诉穹昊!

次韵齐彦学士中秋雨后玩月

卧疴愧微官,俯仰百忧集。安知中秋至,但见明月出。萧萧雨新已,凉气澄霁夕。青旻罗疏星,灿若珠与璧。小虫鸣草根,万物皆自适。而我独何为,矫首望南北?愁来无端倪,拨去终不释。人生莫不乐,杯酒会邻戚。高歌杂清唱,起舞戛鸣瑟。闭户且复眠,空尊何由酌!

秋日锦樱为继卿作

灼灼庭下花,霜余发春妍。众卉方具腓,秾芳独嫣然。主人远方来,一笑清尊前。植物岂无情,有开容必先。造化寓深意,嘉与后人传。

听姜伯惠父弹琴擘阮

姜子早闻道,淡然遗世荣。艺花有生意,焚香无俗情。时抱琴与阮,弹作松风声。畴昔江湖间,久已知子名。安知十年后,一笑成合并。是邦山水秀,照人肌骨清。愿子石泉上,为鼓一再行。因之洗吾耳,遂欲濯尘缨。

题洞阳徐真人万壑松风图

谡谡松下风,悠悠尘外心。以我清净耳,听此太古音。逍遥万物表,不受世故侵。何年从此老,辟谷隐云林?

自释

君子重道义，小人贵功名。天爵元自尊，世纷何足荣！乘除有至理，此重彼自轻。青松与蔓草，物情当细评。勿为蔓草蕃，愿作青松贞。

祷雨龙洞山

苍山如犬牙，细路入深谷。绝壁千余仞，上有凌云木。阴崖不受日，洞穴自成屋。萧森人迹少，荟蔚兽攸伏。云林互隐映，涧道相回复。翔禽薄穹霄，鸣鸟响岩曲。临桥濯清飔，汲井漱寒玉。神物此渊潜，愆阳有祈祝。风漓惭善教，吏懦耻厚禄。暂怀尘外想，独往疑有楛。过幽难久居，济胜乏高躅。策马寻故蹊，归樵相追逐。

送石仲璋

霜风何凄厉，兰萧同枯萎。念此鼻为酸，恻怆中心悲。由来无丑好，众女嫉蛾眉。数罟困巨鱼，盐车厄天骐。况复值怨仇，贝锦成祸机。俯首无所诉，菹醢听所为。向非知己者，虽死谁明之！君子有行役，后会在何时？欲别不敢往，瞻望涕涟洏。援笔抚我心，为公吐此词。

题桃源图

战国方忿争，嬴秦复狂怒。冤哉鱼肉民，死者不知数。斯人逃空谷，此殆天所恕。山深无来径，林密绝归路。艰难苟生活，种莳偶成趣。西邻与东舍，鸡犬自来去。熙熙如上古，无复当世虑。安知捕鱼郎，延缘至其处。遥遥千载后，缅想增慨慕。即今生齿繁，险绝悉开露。山中无木客，川上靡渔父。虽怀隐者心，桃源在何许？况兹太平世，尧舜方在御。干戈久已戢，老幼乐含哺。田畴毕耕耨，努力勤艺树。毋为问迷津，穷探事再举①。

①"再举"，原作"高举"，今从城书室本改。

题归去来图

生世各有时，出处非偶然。渊明赋《归来》，佳处未易言。后人多慕之，效颦惑蚩妍。终然不能去，俯仰尘埃间。斯人真有道，名与日月悬。青松卓然操，黄华霜中鲜。弃官亦易耳，忍穷北窗眠。抚卷三叹息，世久无此贤！

题李伯时元祐内厩五马图黄太史书其齿毛

五马何翩翩，萧洒秋风前。君王不好武，刍粟饱丰年。朝入阊阖门，暮秣十二闲。雄姿耀朝日，灭没走飞烟。顾盼增意气，群龙戏芝田。骏骨不得朽，托兹书画传。夸哉昭陵石，岁久当频然。

酬滕野云

滕君本臞儒，肝鬲足清气。赋诗多秀句，往往含古意。大夸江山美，一洗尘土翳。平生有诗癖，得句时自喜。尔来荒芜甚，枯涩常内愧。锦绣忽堕前，令我喜不寐。功名亦何有，富贵安足计！唯有百年后，文字可传世。雪溪春水生，归志行可遂。闲吟渊明诗，静学右军字。但恐君未闲，书成无由寄。

述太傅丞相伯颜功德

兴废本天运,辅成见人庸。舆地久以裂,车书会当同。先帝昔在御,如日行虚空。六合仰照耀,一方顾颛蒙。授钺得人杰,止戈代天工。铁马浮度江,坐收破竹功。草木纷震动,山川变鸿濛。地利不复险,金城何足攻。市靡易肆忧,兵无血刃红。孰能年岁间,伐国究始终。老稚感再生,遗黎忘困穷。归来一不取,匹马走北风。九域自此一,益见圣世崇。大哉先帝仁,允矣丞相忠。嗟我始弱冠,弗获拜此公。作颂歌元勋,因之写吾衷。

送文子方调选云南

我友文子方,其人美如玉。高谈动卿相,惠利厚风俗。文章多古意,清切绿水曲。纷纷凫鹥群,见此摩霄鹄。今当使西南,万里道邛蜀。铨衡非细事,贤俊要甄录。远人待子来,饥者望菽粟。贤劳亦常事,但恐期程促。马嘶晨当行,草长春正绿。执手临路歧,使我空踯躅。

吴真人卢沟雨别图

驱马上河梁,执手远别离。远别数千里,临分各相思。山川一何悠,去去勿复迟。高堂有双亲,黄发映庞眉。还家拜堂下,置酒作儿嬉。却归见天子,忠孝两无亏。人生如公少,致身贵及时。此行将未已,亲寿当期颐。

高氏谨节堂

先圣有明训,见诸庶人章。少小诵习之,白首不敢忘。高子躬孝弟，养亲在高堂。萧公三大字，炭炭端且庄。对之铭座右，凛然肃冠裳。"谨身用始节，节用乃无荒"。斯言非虚语，旨远味自长。守此期勿失，善积有余庆。

题耕织图二十四首奉懿旨撰

耕正月

田家重元日，置酒会邻里。小大易新衣，相戒未明起。老翁年已迈，含笑弄孙子。老妪惠且慈，白发被两耳。杯盘且罗列，饮食致甘旨。相呼团圞坐，聊慰衰暮齿。田硗借人力，粪壤要锄理。新岁不敢闲，农事自兹始。

二月

东风吹原野，地冻亦已销。早觉农事动，荷锄过相招。迟迟朝日上，炊烟出林梢。土膏脉既起，良耜利若刀。高低遍翻垦，宿草不待烧。幼妇颇能家，井臼常自操。散灰缘旧俗，门径环周遭。所冀岁有成，殷勤在今朝。

三月

良农知土性，肥瘠有不同。时至万物生，芽蘖由地中。秉耒向畎亩，忽遍西与东。举家往于田，劳瘁在尔农。春雨及时降，被野何蒙蒙。乘兹各布种，庶望西成功。培根利秋实，仰天望年丰。但使阴阳和，自然仓廪充。

四月

孟夏土加润，苗生无近远。漫漫冒浅陂，芃芃被长阪。嘉谷虽已植，恶草亦滋蔓。君子与小人,并处必为患。朝朝荷锄往,薅耨忘疲倦。旦随鸟雀起,归与牛羊晚。有妇念将饥,过午可无饭?一饱不易得,念此独长叹。

五月

仲夏苦雨干,二麦先后熟。南风吹陇亩,惠气散清淑。是为农夫庆,所望实其腹。沽酒醉比邻,语笑声满屋。纷然收获罢,高廪起相属。有周成王业,后稷播百谷。皇天贻来牟,长世自兹卜。愿言成岁稔,四海尽蒙福。

六月

当昼耘水田,农夫亦良苦。赤日背欲裂,白汗洒如雨。匍匐行水中,泥淖及腰膂。新苗抽利剑,割肤何痛楚!夫耘妇当馌,奔走及亭午。无时暂休息,不得避炎暑。谁怜万民食,粒粒非易取。愿陈知稼穑,《无逸》传自古。

七月

大火既西流,凉风日凄厉。古人重稼穑,力田在匪懈。郊行省农事,禾黍何旆旆。碾以他山石,玉粒使人爱。大祀须粢盛,一一稽古制。是为五谷长,异彼秬与秠。炊之香且美,可用享上帝。岂惟足食人,一饱有所待。

八月

白露下百草,茎叶日纷萎。是时禾黍登,充积遍都鄙。在郊既千庾,入邑复万轨。人言田家乐,此乐谁可比?租赋以输官,所余足储峙。不然风雪至,冻馁及妻子。优游茅檐下,庶可以卒岁。太平元有象,治世乃如此。

九月

大家饶米面，何啻百室盈。纵复人力多，春磨常不停。激水转大轮，硙碾亦易成。古人有机智，用之可厚生。朝出连百车，暮入还满庭。勾稽数多少，必假布算精。小人好争利，昼夜心营营。君子贵知足，知足万虑轻。

十月

孟冬农事毕，谷粟既已藏。弥望四野空，藁秸亦在场。朝廷政方理，庶事和阴阳。所以频岁登，不忧旱与蝗。置酒燕乡里，尊老列上行。肴羞不厌多，炰羔复烹羊。纵饮穷日夕，为乐殊未央。祷天祝圣人，万年长寿昌。

十一月

农家值丰年，乐事日熙熙。黑黍可酿酒，在牢羊豕肥。东邻有一女，西邻有一儿。儿年十五六，女大亦可笄。财礼不求备，多少取随宜。冬前与冬后，婚嫁利此时。但愿子孙多，门户可扶持。女当力蚕桑，男当力耘耔。

十二月

一日不力作，一日食不足。惨淡岁云暮，风雪入破屋。老农气力衰，伛偻腰背曲。索绹民事急，昼夜互相续。饭牛欲牛肥，茭藁亦预蓄。蹇驴虽劣弱，挽车致百斛。农事极劳苦，岁岂恒稔熟。能知稼穑艰，天下自蒙福。

织正月

正月新献岁,最先理农器。女工并时兴,蚕室临期治。初阳力未胜,早春尚寒气。窗户当奥密,勿使风雨至。田畴耕耨动,敢不修耒耜。经冬牛力弱,相戒勤饭饲。万事非预备,仓卒恐不易。田家亦良苦,舍此复何计?

二月

仲春冻初解,阳气方满盈。旭日照原野,万物皆欣荣。是时可种桑,插地易抽萌。列树遍阡陌,东西各纵横。岂惟篱落间,采叶惮远行。大哉皇元化,四海无交兵。种桑日已广,弥望绿云平。匪惟锦绮谋,只以厚民生。

三月

三月蚕始生,纤细如牛毛。婉娈闺中女,素手握金刀。切叶以饲之,拥纸散周遭。庭树鸣黄鸟,发声和且娇。蚕饥当采桑,何暇事游遨!田时人力少,丈夫方种苗。相将挽长条,盈筐不终朝。数口望无寒,敢辞终岁劳?

四月

四月夏气清,蚕大已属眠。高首何昂昂,蛾眉复娟娟。不忧桑叶少,遍野如绿烟。相呼携筐去,迢递立远阡。梯空伐条枚,叶上露未干。蚕饥当早归,秉心静以专。饬躬修妇事,黾勉当盛年。救忙多女伴,笑语方喧然。

五月

五月夏以半,谷莺先弄晨。老蚕成雪茧,吐丝乱纷纭。伐苇作薄曲，束缚齐榛榛。黄者黄如金，白者白如银。烂然满筐筥，爱此颜色新。欣欣举家喜，稍慰经时勤。有客过相问，笑声闻四邻。论功何所归，再拜谢蚕神。

六月

釜下烧桑柴，取茧投釜中。纤纤女儿手，抽丝疾如风。田家五六月，绿树阴相蒙。但闻缫车响，远接村西东。旬日可经绢，弗忧杼轴空。妇人能蚕桑，家道当不穷。更望时雨足，二麦亦稍丰。沽酒田家饮，醉倒妪与翁。

七月

七月暑尚炽，长日弄机杼。头蓬不暇梳，挥手汗如雨。嘤嘤时鸟鸣，灼灼红榴吐。何心娱耳目，往来忘伛偻。织为机中素，老幼要纫补。青灯照夜梭，蟋蟀窗外语。辛勤亦何有？身体衣几缕。嫁为田家妇，终岁服劳苦。

八月

池水何洋洋，沤麻水中央。数日麻可取，引过两手长。织绢能几时，织布已复忙。依依小儿女，岁晚叹无裳。布襦不掩胫，念之热中肠。朝绩满一篮，暮绩满一筐。行看机中布，计日渐可量。我衣苟已成，不忧天早霜。

九月

季秋霜露降，凛凛寒气生。是月当授衣，有布织未成。天寒催刀尺，机杼可无营。教女学纺纻，举足疾且轻。舍南与舍北，嘈嘈闻车声。通都富豪家，华屋贮娉婷。被服杂罗绮，五色相间明。听说贫家女，恻然当动情。

十月

丰年禾黍登,农心稍逸乐。小儿渐长大,终岁荷锄镈。目不识一字,每念心作恶。东邻方迎师,收拾令入学。后月日南至,相贺因旧俗。为女裁新衣,修短巧量度。龟手事塞向,庶御北风虐。人生真可叹,至老长力作。

十一月

冬至阳来复,草木潜滋萌。君子重其然,吾道自此亨。父母坐堂上,子孙列前荣。再拜称上寿,所愿百福并。人生属明时,四海方太平。民无札瘥者,厚泽敷群情。衣食苟给足,礼义自此生。愿言兴学校,庶几教化成。

十二月

忽忽岁将尽,人事可稍休。寒风吹桑林,日夕声飕飗。墙南地不冻,垦掘为坑沟。斫桑埋其中,明年芽早抽。是月浴蚕种,自古相传流。蚕出易脱壳,丝纩亦倍收。及时不努力,知有来岁否?手冻不足惜,冀免号寒忧。

卷第三

古诗

次韵周公谨见赠

池鱼思故渊,槛兽念旧薮。官曹困窘束,卯入常尽酉。简书督期会,何用传不朽!十年从世故,尘土满衣袖。归来忽相见,忘此离别久。缅怀德翁隐,坐羡沮溺偶。新诗使我和,瞑里忘己丑。平生知我者,颇亦似公否?山林期晚岁,鸡黍共尊酒。却笑桓公言,凄然汉南柳。

清胜池上偶成

竹色雨余碧,蝉声风际清。方池含绿水,中有纤鳞行。浮沉各异态,亦足悦吾情。欣赏方自兹,庶复得此生。

重用韵

孤花色更媚,密竹气自清。怀彼橘中乐,偶兹池上行。荣华或伤性,赏静可怡情。坐久不成起,待得月华生。

韩定叟自会稽来作诗赠之

萧萧晚雨细,淅淅幽丛响。炉温动余馥,研润生新赏。方欣情话款,复此丘园想。即事可忘忧,胡宁困尘鞅。

次韵韩定叟留别

季冬寒气结,晨兴凛严霜。越江不可涉,欲涉恨无梁。飘飘客衣薄,烈烈北风凉。会少别何多,令人心靡忘。相去数百里,东西渺相望。岂无琴与书,抚心独徬徨。鬓毛各已苍,目视亦茫茫。中年别亲友,作恶固其常。安得传羽翼,与子俱飞翔。

拟古

长夜何漫漫,寒鸡胡不鸣?我行在中野,霜露上沾缨。虎豹夹路啼,熊罴复纵横。我前鬼长啸,我后啼鼯鼪。四顾寂无人,北斗高且明。天道诚幽远,吾心空屏营。

哀鲜于伯几

生别有再逢,死别终古隔。君死已五年,追痛犹一日。我生大江南,君长淮水北。忆昨闻令名,官舍始相识。我方二十余,君发黑如漆。契合无间言,一见同宿昔。春游每挐舟,夜坐常促席。气豪声若钟,意愤髯屡戟。谈谐杂叫啸,议论造精核。巍煌商鼎制,驵骏汉马式。奇文既同赏,疑义或共析。锦囊装玉轴,妙绝晋唐迹。粲然极炫曜,观者咸辟易。非君有精鉴,畴能萃奇物?最后得玉钩,雕琢螭盘屈。握手传玩余,欢喜见颜色。刻意学古书,池水欲尽黑。书记往来间,彼此各有得。我时学钟法,写君先墓石。江南君所乐,地气苦下湿。安知从事衫,竟卒奉常职!至今屏障间,不忍睹遗墨。凄凉方井路,松竹荫真宅。乾坤清气少,人物世罕觌。绯袍俨画像,对之泪沾臆。宇宙一何悠,悲酸岂终极!

酬潘提举

卧病六十日,愦愦无一欣;时取古书读,那复能知新!客从辽东来,一见意自亲。高谈极虚无,微言合道真。远宦万里外,飘然绝埃尘。归来如老鹤,笑视世间人。胡为肯顾我,扁舟雪溪滨?白发我已老,青云子当伸。京师人物囿,子往无逡巡。而我慵堕久,栖迟甘隐沦。

新秋

夜久不能寐,坐来秋意浓。露凉催蟋蟀,月白澹芙蓉。渐觉练衣薄,将欲纨扇慵。

秋日言怀

暑退草木苏,绿阴秋更繁。玄蝉寂无声,蚕蛰已复喧。四序有代谢,人事何足言。尘冠久不弹,散发坐前轩。俛仰岁云暮,迟此负朝暄。

送姚子敬教授绍兴

我友子姚子,风流如晋人。白眼视四海,清言无一尘。结交三十年,每见意自新。皎皎白驹瘦,华发无缁磷。此行度浙水,言采会稽芹。

会稽山水胜，王谢雅所欣。亦有支许俦，迭递为主宾。子往访遗迹，棹舡镜湖滨。狂客虽已去，高情自清真。以子绝代才，数贤可比伦。登山复临水，啸歌且怡神。时时书寄我，用慰情相亲。

述怀

我性真且率，不知恒怒嗔。俯仰欲从俗，夏畦同苦辛。以此甘弃置，筑屋龟溪滨。西与长松友，东将修竹邻。桃李粗罗列，梅柳亦清新。渐与市朝远，颇觉渔樵亲。自谓独往意，白首无缁磷。安知承嘉惠，再踏京华尘。京华人所慕，宜富不宜贫。严郑不可作，兹怀向谁陈？

庆寿僧舍即事

白雨映青松，萧飒洒朱阁。稍觉暑气销，微凉度疏箔。客居秋寺古，心迹俱寂寞。夕虫鸣阶砌，孤萤炯丛薄。展转怀故乡，时闻风鸣铎。

送李仲渊同知眉州

西风吹客衣，秋日明远树。萧萧班马鸣，念子明当去。人生贵适意，要津何必据。佐州亦不恶，足展经济具。峨眉山川秀，文俗盛如故。喜子过我乐，增我羁旅虑。匆匆万里别，益叹相见暮。此心如天河，随子西南注。

幽独二首

闲居无与娱，幽独欣有得。松翁善啸歌，花女美颜色。人生亦何为，耳目皆幻适。我今未半百，鬓发早已白。牙齿复动摇，行当为去客。且尽须臾欢，忘言坐苔石。

独坐不自聊，披草寻微径。夕阳在高林，篱落有余映。依依增远想，历历生晚听。凉蝉轧鸣筝，候虫击清磬。大小皆有从，雄雌各相应。沉吟复踌躇，忽觉西山暝。

允怀斋　安西皇甫先辈

小斋深且明，中有万卷书。斋中古君子，寸田自耘锄。人生万善具，政当复其初。操存贵勿忘，道积乃有余。时复南荣下，静看云卷舒。

送文章甫陕西都事

籍甚潞公孙，去为西省客。矫矫国士风，婉婉幕中画。泾渭寒有声，终华秋更碧。聊因佐理余，题诗寄来驿。

美人隔秋水

美人隔秋水，咫尺若千里。可望不可言，相思何时已！庭树多落叶，日夕秋风起。我今年已衰，素发拥两耳。回思少年时，容颜若桃李。美人何当来，一笑怀抱洗。未见令我思，既见胡不喜！

赠季明道尊师

我游皆意行，仙馆欣有遇。麻衣皓如雪，蓬鬓飒以素。悬知有道者，一见乃如故。行当还山中，清飙送云驭。苍松无凡声，石局有生路。风雷坐可致，龙虎俨诃护。空令尘中人，矫首企烟雾。

云林山中

松风太古声，欲写不可状。仰观空翠滴，俯听潮音壮。岂惟尘虑涤，亦觉神情王。平生独往意，老矣天所放。翳翳林竹间，山鸟时一唱。俗氛虽云远，勿起清净障。

九日当采菊，登高古相传。我今值佳节，燕坐云林颠。亦有岩间花，青蕊露华鲜。采采服九英，饮水可长年。况兹霜稻熟，刈我山下田。一饱无复事，了我粥饭禅。

题括苍山成德隐玄洞天

洞天在何许？乃近在人间。神仙亦入耳，仙成厌尘寰。冥冥隐玄洞，峨峨括苍山。卿云时蓊勃，赤乌昔飞翻。缅怀葛玄翁，一往不复还。餐霞弄明月，解缨濯潺湲。青芝伺时生，绿萝共谁攀？服食去道远，孤坐亦非丹。清歌极幼眇，朱书勒孱颜。千年有白鹤，飞来启玄关。

题先天观

对此山水咏，使人尘虑销。况兹构真馆，燕坐远烦嚣。青林荫户牖，素云冠山椒。松风和涧泉，杂佩响琼瑶。焚香玉女降，长斋百灵朝。仙道本不远，清都亦非遥。自嗟衰暮年，颇费猿鹤招。安得生羽翰，从子以逍遥。

周南翁悠然阁

青山与高人，一见如有约。悠然相莫逆，无语心自乐。凌虚步丹梯，揽秀有高阁。应同九皋鹤，翱翔在寥廓。

夏日即事呈六兄

下帘却畏日，开轩纳清风。虽无政事关，亦见好恶公。此心如白璧，聊与世容容。有兄远方来，一笑杯酒同。我虽不解饮，预恐尊中空。呼儿更往沽，勿使欢意穷。

送谢伯琰 太史院都事

纂纂枣实繁，嘒嘒蝉声稠。炎暑尚尔炽，西风犹未秋。怜子触热行，不惮道里修。栈阁天下险，锦城西南陬。过家因上冢，圣恩贲林丘。鞍马虽驱驰，于义不可留。子材瑚琏器，用世美且周。明时方任贤，驿程难久游。去去早言还，庶解离别忧。

偶记旧诗一首 在德清别业时作

春情浩无端，野兴欣有瞩。山光艳桃李，涧影写松竹。古来岩穴士，白驹在空谷。幽鸟何处来？啼破林烟绿。

游幻住庵

雨后溪水溢，黄流行地中。轻舟何迅迈，沿波兼顺风。碧芦干始长，柔桑叶已空。瞬息抵山曲，窈窕微径通。青林夹道周，流泉响幽丛。多惭众衲子，前路相迎逢。禅居新结构，斧斤未辍工。双阁出尘嚣，六窗自玲珑。久矣厌城市，飘如脱樊笼。妙香清鼻观，新莺惊耳聋。汲水插山花，开牖纳风松。经声出廊庑，寂然闻鼓钟。蔬食欣一饱，亦与膏粱同。缅怀老尊宿，燕坐毗卢峰。尘缘苦未断，无由往相从。一宿返归棹，回望但青葱。

清河道中

扬舲清河流,开蓬素秋晓。斓斑被崖花,委蛇顺流藻。天清去雁高,野阔行人小。故园归有期,客愁净如扫。

夏至

夏至午之半,一阴已复生。坚冰亦驯至,顾岂一朝成。万物方茂悦,安知有凋零?君子感其微,恸哭几失声。

庭前松

手种庭前松,于今二十年。清风时过之,我琴不须弦。高标傲岁晚,秀色凝空烟。有怀贞白君,世岂知其玄。

承贞居先生寄周钟

七月六日承贞居先生远寄周钟,铣间有文,象凫之形,则《考工记》所谓凫氏为钟者也。击之与夷则合,而是日又适立秋。古物之来,岂偶然哉!辄成小诗,拜贶之辱。

故人赏我趣,遗我凫氏钟。制与《周礼》合,试叩声舂容。是日新秋节,夷则还为宫。悬之西楣下,浮磬俨在东。金石互相应,间以丝与桐。八音虽未备,古乐将无同。鼎尊铎觯卣,罗列见古风。揖让于其间,令我怀周公。作诗报佳贶,庶以开群聋。

闲居

荒庭芜弗治，翳翳草与筠。池鱼出娱客，林鸟来依人。闲居意自足，何者为戚欣。况于黄卷间，时与圣贤亲。

病中春寒

仲春尚寒气，林花无艳姿。敝裘拥衰疾，风雨何凄其！始雷发东隅，霁牖阳光披。微风草际动，落英池面移。幽禽变圆吭，游鱼扬细鬐。我病自此愈，泛舟溪水湄。小舆指南盖，短筇问东陂。机心不复有，高蹈农与羲。

松涧诗赠丁师善

青松上参天，下有幽涧泉。高人居其间，万虑不至前。读书得妙趣，视世等浮烟。胡为舍此去，杖策走日边？要当陈忠益，民瘼会有痊。却归弄泉石，静听松风眠。

兴中府某氏见山楼

东北有高楼，迢递数十尺。朝霞映窗牖，浮云来几席。莽苍一望间，崒嵂千峰碧。青山何处无，所见多迫迮。伟哉医无闾，《周礼》载简册。我虽身未到，心想已可索。但惜道里赊，处地远且僻。嘉彼楼居子，不受世故役。爱山如爱客，相对乐晨夕。应笑平地人，尘埃坐充斥。

赠恢上人

晨坐古松下,有僧来叩扉。松花落金粉,细细点春衣。折松当麈尾,相对淡忘机。汤休不可作,政索解人稀。

露坐

露坐夜将半,淡然无所为。草根虫鸣歇,松梢萤度迟。城市多尘杂,令人心不怡。兹丘亦可老,已与白云期。

题黄华为其父写真

仙人紫霞衣,危坐古松间。玉色映流水,不动如丘山。平生黄华老,得意每相关。九原如可作,与君相对闲。

题先贤张公十咏图 张先子野之父

吴兴潇洒郡,自古富人物。溪山映亭榭,尊俎照华发。当时盍簪地,蓁莽久芜没。空余诗语工,不共芳草歇。抚卷想胜风,冠佩其敢忽。先民不可见,惆怅至明发。

犀浦遐观

男子四方志,蜀都天下奇。李侯并门豪,杖节镇坤维。爱此雪山雄,卜宅犀浦湄。锦城既云乐,焉用还家为！遗像开生面,清风凛英姿。应同武侯庙,人怀千古思。

吴俊卿义塾

礼义生富足,为富或不仁。谁能如吴君,捐己以惠人?开塾延师儒,聚书教比邻。岂徒名誉美,要使风俗淳。人物方渺然,作养当及辰。文章虽致身,经术乃新民。宣公相业著,辅子理学醇。二贤乡先正,千载德不泯。吴君真盛举,勉哉继前尘。何当袭春服,从子语水滨?

寄题杜尊师白云庵琼秀亭

白云从何来?乃在计筹山。山中古仙伯,翱翔白云间。城市多嚣尘,山林幽且闲。结屋松竹里,开窗泉石边。清斋诵《道德》,焚香降神仙。俯仰皆自得,洗心游泰玄。税驾往从之,规买山下田。艺药扫白发,栽桃映红颜。庶几林下意,期了区中缘。丹成从师去,笑拍洪崖肩。

琼山发天秀,珠泉表地灵。柔荑吐丹葩,乔林标绛英。酌醴吸冲和,汲涧漱甘清。石门开洞府,木龙走岩扃。清飙一时至,四座浮幽馨。阆风何必远,世尘空自冥。从游当有期,淹留讵无成。左手撷紫芝,右手采黄菁。振衣陟崇冈,遐观散神情。长啸烟雾里,满空鸾鹤声。

杨坚州治水歌

秋水至兮大河溢,金堤决兮流漂疾。田畴泊兮为民忧,鱼鳖肆兮地上游。谁能治水兮征杨侯?具畚锸兮万人聚,势悍急兮不可以御。问河伯兮何所怒?岁不登兮民且窭。侯精诚兮感神明,赤蛇蜿蜒兮昭厥灵。奠桂酒兮荐芳馨,神攸歆兮堤防成。水复故道兮民载宁,天子圣兮地道平,万岁千秋兮扬颂声。

题钱舜举着色梨花

东风吹日花冥冥,繁枝压雪凌风尘。素罗衣裳照青春,眼中若有梨园人。攀条弄芳畏日夕,只今纸上空颜色。颜色好,愁转多,与君沽酒花前歌。

兵部听事前枯柏

庭前枯柏生意尽,枝叶干焦根本病。黄风白日吹沙尘,鼓动哀音乱人听。嗟哉尔有岁寒姿,受命于地独也正。雨露虽濡心自苦,凤鸟不来谁与盛?岂无松槚在山阿,只有蓬蒿没人胫。我生愧乏梁栋才,浪逐时贤缪从政。清晨骑马到官舍,长日苦饥食并并。簿书幸简不得休,坐对枯槎引孤兴。人生何为贵适意,树木托根防失性。几时归去卧云林,万壑松风韵笙磬。

题西溪图赠鲜于伯几

山林忽然在我眼,揽袂欲游嗟已远。长松谡谡含苍烟,平川茫茫际层巘。大梁繁华天下稀,走马斗鸡夜忘归。君独胡为甘寂寞,坐对山水娱清晖?西溪先生奇崛士,正可着之岩石里。数间茅屋破不修,中有神光发奇字。绿蘋齐叶白芷生,送君江南空复情。相思万里不可见,时对此图双眼明。

题二乔图

长江东来水滔滔,谁谓江广不容刀?中有乔家女儿泪,何意师昏随二豪!龙虎方争欲相啖,鸾鸟铩翮将安逃?不见当时老诸葛,独聘丑妇何其高！

题黄素黄庭后

此书飘飘有仙气，意其为杨、许旧迹，盖人间至宝，伯几所藏也。

琴心玉文洞玄玄，金钮朱锦乃汝传。子能得之可长年，黄素缜栗完且坚。横理如发约两边，从有赤道如朱弦。文居其间走玄蛾，飞云卷舒相终始。大道甚夷非力使，无为自然有至理。谁能专精换骨髓，扫除俗尘不瑕秽？目中有神乃识真，白玉为轵装车轮。裹以天上翠织成，仙人楼居俨长生。鸾鹤翔舞猿猱轻，子能宝之慎勿惊，宫室之中夜自明。上清真人杨与许，焚香清斋接神女。手作此书留下土，千年流传子为主。东方苍龙右白虎，廉不子求贪不与。

戏题出洗马

啮膝罢驾谁能御？驽蹇纷纷何足顾！清丝络首锦障泥，鞭棰空劳怨长路。明窗戏写乘黄姿，洗刷归来气如怒。不须对此苦叹嗟，男儿自昔多徒步。

送孟仲则游荆湖兼往襄汉

行路方难子何往？潇湘洞庭天一方。长江风来浪如雪，荆门木落天雨霜。千金养客不复见，万里访旧庸何伤？子才有用未得试，牛刀爱惜藏锋铓。似闻远游未渠央，更欲揽辔趋襄阳。昔年战斗且休息，白骨已瘗愁云黄。伏龙凤雏在何处？鹿门山色还苍苍。登高吊古一长啸，万事惨淡悲中肠。人生聚散安可常，为君起舞君举觞。明朝帆影拂浮玉，寄言客居思故乡。

烈妇行

至元七年冬,邠州军士刘平之戍枣阳,与其妻胡俱道宿车下,平为虎所得,胡起追及之,杀虎脱其夫。吾闻之中原贤士大夫如此,乃为感激慷慨,作《烈妇行》以歌之。

客车何焞焞,夫挽妇为推。问君将安去,言往枣阳戍。官事有程宿车下,夜半可怜逢猛虎。夫命悬虎口,妇怒发指天。十步之内血相溅,夫难再得虎可前。宁与夫死,毋与虎生!呼儿取刃力与争,虎死夫活心始平。男儿节义有如许,万岁千秋可以事明主,冯妇、卞庄安足数!呜呼!猛虎逢尚可,宁成宁成奈何汝!

送高仁卿还湖州

昔年东吴望幽燕,长路北走如登天。捉来官府竟何补,还望故乡心惘然。江南冬暖花乱发,朔方苦寒气又偏。木皮三寸冰六尺,面颊欲裂冻折弦。卢沟强弩射不过,骑马径度不用舡。宦游远客非所习,狐貉不具绨袍穿。京师宜富不宜薄,青衫骏马争腾骞。南邻吹笙厌粱肉,北里鼓瑟罗姝妍。凄凉朝士有何意,瘦童羸骑鸡鸣前。太仓粟陈未易籴,中都俸薄难裹缠。尔来方士颇向用,读书不若烧丹铅。故人闻之应见笑,如此不归殊可怜。长林丰草我所爱,羁靮未脱无由缘。高侯远来肯顾我,裹茗抱被来同眠。青灯耿耿照土屋,白酒薄薄无荤膻。破愁为笑出软语,寄书妻孥无一钱。江湖浩渺足春水,凫雁灭没横秋烟。何当乞身归故里,图书堆里消残年。

赠相士

我昔放浪江湖间,举头开眼看青山。安知世故不相舍,坐受尘土凋朱颜。髭须已黄行且白，亦知人生不满百。功名富贵非我事，但愿有酒呼好客。钱唐江边逢少年，两眼善相口谈天。封侯食肉骨法异，慎勿置我诸公前。江南春暖水生烟，何日投闲苔水边？买经相牛亦不恶，还与老农治废田。

谢鲜于伯几惠震余琴 云是许旌阳手植桐所斫

仙人已归白云中，空余手植青枝桐，根柯盘郁如蛟龙。一朝辟历驱雷公，烈火半爇随狂风。箕子之裔多髯翁，才气迈俗惊愚蒙。抱持来归寻国工，斫为二琴含商宫。我来自北欣相逢，持一赠我为我容。自吾得此不敢寐，终夜起坐弹孤鸿。下弦清泠上黄钟，转弦更张涕满胸。黄虞已远将无同，恨君不识牙与钟，恨我不识瞽与矇，《周南》《大雅》当谁从！

赠相者

吾闻伯乐善相马，一顾千金长高价。何人偶傥买权奇，满眼驽骀居枥下。张君年少目有神，走半江湖多阅人。我生瘦懦乏骏骨，浪许腾骧防失真。连朝春雨今始晴，花枝照眼生春情。楼前山色横翠霭，湖上柳黄飞乱莺。便须沽酒与君饮，醉倒花前犹满引。懒从唐举问流年，欲向德翁谋小隐。

渔父词二首

仲姬题云：人生贵极是王侯，浮利浮名不自由。争得似，一扁舟，弄月吟风归去休。

渺渺烟波一叶舟，西风落木五湖秋。盟鸥鹭，傲王侯，管甚鲈鱼不上钩。

侬往东吴震泽州，烟波日日钓鱼舟。山似翠，酒如油，醉眼看山百自由。

送朱仲阳太平教授

列仙之儒山泽臞，手中黄纸新除书。教官虽冷实清选，当涂山川如画图。我生无能百不如，盍不从君赋"归与"！请君为我酹大白，矫首南望心烦纡。

题李公略所藏高彦敬夜山图

高侯胸中有秋月，能照山川尽毫发。戏拈小笔写微茫，咫尺分明见吴越。楼中美人列仙臞，爱之自言天下无。西窗暗雨正愁绝，灯前还展夜山图。

赠吴真人　父封饶国公，母饶国夫人

上清真人天上来，云收雾敛天门开。手持玺书归故里，琼琚玉佩相追陪。堂上老仙千岁寿，喜儿归来酌春酒。帝命建尔于上公，老仙拜前儿拜后。古来子贵父母荣，今见恩荣萃一门。紫衣玉带照华发，金冠瑶简明朝暾。人间五福谁能备？岁晚寒香满天地。真人妙行我所知，曾是玉皇香案吏。

题也先帖木儿开府宅壁画山水歌

大山崒嵂摩青天,小山平远通云烟。商侯胸中有丘壑,信手落笔分清妍。阆风玄圃原不远,灿烂金碧流潺湲。参差涧谷楼观起,萦纡石路朱桥连。松风飕飀响虚阁,棋声剥啄来群仙。渔歌樵唱渺何许,纶巾羽扇清溪边。高情自有泉石趣,凉意不受尘埃缠。世间书画亦岂少,谁能真赏如公贤?华堂风日不到处,绝胜绣幕空高悬。举觞酌酒为公寿,眼明对此三千年。

孤燕曲

燕燕复燕燕,孤飞不忍见。故雄已作长别离,孀雌守节令人羡。昔日双双拂烟草,十年独宿梁间藻。叹息人间贞妇少,人独何心不如鸟!

题商德符学士桃源春晓图

宿云初散青山湿,落红缤纷溪水急。桃花源里得春多,洞口春烟摇绿萝。绿萝摇烟挂绝壁,飞流泻下三千尺。瑶草离离满涧阿,长松落落凌空碧。鸡鸣犬吠自成村,居人至老不相识。瀛洲仙客知仙路,点染丹青寄轻素。何处有山如此图,移家欲向山中住。

秋夜曲二首

雨声滴夜清漏长,朱帘金幕浮新凉。闺中美人动裁剪,故罗衣袂生秋香。东邻剥枣西邻获,旅馆无人念飘泊。余不溪尽涵清辉,芙蓉压堤怨不归,墙根草绿阴蛾飞。

葡萄架空堕殷玉，遥夜露寒生体粟。暗蛩栖草鸣不平，无丝经纬空劳促。梦魂苦短道苦长，万山深处非吾乡。玉虫摇釭萤入屋，去雁来鱼应可卜，醒眼荧荧愁万斛。

孔道辅击蛇笏

以笏击蛇有孔公，义与段公击贼同。事之巨细虽有异，正气忿激生于中。伟哉孔公圣人裔，岂听妖邪乱民志！即今槐木一尺强，气象凛凛含风霜。子孙守之慎宝藏，绝胜象牙堆满床。

李氏种德斋诗

一年之计种谷，十年之计种木。百年种德知何事，插架鳞鳞书满屋。世人责报嗟何速，我自无心徼后福。日中为市百贾闹，竞逐锥刀蛾赴烛。鬻书之利虽云薄，要令举世沾膏馥。为贤为智皆由此，耕也未必能干禄。他年种德看成功，远在子孙应可卜。

赠张彦古

秋雨新已风日清，忽闻剥啄敲门声。出逢麻衣老仙伯，身长七尺双瞳明。平生学道几半世，一见洒洒心为倾①。大道无为返尔朴，自然有路通长生。我今素发飒以白，宦途久矣思归耕。吴兴山水况清绝，白云满岭堪怡情。老仙何当从我去，小筑茅屋依峥嵘。还丹已就蓬岛近，笑指尘海寻方平。

①"心为倾"，城书室本作"心为轻"。

送田师孟知河中府

汉二千石入为相,邑令或入为三公。圣朝用人亦复尔,予以此贺田河中。田侯年少与予友,今三十年俱白首。离觞未尽去马鸣,愁向风前折杨柳。

赵克敬耘庵

赵子居室名耘庵,不以雨旸为旱潦。寸田尺宅勤自治,稂莠芟夷嘉谷好。平生万事无助长,岁晚所收皆至宝。我托官联几一载,怀抱于人每倾倒。交情雅有古淡风,此意难为轻薄道。况我同姓古所敦,百世可知宜细考。三十年来如一梦,白发相看今尽老。我方告归理墓田,莫怪赋诗殊草草。

胭脂骢图歌

骐麟腰褭世常有,伯乐不生淹栈豆。欻见此图神自王,权奇磊落龙为友。隅目晶荧生紫光,锦毛错落蒙清霜。霜蹄蹙踏寒玉响,雾鬣振动秋风凉。朝浴扶桑腾浩荡,暮秣昆仑超象冈。雄姿似隘六合小,盛气欲尔浮云上。嗅尘一喷惊肉飞,奋迅不受人间靮。岂惟万马羞欲死,直与八骏争先驰。只今相者多举肥,叹息此图谁复知!君不见土处冲,半生隐德真成痴。

赠捏古伯

有僧有僧住江心,以色杀人凶且淫。贪官若吏私其金,灭迹钜海无由寻。安知冤魂痛不释,群然号诉众共覸。尽诛凶侪冤始白,谁其白之捏古伯。

送高郎仲德往汝州迎母

高郎八岁失其母,每一言之泪如雨。忽然有信自北来,知道慈亲在临汝。艰难一别四十年,惊喜失声浑欲舞。水行有舟陆有车,襆被即行身欲羽。遥想团圞再拜时,膝下抱持喧笑语。人生天地谁无母?此别真如隔今古。焉知孝感动神明,万里言归复相睹。吴兴山水清且远,指日安舆还乐土。我当理舟楫迎汝,买红缠酒封肥羜。斑衣喜色映庭萱,白发从教老农圃。

次韵叶公右丞纪梦

倦游客子何时去?屡欲言归天未许。故乡乐事时上心,破浪长鱼日登俎。一蓑一笠得自由,某水某丘犹可数。前年有诏举逸民,一旦驰驿登天府。岂知佐理自有才,勉强尽瘁终无补。青春憔悴过花鸟,白日勾稽困文簿。栖栖颜汗逐英俊,往往笑谈来讪侮。倦仆思归语见侵,瘦马长饥骨相拄。天生我公出瑞世,辅相明时期复古。好将图画上凌烟,未遂衣冠挂神武。髭须半白称貂蝉,步履渐轻宜印组。道长自觉小人消,乱沮正须君子怒。得闲有兆天与祥,吉梦初回月当户。因公此意乞归田,不辞歌诗为公舞。

杨天瑞府判平冤诗

至元年间岁辛卯,建宁总管有马谋。间因盗起建阳县,欲引镇军肆诛屠。闻民张氏有女子,小名月娘美且姝。思得此女恣淫泆,乃诬张氏与贼俱。月娘逃匿不可得，旁及邻女遭奸污。既得月娘欲灭口，父母亲戚皆因俘。一家九人一时毙，痛入骨髓天难呼。其余五人亦濒死，身被榜掠无完肤。人家不幸产尤物，破家灭族真无辜！杨侯天瑞为府判，深疑此事皆虚诞。奋髯仗义以死争，力谓马谋当并按。月娘得脱为良人，待尽残囚出狱犴。沉冤极枉一旦伸，台省交章同论荐。圣神天子甚明察，诏下天门发英断。马谋竟以罪伏诛，行路闻之亦咨叹。邑人为侯生立祠，牲酒缤纷勤荐祼。杨侯平反世希有，宜有升迁示旌劝。政事固因才德美，岁月难将资品算。即今已过二十年，那抛朱绂换青衫。皋夔在位方进贤，请为诵我平冤篇。

赋张秋泉真人所藏研山

泰山亦一拳石多，势雄齐鲁青巍峨。此石却是小岱岳，峰峦无数生陂陀。千岩万壑来几上，中有绝涧横天河。粤从混沌元气判，自然凝结非镌磨。人间奇物不易得，一见大叫争摩挲。米公平生好奇者，大书深刻无差讹。傍有小研天所造，仰受笔墨如圆荷。我欲为君书《道德》，但愿此石不用鹅。巧偷豪夺古来有，问君此意当如何？

题舜举摹伯时二马图

二龙何时飞上天，空有骏影人间传。一匹凤头来于阗，一匹赐名花满川。李侯作画述者钱，想见温公当国年。太平时节巡游少，立仗归来饱春草。老向天闲无战功，马自不逢人皞皞。

兔

少年驰逐燕齐郊，身骑骏马如腾蛟。耳后生风鼻出火，大呼"讨来"飞鸣髇。如今老大百忧集，拄杖徐行防喘急。卷中见画眼为明，骥闻秋风双耳立。

讨来，国朝语，谓兔也。

赠相师王蒙泉

王君善相多奇中，说好夸奇无刺风。已将幻化等虚空，问寿几何持底用！遭时乏才偶致位，处非其宜常自讼。词林每愧文字拙，玉带却怜腰髁重。身归闾里困衰疾，心恋阙庭形夜梦。端如老骥欹欲倒，骏骨虽存难受鞚。清溪如玉绕屋庐，个个渔舟时看弄。且将闲散乐余生，岂望残年给残俸！

卷第四

律诗

春寒

夜雨鸣高枕,春寒入敝袍。时光自花柳,吾意岂蓬蒿!失色黄金尽,知音白雪高。山林隐未得,空觉此生劳。

雪后同子俊游何山次韵四首

同是清闲客,俱为放浪游。晴山依雪壮,野水带冰流。风急松杉乱,年登荞麦收。生涯虽未老,吾欲觅苑裘。

步履行危磴,凭阑得妙峰。鸟飞迷故道,人去想遗踪。掩冉风前竹,支离涧底松。山僧饭不足,不是忘鸣钟。

兵革时犹动,山林日就荒。子真思隐遁,詹尹问行藏。有意随三饭,无人馈五浆。远山湖外白,立马见微茫。

湍驶波翻雪,风生地出雷。薄醑随意尽,寒气逼人来。更欲明朝去,何妨迫暮回。自怜非李广,醉尉莫相猜。

早春

溪上春无赖,清晨坐水亭。草芽随意绿,柳眼向人青。初日收浓雾,微波乱小星。谁歌采蘋曲，愁绝不堪听。

重游弁山

出郭闻莺语，穿林散马蹄。涧松何郁郁，春草又萋萋。白石那堪煮，丹崖尚可梯。平生爱高兴，只合此幽栖。
竹色迷行径，松声汹座隅。水清花自照，风暖鸟相呼。饮罢思棋局，歌长缺唾壶。重来潇洒地，聊足慰须臾。

鱼乐楼

楼下南来水，清泠百尺深。菰蒲终夜响，杨柳半溪阴。日月驱人世，江湖动客心。向来歌舞晏，达晓看横参。

秋夜

草蔓行多露，虫声报草秋。明河斜未转，大火已西流。欲作传杯饮，谁能秉烛游？清晨拂鞍马，适野拟消忧。

次韵陈无逸中秋月食风雨不见

溪月当圆夜，看云起莫愁。层阴连积水，伏雨暗清秋。白璧难容玷，明珠不可求。每因观节物，转觉此生浮。

独夜

生事怜吾拙，怀人阻道修。角声悲静夜，灯影伴幽忧。水落红衣老，天寒翠袖愁。云中有过雁，哀叫亦何求？

次韵子山登楼有感

西北高楼好，登临望眼空。弁山横雨外，笠泽浸天东。计乏千金药，羞看百炼铜。只应将世事，都付酒杯中。

怀古情何极，登危气尚雄。江山一时胜，宇宙百年中。翠袖愁空谷，绨袍受朔风。超然高举意，决眦送孤鸿。

闻角

吹角秋风里，边声入暮云。抑扬如自诉，哀怨不堪闻。老马行知道，孤鸿飞念群。只今霸陵尉，那识旧将军！

次韵冯伯田秋兴

摇落故园秋，溪山处处幽。无钱频贳酒，多病倦登楼。文采陶彭泽，丹青顾虎头。谁能混俗流，浩荡一浮沤。

风紧草木变，露寒沙水清。萧兰嗟共悴，鹖鸠忍先鸣。黄阁非吾事，青山不世情。浩歌聊感激，裘马任肥轻。

兴逐秋风发，愁随秋夜长。系书阳鸟远，促织候虫忙。世已无刘表，家徒有孟光。故衣寒未补，发箧动幽香。

本斋先生挽诗

昔我先君子，交游半老儒。词林宗匠在，制阃辅臣须。晚节风尘际，闲居岁月徂。谬称诗赋善，深痛典刑无。

德邵龟龄迈，神全鹤发春。管宁安皂帽，龚胜谢蒲轮。小楷名空在，遗言意更亲。平生知己恨，泪落雪溪滨。

公为孟頫作《研铭》，尝刻之研底。又临终呼孟頫多所嘱，故云。

赠权季玉兼简李顺甫

幕府文书静，湖山春事多。风烟归逸兴，花鸟助高歌。自愧诸生后，其如二妙何！卜邻应有日，退食数相过。

奉和帅初兄将归见简

戴子文章伯，不为时所知。朱弦非众听，白璧易群疑。海树生秋早，江舡渡越迟。莫愁千里别，要作百年期。

我坐幽忧疾，非君谁与娱？清谈忘日夜，高论到唐虞。天地无青眼，江湖有白须。客居宁郁郁，归兴托莼鲈。

送杨幼澄教授归江西兼寄吴幼清

客里相从久，愁中欲别难。此行登仕版，未觉负儒冠。北度怜江总，东归忆幼安。著书应满屋，妙处共谁看？

送李清甫由御史出按四川

蜀道青天上，绣衣骢马行。霜威御史府，春色锦官城。万里平反报，三年菽水情。相逢一杯酒，似为别离倾。

送刘伯常淮东都事

久客倦游甚,思归劳寸心。之子复南迈,欲别惜光阴。萧条楚山远,渺弥淮水深。梦中不可到,何用解愁襟?

晋公子奔狄图邀端父御史同赋

杌陧居蒲日,艰难奔狄时。天方兴伯者,教子实从之。岁久丹青暗,人贤简册悲。至今绵上路,犹忆介子推。

题米元晖山水

卧游渺万里,楚天清晓秋。初日江上出,白云山际浮。莽苍迷烟树,隐约见孤舟。丹青不可作,思子徒离忧。

送张仲实还杭州

张子早英发,哦诗遗垢氛。瘦骨映秋水,青眼视晴云。黄公酒垆侧,王令为书裙。相望苦不远,何用惜离分!

食粥

杲杲西流日,滔滔东逝波。春光蓟丘晚,柳色上林多。不道含香贱,其如食粥何!明时无小补,郎署谩蹉跎。

酬卫处士见赠

之子有道气，山居诗兴多。琴清鹤自舞，林静鸟能歌。未遂携家隐，深惭辍櫂过。他年从杖屦，养寿向岩阿。

送吴礼部奉旨诣彭湖

为国建长策，此行非偶然。止戈方见武，入海不求仙。朱绂为郎日，金符出使年。早归承圣渥，图像上凌烟。

大司农侯公挽诗

理学推高第，清朝位列卿。政声先日著，经术暮年精。乍识俄离逖，方闲遽陨倾。重为天下惜，涕泪落纵横。

和周景远见寄二首

四海多兄弟，交情子独亲。方将寻舴艋，何意画麒麟！簿领淹豪士，江湖著散人。相看俱老大，喜见二毛新。

止酒陶彭泽，能书王右军。逃禅宁避俗，感旧惜离群。泽国茫茫水，霜空黯黯云。为农投老去，北望隐思君。

奉隆福召命赴都过德清别业

骤暄气候变，幽园卉物凄。山云石上起，春鸟雨中啼。牵衣怜稚子，举案愧山妻。若被虚名累，未得遂高栖。

谢石林赠湖石

怪石曾听法,来从不二门。玲珑浮磬韵,斑驳古苔痕。池月岩边上,春云水面屯。微尔能辍赠,此意向谁论?

筇竹杖赠天圣长老仁公 仁有诗次其韵

瘦节苍骨耸,腻肤黄玉温。苔间时卓地,月下屡敲门。持赠松庐老,携寻水竹村。归来倚空壁,夜气与俱存。

胡穆仲先生挽诗

我有三益友,对之如古人。布衣甘陋巷,书册老遗民。泪落黔娄被,神伤郭泰巾。请为千字诔,书刻上坚珉。

赠永清曹显祖县尹

赤县郎官宰,清朝学士班。云端双履去,花底一琴间。鸿鹄宜天路,麒麟近帝闲。会当从此召,岂待及瓜还。

赠郑之侨

我有故人子,少年能缀文。偏工吟九日,已解赋齐云。落落驹千里,昂昂鹤出群。却怜吾老矣,须鬓白纷纷。

来鹤亭

在杭州开元宫,吾往年游宫中,而适有鹤来,因为书二字以名亭。

客游真馆日,鹤来玄圃时。援笔二大字,欣然千载期。长鸣松月照,屡舞竹风吹。天路何寥廓,吾与尔同之。

大都遇平江龙兴寺僧闲上座话
唐綦毋潜宿龙兴寺诗因次其韵

闻说龙兴寺,多年未款扉。风林发松籁,雨砌长苔衣。殿古灯光定,房深磬韵微。秋风动归兴,一锡向空飞。

李太白酒楼 在任城,今新济州是

城迥当平野,楼高属莫阴。谪仙何俊逸,此地昔登临。慷慨空怀古,徘徊独赏心。峄山明望眼,百里见遥岑。

送翟伯玉云南省都事

万里云南路,青山落照边。省郎新紫绶,幕府旧红莲。见面嗟吾晚,观文觉子贤。只应清淑气,不受瘴溪烟。

题赵敬父侍御祖德诗

弃子抱兄子,古来闻邓攸。贤哉赵氏母,盛德迈前修。阴骘理须复,高门庆自流。诜诜庭下玉,簪笏尽公侯。

获周丰鼎 见《博古图》第三卷，铭六字

丰鼎制特小，周人风故淳。摩挲玉质润，拂拭翠光匀。铸法观来妙，铭文考更真。平生笃好古，对此兴弥新。

赠刘节轩侍御

骢马人皆避，沙鸥意独闲。天恩沾赠典，泉壤慰慈颜。乐在箪瓢外，春生杖屦间。闻闲且行乐，但恐趣朝班。

雨

槭槭众叶响，滋滋生意新。知谁实挥洒，解使尽圆匀。珠网悬珠络，荷盘泻汞银。喜凉生枕簟，愁润逼衣巾。

寄题陆振之与闲堂

一闲天所与，万事世从疏。名教有乐地，安心为广居。林间听啼鸟，濠上看游鱼。意适无余想，时还读我书。

次韵观复表兄见简

寒雨何时已？停云不肯开。难陪山简醉，空忆谪仙才。梅蕊枝枝发，幽禽日日来。可能无过我，真复要诗催。

载酒无人到，山园昼掩门。泥深妨步屦，雨暗只空村。每忆文园渴，

难忘北海尊。何当来就饮，听我抚桐孙。

故两浙运使李公挽诗二首

昔我闲居日，公来作守时。敝庐曾寓止，暇日每娱嬉。篆籀传书法，弦歌送酒卮。情亲自兹始，岁晚辱深知。

白发仪刑老，清朝侍从班。理财羞聚敛，治郡已恫瘝。卧疾留南久，招魂竟北还。向来漳水道，泪落郭西山。

送张梦符郎中还朝

侍从班行近，咨谋出使频。乘轺山水国，把酒浙江春。骢马歌仍在，祥麟德自驯。大书诚有法，妙句不无神。爱士容疏放，忘年接隐沦。回辕瞻斗极，听履上星辰。此别真堪惜，兹情未易陈。数公如见问，为说混风尘。

送董参政赴召

丹极飞明诏，锋车召老臣。仲舒经术邃，贾谊谠言陈。偃草怀殊俗，安田慰远人。公心如皦日，江国自熙春。散乱堆床帙，萧飕满案尘。诡随吾不忍，高卧理还伸。入奏能回主，当言莫爱身。衮衣瞻望重，丈席侍趋频。铅椠工无益，樵渔意已亲。白鸥波万里，浩荡未能驯。

投赠刑部尚书不忽木公

胄子何多士，明公特妙年。诗书师法在，簪绂相门传。曳履星辰上，分光日月边。帝心知俊彦，群望属英贤。大木明堂器，朱丝清庙弦。

吉人词自寡，君子德为先。断狱阴功厚，优儒礼数偏。我非天下士，人谓地行仙。山好双游屐，溪清一钓舡。赋诗时遣兴，好客恨无钱。正尔韦编绝，俄闻束帛戋。风尘驱驿骑，霜雪洒鞍鞯。别妇经春夏，离乡整四千。家书愁展读，旅食困忧煎。郎位蒙超擢，官曹幸接联。屡闻哦鄙句，信或有前缘。知己诚难遇，扪心益自怜。樊中淹泽雉，春晚怨啼鹃。骥病思丰草，鸿冥羡远天。仁言如借便，白首向林泉。

送夹谷公分省陕西

忆从长杨猎，于时始识公。堂堂九尺干，落落万夫雄。补衮弥缝密，能书点画工。劳谦延士类，岂弟到儿童。黄阁归人望，青云有父风。驱驰常扈从，奏对每留中。暂辍尚书履，荣分陕右弓。秦山依昼锦，燕雪感秋蓬。粉署趋承旧，瀛洲忝窃同。因公动乡思，飞梦过江东。

秋日即事

今日秋色好，天高景不暄。清飙动林薄，凉意满丘樊。俗客无因至，幽禽时自言。露浓金盏侧，香远玉簪繁。谁办东山妓，空余北海尊。莫吟《招隐赋》，桂树可攀援。

元日朝贺 兵曹时作

闾阖曙光生，觚棱瑞霭横。治朝春有象，严跸物无声。簪笏千官列，箫韶九奏成。彤墀簇仙仗，翠树拂霓旌。绝域梯航至，来庭玉帛盈。皇图天远大，圣德日高明。兵息知仁布，民熙见化行。耄倪齐鼓舞，率土共生平。

奉赠平章李相公十韵

鱼水千年庆,龙云亿载春。乾元开泰运,圣主得贤臣。画像丹青炳,书题刻画真。春宫承宠旧,秋谷赐名新。扶日登皇极,经邦赞化钧。甘盘基相业,傅说应星辰。报国非私己,逢时岂爱身。谁能动天子,今复见山人。始白诗书效,行看俗化淳。原陈归美意,作诵比《烝民》。

题杨司农宅刘伯熙画山水图

移得山川胜,坐来烟雾空。窗中列远岫,堂上见青枫。岩树参差绿,林花掩冉红。鸟飞天路迥,人去野桥通。村晚留迟日,楼高纳快风。琴尊会仙侣,几杖从儿僮。疑听孙登啸,将无顾恺同。微茫看不足,潇洒兴难穷。碧瓦开莲宇,丹楼耸竹宫。乱泉鸣石上,孤屿出江中。籍甚丹青誉,益知书画功。烦渠添钓艇,着我一渔翁。

七言律诗

和姚子敬秋怀五首

铜雀春深汉苑空,邯郸月冷照秦宫。烟花楼阁西风里,锦绣湖山落照中。河水南来非禹迹,冀方北去有唐风。溪城秋色催迟暮,愁对黄云没断鸿。

落日孤城动鼓鼙,愁中画角不胜吹。山川萧瑟秋云净,草木凋伤暮雨悲。多病马卿聊假日,数奇李广不逢时。卷帘白水青山里,隐几无言有所思。

搔首风尘双短鬓，侧身天地一儒冠。中原人物思王猛，江左功名愧谢安。苜蓿秋高戎马健，江湖日短白鸥寒。金尊渌酒无钱共，安得愁中却暂欢！

　　吴宫烟冷水空流，惨淡风云暗九秋。禾黍故基曾驻跸，芙蓉高阁迥添愁。绣楹锦柱蛟龙泣，金沓瑶阶鹿豕游。宋玉平生最萧索，欲将《九辩》赋离忧。

　　野旷天高木叶疏，水清沙白鸟相呼。胡笳处处军麾满，鬼哭村村汉月孤。新亭举目山河异，故国伤神梦寐俱。黄菊欲开人卧病，可怜三径已荒芜。

闻捣衣

　　露下碧梧秋满天，砧声不断思绵绵。北来风俗犹存古，南渡衣冠不及前。苜蓿总肥宛腰袅，枇杷曾泣汉婵娟。人间俯仰成今古，何待他年始惘然。

登飞英塔

　　梯飙直上几百尺，俯视层空鸟背过。千里湖山秋色净，万家烟火夕阳多。鱼龙衮衮危舟楫，鸿雁冥冥避网罗。谁种山中千树橘？侧身东望洞庭波。

岳鄂王墓

　　鄂王坟上草离离，秋日荒凉石兽危。南渡君臣轻社稷，中原父老望旌旗。英雄已死嗟何及，天下中分遂不支。莫向西湖歌此曲，水光山色不胜悲。

溪上

溪上东风吹柳花，溪头春水净无沙。白鸥自信无机事，玄鸟犹知有岁华。锦缆牙樯非昨梦，凤笙龙管是谁家？令人苦忆东陵子，拟问田园学种瓜。

次韵刚父无逸游南山作

绝顶清秋凌翠烟，登临应费酒如川。平生能著几两屐，负郭何须二顷田。初日出云光射地，双溪入湖波接天。升高望远我所爱，青壁有路何当缘。

次韵子俊

岁云暮矣役车休，蟋蟀在堂增客愁。少年风月悲清夜，故国山川入素秋。佳菊已开催节物，扁舟欲买访林丘。从今放浪形骸外，何处人间有悔尤！

次韵本斋先生即事

重揽衣裘敝更宽，徂年欲暮气先寒。雨中百草难为绿，霜后黄花尚耐看。千古清真耆旧传，半生辛苦腐儒冠。便应筑室山阿去，嘉与斯人赋《考槃》。

次韵信仲晚兴

萧萧残照晚当楼，寒叶疏云乱客愁。岁月蹉跎星北指，乾坤浩荡水东流。古来人物俱黄土，少日心情在一丘。独立无言风满袖，青山相对共悠悠。

次韵王时观

相思吴越动经年，一见情深重惘然。草木变衰人易老，江湖牢落雁难前。秦山半出青天上，禹穴遥临古道边。欲说旧游浑似梦，何时重上剡溪船？

钱塘怀古

东南都会帝王州，三月烟花非旧游。故国金人泣辞汉，当年玉马去朝周。湖山靡靡今犹在，江水悠悠只自流。千古兴亡尽如此，春风麦秀使人愁。

次韵舜举春日感兴

沙头春日已喧妍，细柳新蒲色共鲜。世事底须求分外，人生何物胜尊前。飞花苒苒催华发，宿草青青失古阡。回首旧欢如梦过，不知今日是何年。

纪旧游

二月江南莺乱飞，百花满树柳依依。落红无数迷歌扇，嫩绿多情妒舞衣。金鸭焚香川上暝，画船挝鼓月中归。如今寂寞东风里，把酒无言对夕晖。

次韵章得一同原父侄游兰泽

绿树暗暗草接天,已愁春尽更闻鹃。落花飞絮都成恨,痛饮狂歌浑欲颠。起舞有人如谢尚,著书无意似伶玄。绣筵宝瑟何时会?割锦缠头不计钱。

见章得一诗因次其韵二首

水色清涟日色黄,梨花淡白柳花香。即看时节催人事,更觉春愁恼客肠。无酒难供陶令饮,从人皆笑郦生狂。城南风暖游人少,自在晴丝百尺长。

片片飞花欲送春,萋萋碧草正愁人。黄蜂酿蜜经营急,紫燕衔泥来去频。才似茂陵非晚遇,美如曲逆不长贫。久知求富都无益,但喜论诗若有神。

奉和帅初雨中见赠

阴雨凄凄生夏寒,故人望望惜清欢。停云底事能相阻,后土何时可得干?无事甘为犀首饮,切云聊著屈平冠。闭门客散且高卧,户外泥深没马鞍。

正坐清谈与世违,交情如子定应稀。图书跌宕心犹在,裘马清狂意已非。黄鹤未知何日返,饥乌故作傍人飞。溪南流水清如玉,终拟归休理钓矶。

次韵帅初

吴越相望三十年,相逢意气共翩翩。长歌白石徒为尔,远访丹砂亦偶然。海气昏昏云拂地,江风飒飒雨连天。他时别后相思处,欲问山阴雪后舡。

多景楼

层颠官阁几时修?绕槛长江万古流。白露已零秋草绿,斜阳虽好暮云稠。平南筹策张华得,治内人才葛亮优。景物未穷登览兴,角声孤起瓮城秋。

东阳八咏楼

山城秋色净朝晖,极目登临未拟归。羽士曾闻辽鹤语,楼在宝婺观,观中老道士能言诸父出处。征人又见塞鸿飞。西流二水玻璃合,南去千峰紫翠围。如此山川良不恶,休文何事不胜衣?

金陵雨花台遂至故人刘叔亮墓

雨花台上看晴空,万里风烟入望中。人物车书南北混,山川襟带古今同。昆虫未蛰霜先陨,凤鸟不鸣江自东。绿发刘伶缘醉死,往寻荒冢酹西风。

蛾眉亭

天门日涌大江来,牛渚风生万壑哀。青眼故人携酒共,两眉今日为君开。苍崖直下蛟龙吼,白浪横空鹅鹳回。南眺青山怀李白,沙头官渡苦相催。时与刘伯宣尚书同登。

海上即事

白水青林引兴多,红裙翠黛奈愁何!底从暮醉兼朝醉,聊复长歌更短歌。轻燕受风迎落絮。老鱼吹浪动新荷。余不溪上扁舟好,何日归休理钓蓑?

赠周景远田师孟

与子同客帝王州,一日不见如三秋。风高气肃雁声急,天青日暖蛛丝游。篱下黄花为谁好?水边红树令人愁。世间万事可拨遣,日日痛饮醉即休。

送李元让赴行台治书侍御史

郎署联班仅一秋,旦同趋省暮同休。岂惟官事奔忙共,自觉吾侪气味投。骢马只今登宪府,白鸥何日傍沧洲?别离不似今朝恶,南望令人生白头。

送刘天锡镇守鄂州

将军好武更敦书,执戟多年卫帝居。扈跸惯骑天育马,分符真食武昌鱼。弓刀行色寒逾壮,尊酒风流淡有余。江路梅花正堪折,未应便向故人疏。

送缪秀才教授真州

髯生别我将安适?言向真州作教官。但使清风生绛帐,何妨朝日照空槃！东园草木因人胜，北固江山隔岸看。才近中年已伤别，可堪南望送归鞍。

送阎子静廉访浙西

翰林禁近逼青冥，宪节乘骢出帝城。海内文章归浑厚，浙西民物望澄清。姑苏落日荷花净，震泽秋风橘柚明。忆向玉阶承圣语，早归黄阁慰苍生。

次韵左辖相公

昔年间里自浮沉，郎省那知遂有今。老去冯唐堪底用，愁来庄舄向谁吟？上林柳色春犹浅，西塞桃花水正深。知己如公居鼎鼐，不应长此泣南音。

次韵左辖相公奉寄行台中丞徐公

尽日沉迷簿领书，何时重得赋闲居？已无梦想悬金印，岂有文章到石渠！白发故人霜柏在，黄尘游子断蓬如。旧游忆在吴兴日，自采溪毛脍白鱼。

送孟君复信州总管

君侯弱冠已专城，未许甘终浪得名。五马人生真足贵，一毫宠辱不须惊。暮云去作江东梦，秋雨无忘蓟北情。歌罢风前折杨柳，离觞那忍为君倾！

追挽宋汉臣副使

生世怜余后此公,闻人说似涕无从。一时文献交游里,十载烟霞杖屦中。有子能为先友记,临终方见古人风。秋漪亭上残阳色,犹照先生醉后容。

钦颂世祖皇帝圣德诗

东海西山壮帝居,南舡北马聚皇都。一时人物从天降,万里车书自古无。秦汉纵强多霸略,晋唐虽美乏雄图。经天纬地规模远,代代神孙仰圣谟。

送吴思可总管汀州

七闽南去路崎岖,五马承恩出帝都。地气喜闻今有雪,民生宁似昔无襦!山城酒美倾鹦鹉,雨馆春深听鹧鸪。他日相思应怅恨,离筵不忍赋《骊驹》。

李仲渊求其弟叔行万竹亭诗为赋一首

闻君有弟多栽竹,邀我题诗寄远情。翠碧飞来人正静,凤凰鸣集实初成。江波倒影春云合,山月笼阴夜气清。我亦有亭深竹里,也思归去听秋声。

王氏节妇

夫妇人伦之大者,夫死宁容有二天!矧是簪缨娴母训,故应诗礼得家传。何须断耳徒惊俗，只是持身已自贤。年少寡居今白发，为君重赋《柏舟》篇。

和姚子敬韵

同学故人今已稀，重嗟出处寸心违。自知世事都无补，其奈君恩未许归。沧洲白鸟时时梦，玉带金鱼念念非。准拟明年乞身去，一竿同理旧苔矶。

赵子敬御史志养堂

志养堂前骢马归，融融喜气动庭闱。能令将种为书种，可是斑衣胜绣衣。手树丛萱侵雪色，心同寸草报春晖。不须更上《陈情表》，寿母康强世所稀。

至元壬辰由集贤出知济南暂还吴兴赋诗书怀①

五年京国误蒙恩，乍到江南似梦魂。云影时移半山黑，水痕新涨一溪浑。宦途久有曼容志，婚娶终寻尚子言。正为疏慵无补报，非干高尚慕丘园。

多病相如已倦游，思归张翰况逢秋。鲈鱼莼菜俱无恙，鸿雁稻粱非所求。空有丹心依魏阙，又携十口过齐州。闲身却羡沙头鹭，飞去飞来百自由。

① "壬辰"原作"庚辰"，今据杨载《赵文敏公行状》及《元史》卷一七二《赵孟頫传》改。

初到济南

自笑平生少宦情,龙钟四十二专城。青山历历空怀古,流水泠泠尽著名。官府簿书何日了?田园归计有时成。道逢黄发惊相问,只恐斯人是伏生。

刘端父御史见和前诗次韵答之

少日居多隐遁情,微官犹喜得山城。腹中洞视浑无物,身外何因更有名?忽忆放船苕水去,终期背郭草堂成。故乡一别三千里,看见池塘草又生。

次韵端父和鲜于伯几所寄诗

画舸西湖到处游,别来飞梦到杭州。百年底用忧千岁,一日相思似几秋。苦忆东南多胜事,空吟西北有高楼。只今赖有刘公干,时写新诗解客愁。

春日送廉访监司赴都

春回北斗转招摇,使节迎春上九霄。官道柔杨有生意,私田细麦长新苗。东风河水冰初泮,迟日沙堤雪易销。入觐彤廷元会毕,衮衣留相圣明朝。

送刘安道指挥副使还都兼寄李士弘学士

昔来雨雪正霏霏,今去春鸿向北飞。王事便应歌《杕杜》,家人未用叹蚍蜉。据鞍横槊军威壮，把酒论文雅志违。为问瀛洲李学士，相思何故信音稀？

趵突泉

泺水发源天下无，平地涌出白玉壶。谷虚久恐元气泄，岁旱不愁东海枯。云雾润蒸华不注，波涛声震大明湖。时来泉上濯尘土，冰雪满怀清兴孤。

继郑鹏南书怀

岂不怀归苦未闲，宦情羁思不成欢。可能治郡如龚遂，只合临流似幼安。棋局懒从先处着，医方留取用时看。夜来梦到苕溪上，一枕清风五月寒。

惊秋

泽国西风一夜生，故园乔木动秋声。山川满目悲摇落，物色无心得老成。下坂牛羊知故道，亲人鱼鸟近幽情。向来豪气消磨尽，空对年光浪自惊。

德清闲居

已无新梦到清都，空有高情学隐居。贫尚典衣贪购画，病思弃研厌求书。圉人焚积夜防虎，溪女叩扉朝卖鱼。困即枕书饥即饭，谋生自笑一何疏！

题山堂

手种青松一万栽，山堂留得翠屏隈。推窗绿树排檐入，临水红桃对镜开。山雉雊迎朝日去，野禽啼傍夕阳来。老妻亦有幽栖意，数日迟留不肯回。

醉后同张刚父清风楼联句

碧树未黄风露秋，晚云萧瑟乱山愁。赵。千家疏雨催砧杵，两岸残阳入钓舟。张。画角吹残人罢市，清尊饮散客登楼。赵。古今回首俱陈迹，唯有溪声日夜流。张。

和邓善之九月雪

季秋惊见燕山雪，远客淹留愁病身。憔悴自伤黄菊晚，横斜空忆野梅春。苍松翠柏争擎重，绀殿红楼迥绝尘。想得江南犹未冷，嫩橙清酒正尝新。

次韵子敬怀王子庆往吴中 王力购晋帖

阛闠城郭填姑苏，吊古登台百感俱。秋水远随鸿影没，江云长傍客帆孤。吴时花草于今在，晋代风流绝世无。别后故人须有得，已应怀宝问归途。

卷第五

七言律诗

海子上即事与李子构同赋

小姬劝客倒金壶，家近荷花似镜湖。游骑等闲来洗马，舞靴轻妙迅飞凫。油云判污缠头锦，粉汗生怜络臂珠。只有道人尘境静，一襟凉思咏风雩。

李诗云："驰道尘香逐玉珂，彤楼花暗鼓云和。光风渐绿瀛洲草，细雨微生太液波。月榭管弦鸣曙早，水亭帘幕受寒多。少年易动伤心感，唤取蛾眉对酒歌。"子构名才，京兆人，年十七赋此诗，不幸早亡，杂于唐人诗中，未易辨也。客有赋十月桃者，子构云："刘郎再来岁云暮，王母一笑天回春。"众皆钳口不作，亦奇句也，因附此。

重用韵

更从何处访蓬壶？花满平堤水满湖。韩嫣金丸落飞鸟，王乔仙履下双凫。姬姜自爱千金貌，游侠轻量一斛珠。我老不知年少事，水边行散似春雩。

次韵西云长老赠周仲和

江南春水碧于天，百鸟沧洲兴渺然。刺绣可能如倚市，力田终不似逢年。几因莼菜怀张翰，欲把丹砂访稚川。才力如君强健在，不妨沽酒醉花前。

送杜伯玉四川行省都事

浣花溪上草堂存，今见能诗几代孙？橘刺藤梢隐丛竹，椒浆桂酒荐芳荪。日长画省文书静，春近岷江雪浪奔。我向东吴君向蜀，别离从古解销魂。

次韵李秀才见赠

曾是先皇侍从班，龙髯飞去竟难攀。重来赤日黄尘里，梦到清泉白石间。岂有文章供世用，久判渔钓与云闲。何当便理南归棹，呼酒登楼看弁山。

人日立春

今年人日与春并，人得春来喜气迎。宫柳风微金缕重，御沟水泮玉鳞生。阴消已觉余寒散，阳长争看晓日明。霜鬓彩幡浑不称，强题新句慰羁情。

送岳德敬提举甘肃儒学

苦欲留君君不留，奋髯跨马走甘州。功名到手不可避，富贵逼人那得休。春酒葡萄歌窈窕，秋沙苜蓿饱骅骝。儒冠也有封侯相，万里归来尚黑头。

送萧万户镇阆州

锦屏山下蜀江清，阆州城南春意生。投壶今见诗书帅，树羽遥怜鼓角营。远戍固须烦将略，杂耕因足见民情。梅花到日应如雪，折取繁枝一寄声。

留别沈王

珍重王门晚受知，一年长恨曳裾迟。分瓯共酌人参饮，绕径同看芍药枝。华屋焚香凝燕寝，画屏摘句写乌丝。吴舡万里东南去，采尽蘋花有所思。

德昌总管雪后见过而余适往德清别业归来承惠诗走笔奉和

年过五十已无闻，老子犹容醉吐茵。短棹冲寒投别墅，朱辀行雪布阳春。诗成自可追群玉，笔冻真成秃万魏。且喜丰年多美酒，传杯慎勿厌巡巡。

三日后再雪德昌复枉骑见过既而复和前篇见赠辄亦次韵

夜深万籁寂无闻，晓看平阶展素茵。茗椀纵寒终有韵，梅花虽冷自知春。使君磊落如天骥，老我堆坯似冻魏。深愧闭门高卧客，枉劳车骑已三巡。

已酉元日朝拜喜晴总管次前韵见教复和一首

公庭拜罢笑声闻，晓色曈曈射锦茵。元日不阴占乐岁，太平有象兆新春。不知何地来银瓮，复报诸方致白麟。四海治安封禅举，岱宗久已望东巡。

游乌镇次韵千濑长老

泽国人烟一聚间，时看华屋出林端。已寻竹院心源净，更上松楼眼界宽。千古不磨唯佛法，百年多病只儒冠。相逢已定诗盟了，他日重寻想未寒。

赠张进中笔生

平生翰墨空余习，喜见张生缚鼠毫。韩子未容夸兔颖，涪翁底用赋猩毛。黑头便有中书意，黄纸宁辞署字劳。千古无人继羲献，世间笔冢为谁高？

赠放烟火者

人间巧艺夺天工，炼药燃灯清昼同。柳絮飞残铺地白，桃花落尽满阶红。纷纷灿烂如星陨，霍霍喧豗似火攻。后夜再翻花上锦，不愁零乱向东风。

挽洞霄章耕隐

黄发萧萧瘦骨清,每于谈妙见高情。琼浆正欲分丹鼎,霞佩胡为返赤城?白鹤归来华表在,碧桃开尽玉棺成。师今此去哀难悼,万壑松风共此声。

题温雪峰诗迹

出拥旌麾一俊臣,归寻松竹作闲人。龙蛇留遗人间世,泉石逍遥物外身。自古神仙皆旷达,由来豪杰岂埃尘!山川良是诸孙老,华表归来又几春?

次韵庞夷简礼部

故山深处桂阴浓,云碓无人水自舂。玉友一尊为老伴,木奴千树当侯封。宦途坎壈谋身拙,病骨支离触事慵。早挂一帆归去好,五湖烟景最情钟。

卢彦威用韵见赠亦复次韵

东篱紫菊露方浓,西舍黄粱夜自舂。蕙帐夜空玄鹤怨,松门无锁白云封。图书老去心犹在,朝市重来意转慵。岂有高情齐隐逸,正缘多病已龙钟。

论书

右军潇洒更清真,落笔奔腾思入神。《裹鲊》若能长住世,《子鸾》

未必可惊人。苍藤古木千年意，野草闲花几日春？书法不传今已久，楮君毛颖向谁陈！

寄题保定杜处士晚翠楼

楼外山光翠不如，楼中美人老耽书。一尊绿酒刘伶醉，几点黄花陶令居。虚旷自疑风月近，孤高应与世尘疏。他时若到丹梯上，当有清谈一起予。

赠张德玉

张君说《易》万人夸，幽赞神明断不差。动静六爻虽有象，吉凶万变本无涯。《河图》妙在纵横用，《皇极》曾传一倍加。自笑已无疑可卜，有疑来问尔西家。

岁晚偶成

致君泽物已无由，梦想田园雪水头。老子难同非子传，齐人终困楚人咻。濯缨久判随渔父，束带宁堪见督邮！准拟新年弃官去，百无拘系似沙鸥。

胜概楼

楼下寒泉雪浪惊，楼前山色翠屏横。登临何必须吾土，啸傲聊因得此生。檐外白云来托宿，梁间紫燕语关情。济南胜概天下少，试倚阑干眼自明。

次韵杜浩卿咏所藏研

我生老研日相寻，手不能神谩苦心。墨妙已无王令帖，诗穷空学杜陵吟。质温未逊连城璧，气润先知几日霖。只有子西知钝体，便应刻此当铭箴。

送史总管廉访江东

历下方夸汉吏循，江东又见绣衣新。可能召父专前代，更有萧规俾后人。佐理非才常自愧，别离作恶向谁陈？何当揽辔从公去，归泛清溪采白蘋。

赠脱帖木儿总管

将军铁马拥雕弓，壮岁分符镇越中。山水多情留贺监，儿童拍手爱山公。紫髯似戟君犹健，白发如丝我已翁。悦礼敦书殊不忝，看君真有古人风。

寿平章李韩公

瑞钟光岳应时需，日上天衢手自扶。八表同风开寿域，五云异彩映台符。经纶至治归贤相，陶冶斯文属大儒。为国白头身未老，掌中行见有明珠。

鹤归亭　在龙虎山，虚靖天师旧亭也

仙去人间有故亭，四山林竹郁青青。隐居真诰传千古，玉局丹文役万灵。白鹤归来人换世，黄云翔集夜充庭。步虚声转松风响，思掬岩泉洗耳听。

挽道士危功远

处世纷纷一梦同，觉来虚室已成空。药炉丹灶尘埃里，羽节琼轮杳霭中。素壁尚明秋馆月，青松犹引夜窗风。仙家自有逍遥趣，不用悲哀哭断篷。

送柳汤佐怀孟总管

河山王屋翠岩峣，玉辇曾临号乐郊。老子分符称太守，诸儿骑竹候前茅。春苗秋实供厨传，紫笋朱樱入贡包。手种成阴千树柳，正成应有凤来巢。

送吴真人谒告归为二亲八十寿兼降香名山

许迈杨羲奕世仙，木公金母共长年。斑衣归戏鄱君侧，绛节朝辞玉帝前。去去青牛随紫气，飞飞白鹤绕香烟。大椿自得人间寿，八十从今数八千。

老态

老态年来日日添，黑花飞眼雪生髯。扶衰每藉齐眉杖，食肉先寻剔齿签。右臂拘挛巾不裹，中肠惨戚泪常淹。移床独就南荣坐，畏冷思亲爱日檐。

五言绝句

题秋山行旅图

老树叶似雨,浮岚翠欲流。西风驴背客,吟断野桥秋。

题高彦敬树石图

乔林动秋风,索索叶自语。堂堂侍郎公,高怀正如许。

题萱草蛱蝶图

丛竹无端绿,幽花特地妍。飞来双蛱蝶,相对意悠然。

题米元晖山水

澄江漾旭日,青嶂拥晴云。孤舟彼谁子?应得离人群。

黄葵词

仙掌郁金衣,朝阳风露晞。可怜蜂与蝶,只解弄春晖。

题孙安之松楸图

坟墓在万里,宦游今五年。人谁无父母,掩卷一潸然。

题太白酒船图

载酒向何处？稽山镜水边。若为无贺老，兴尽便回船。
潇洒稽山道，风流贺季真。相思不相见，愁杀谪仙人。

题彦敬越山图

越山隔涛江，风起不可渡。时于图中看，居然在烟雾。

寄题真定明远亭

未到新亭上，先题明远诗。云间归雁小，山外夕阳迟。

独夜

秋风动林叶，夜雨滴池荷。孤客睡不着，乱蛩鸣更多。

因禅师挽诗

先子同年友，唯余此老存。安心得禅悦，闭户道弥尊。
面帝陈三语，还山又几春？萧然无世累，卓尔出埃尘。
朱阁非新构，青松只旧林。佛澄今已逝，无复听铃音。
佛性无来去，群生自尔悲。达观应大笑，正足见渠痴。
作糜活饿夫，分食及龟鱼。林深幽磬晚，犹想定回初。

题李仲宾野竹图

吾友李仲宾为此君写真,冥搜极讨,盖欲尽得竹之情状。二百年来以画竹称者,皆未必能用意精深如仲宾也。此《野竹图》尤诡怪奇崛,穷竹之变,枝叶繁而不乱,可谓毫发无遗恨矣。然观其所题语,则若悲此竹之托根不得地,故有屈抑盘蹙之叹。夫羲尊青黄,木之灾也;拥肿拳曲,乃不夭于斧斤。由是观之,安知其非福耶?因赋小诗以寄意云。

偃蹇高人意,萧疏旷士风。无心上霄汉,混迹向蒿蓬。

天冠山题咏二十八首

龙口岩

峭石立四壁,寒泉飞两龙。人间苦炎热,仙山已秋风。

洗药池

真人栖隐处,洗药有清池。金丹要沐浴,玉水自生肥。

炼丹井

丹成神仙去,井洌寒泉食。甘美无比伦,华池咽玉液。

长廊岩

修岩如长廊,下有流泉注。山中古仙人,步月自来去。

金沙岭

攀萝缘石磴,步上金沙岭。露下色荧荧,月生光炯炯。

升仙台

仙台高几许?时时覆云气。一去三千年,令人每翘企。

逍遥岩

兹岭可逍遥,下可坐百人。岂徒木石居,真与猿鹤邻。

灵湫 湫上有亭名听雨

灵湫不受污,深浅何足计。小憩松竹鸣,萧萧山雨至。

寒月泉

我尝游惠山,泉味胜牛乳。梦想寒月泉,携茶就泉煮。

玉帘泉

飞泉如玉帘,直下数千尺。新月横帘钩,遥遥挂空碧。

长生池

竹实凤将至,水清鱼自行。着我草亭里,危坐学长生。

道人岩

道士本避世,问之无姓字。如何千载后,石室有人至?

雷公岩

雷公起卧龙，为国作霖雨。飞雷掣金蛇，其谁敢余侮！

石人峰

巨灵长亘天，何时化为石？特立千万年，终古无人识。

学堂岩

仙人非痴人，山中犹读书。嗟我废学久，闻此一长吁。

老人峰

有石象老人，宛然如绘素。稽首礼南极，苍苍在烟雾。

月岩

月岩如偃月，风泉洒晴雪。仙境在人间，真成两奇绝。

凤山

山鸡爱羽毛，饮啄琪树间。照影寒潭静，翔集落花闲。

仙足岩

窈窕石屋间，中有仙人躅。说与牧羊儿，慎勿伤吾足。

鬼谷岩

鬼谷岩前石，唐文字字奇。何当拂苍藓，细读老君碑？

风洞

石壁何空洞，中有风泠然。安知列御寇，不向此中仙！

钓台

仙者非有求，坐石示投钓。咄哉羊裘翁，同名不同调。

磔潭

神龙或渊潜，石洞通水府。勿遣儿曹剧，飞空作雷雨。

一线天

醯鸡舞瓮中，井蛙居坎底。莫作一线看，开眼九万里。

馨香岭

山险通鸟道，水深有蛟龙。谁言仙乐鸣，高人方耳聋。

三山石

我有泉石癖，甚爱山中居。何当从群公，讲学读吾书。

五面石

洞中即仙境，洞口是桃源。何殊武陵路，鸡犬自成村。

小隐岩

林薮未为隐，仙崖犹可梯。终当携家去，瑶草正萋萋。

玄洲十咏寄张贞居

菌山

结茆依菌山,焚香候芝盖。真灵幸悯我,冠佩时来会。

罗姑洞

翩翩十绝幡,飘飘九疑仙。洞口薜萝长,来降是何年?

霞架海

众水会一壑,天近发霞光。晨兴新沐竟,晞发向朝阳。

桐花源

伊谁植斯桐,萋萋满幽谷。鸣凤久不闻,何当一来宿。

鹤台

上有白鹤翔,下有幽人居。幽人道当成,白鹤来不虚。

玄洲精舍

子有鸾鹤想,甘同麋鹿游。悬榻应待我,分我半玄洲。

紫轩

林君已仙去,紫轩名尚存。丹光时或现,药鼎夜常温。

火浣坛

真阳以解形,四大何足靳。指穷于为薪,火传不知尽。

玉像龛

我有紫虚像,白玉雕琢成。贡之华阳天,万年期降灵。

隐居松

真人昔住世,所至树以松。当知千岁下,遗子以清风。

题仲宾竹

幽人夜不眠,月吐窗炯炯。起寻管城公,奋髯写清影。
此君有高节,不与草木同。萧萧三两竿,自足来清风。

题周秀才此山堂二首

青青云外山,炯炯松下石。顾此山中人,风神照松色。
爽气在襟袖,清风拂丝桐。悠然适天趣,宴坐心融融。

晓起闻莺

暑气晓来清,时时闻远莺。还思故园路,松下绿苔生。

六言绝句

黄清夫秋江钓月图

尘土染人衣袂,烟波著我舡窗。为问行歌都市,何如钓月秋江?

题孤山放鹤图

西湖清且涟漪,扁舟时荡晴晖。处处青山独往,翩翩白鹤迎归。昔年曾到孤山,苍藤古木高寒。想见先生风致,画图留与人看。

题王子庆所藏大年墨雁

鸿雁栖栖遵渚,黄芦索索鸣秋。羡杀承平公子,笔端万里沧洲。

七言绝句

初至都下即事

海上春深柳色浓,蓬莱宫阙五云中。半生落魄江湖上,今日钧天一梦同。北方谓水泊为海子。

尽日车尘马足间,偶来临水照愁颜。故乡兄弟应相忆,同看溪南柳外山。

送王月友归杭州

社燕秋鸿各自飞,我来君去苦相违。西湖西畔梅如雪,应有亲朋待子归。

云本无心漫出山,归来依旧与云闲。何当从子东南去,扫地焚香昼掩关。

清胜轩

小草幽香动碧池,暖风晴日长新葳。南窗昼倚绿阴静,听尽行人过马蹄。

浮玉山

玉湖流水清且闲,中有浮玉之名山。千帆过尽暮天碧,惟见白云时往还。

郭南山中

山深草木自幽清,终日闻莺不见莺。好作束书归隐计,蹇驴来往听泉声。

奉和本斋先生午日绝句二首

风雨凄凄五月寒,绿阴门巷思萧然。客来载酒非问字,知是先生草《太玄》。

节序匆匆听自过,榴花能舞鸟能歌。北窗高卧一杯酒,奈得渊明醉后何!

采桑曲

野雉朝雊雊且飞,谁家女儿采桑归?欲折花枝插丫髻,还愁草露湿裳衣。

题东野平陵图　事见《笠泽丛书》

骑驴渺渺入荒城,积水空林坐自清。政使不容投劾去,也胜尘土负平生。

次韵刚父即事

玉树凋伤众草黄,夜虫时语怨流光。美人望望隔秋水,不寄相思书一行。

凄凉鼓角北风传,嘈杂琵琶思远天。《白雪》有谁知幼眇?翠蛾空自惜联娟。

摇落山川树影稀,陇云时逐雁南飞。苦无渌酒酬佳节,犹有黄花媚夕晖。

溪头月色白如沙,近水楼台一万家。谁向夜深吹玉笛?伤心莫听《后庭花》。

戏题僧惟尧墨梅

潇洒孤山半树春,素衣谁遣化缁尘?何如淡月微云夜,照影西湖自写真。

题范蠡五湖杜陵浣花图

功名自古是危机,谁似先生早拂衣。好向五湖寻一舸,霜黄木叶雁初飞。

春色醺人苦不禁,蹇驴驮醉晚骎骎。江花江草诗千首,老尽平生用世心。

梅花

潇洒江梅似玉人,倚风无语淡生春。曲中桃叶原非侣,梦里梨花恐未真。

酬罗伯寿

江西水清石凿凿,士生其间多异才。今去欧黄未为远,要须力挽古风回。

据鞍北走燕山雪,策杖南游故国春。万里归来头未白,他年句法更深醇。

题苍林叠岫图

桑苎未成鸿渐隐,丹青聊作虎头痴。久知图画非儿戏,到处云山是我师。

溪上先人之敝庐,南山秀色照庭除。何时共买扁舟去,看钓寒波缩项鱼。

送王子庆诏檄浙东收郡县图籍

木落江南天地秋,西风吹子过东州。试开图籍寻佳处,便命舟车作胜游。

安道幽居寄剡源,蓬蒿蔚蔚长丘园。向来乘兴相寻意,何事空回不到门?谓帅初。

爱古探奇亦可怜,锦囊玉轴不论钱。拟须跋马江头路,日日望君书画船。

九月八日雨中闷坐和答仇仁父张季野

客居破屋苦秋雨,黑潦侵阶灶欲沉。青蕊明朝不堪摘,谁能载酒慰幽心?

以画寄高仁卿

碧山清晓护晴岚,绿树经秋醉色酣。谁是丹青三昧手,为君满意画江南?

题龚圣予山水图

泽雉樊中神不王,白鸥波上梦相亲。黄尘没马归来晚,只有西山小慰人。

当年我亦画云山,云白山青咫尺间。今日看山还自笑,白头输与楚龚闲。

杭州雨中

江南十日九阴雨，花柳欲开无好春。却忆京城二三月，秋千风暖涨香尘。

题秋胡戏妻图

相逢桑下说黄金，料得秋胡用计深。不是别来浑未识，黄金聊试别来心。

题舜举折枝桃

醉里春归寻不得，眼明忽见折枝花。向来飞盖西园夜，万烛高烧照烂霞。

怀德清别业

阳林堂下百株梅，傲雪凌寒次第开。枝上山禽晓啁哳，定应唤我早归来。

谷口春残黄鸟稀，辛夷花落杏花飞。始怜幽竹山窗下，不改清阴待我归。

过严陵钓台

富春山中有客星，辞荣归来意更真。羊裘坐钓沧波上，却笑刘郎非故人。

桐江水色映青山，安稳行人挂布帆。回首风沙鞍马里，不知此地是尘凡。

部中暮归寄周公谨

日暮空街生白烟，归来羸马不胜鞭。明朝又逐鸡声起，孤负日高花影眠。

三年漫仕尚书郎，梦寐无时不故乡。输与钱唐周老子，浩然斋里坐焚香。

送山东廉访照磨于思容

林梢春动紫烟生，匹马东风十日程。若到济南行乐处，城西泉上最关情。

绝句

春寒恻恻掩重门，金鸭香残火尚温。燕子不来花又落，一庭风雨自黄昏。

喜晴

久雨厌厌愁杀人，晚晴犹得见青春。急须走马西湖路，杨柳淡黄如麹尘。

简王搏霄乞芙蓉杏

杏花枝上红千叶，遍得春饶恼杀人。早与折来供一醉，东风如此恐成尘。

都南张氏园寓居

尺五城南迹似幽，乡心空折大刀头。杏花飞尽胭脂雪，日日东风未肯休。

和韩君美二绝句

金山

江水西来接太空，中流突兀涌鳌宫。妙高台上一回首，看尽世途风浪中。

苏州

子胥死后已无臣，中国由来渐属秦。天下固知多美妇，五湖原自有高人。

题所画梅竹赠石民瞻

故人赠我江南句，飞尽梅花我未归。欲寄相思无别语，一枝寒玉淡春晖。伯几有诗见寄，云"寄声雪上佳公子，飞尽梅花不见君"。

江南翠竹动成林，谁折寒枝寄赏音？说与双清堂上客，萧然应见此君心。

题所画梅竹幽兰水仙赠鹤皋

千树瑶芳压水湄，西湖风月鬓成丝。江南春色今何似？赖有高人把一枝。

萧萧叶带雨声寒，袅袅枝摇月影残。欲引九苞威凤宿，晴窗试写翠琅玕。

百草千花日夜新，此君林下始知春。虽无令色如娇女，自有幽香似德人。

翠袖盈盈不受扶，天风缥缈降麻姑。便应从此东吴去，几见蓬莱弱水枯。

和黄景杜雪中即事

燕雪常飞十月前，敝裘破帽过年年。拥炉自笑何为者，欲买浊醪无一钱。

雪寒凄切透书帷，极目南云入望低。欲报平安无过雁，忽惊残梦有鸣鸡。

君说江南苦未归，香橙新酒蟹螯肥。何当与子扁舟去，共挽清溪浣客衣。

客里相从意最亲，高歌快饮见天真。明年去学潘怀县，满县栽花做好春。

当年临水照春衫，浮玉山前水似蓝。归计未成羁思恶，为君飞梦到城南。

送黄景杜

天下无双黄印曹，割鸡聊复试牛刀。梅花香里听衙罢，明月泉边饮浊醪。

偶成绝句二首奉怀宋齐彦学士田师孟省郎

道山仙府旧曾居，堕在尘埃意不舒。回首故人天上住，如何不寄半行书。

乍可望尘迎使者，何堪据案棰疲民！济南虽有如渑酒，准拟愁中过一春。

东城

野店桃花红粉姿，陌头杨柳绿烟丝。不因送客东城去，过却春光总不知。

湖上暮归二首

春阴柳絮不能飞，雨足蒲芽绿更肥。正恐前呵惊白鹭，独骑款段绕湖归。

明时官府初无事，下走非才自觉忙。奔走尘埃竟何补，故园松菊久应荒。

春日漫兴

春事匆匆转眼过，满城流水绿阴多。西园总有红千叶，尘土埋头奈尔何！

题朱锐雪景

尘埃困人恒作恶，开卷惊看雪满楼。安得眼前有此屋，仍呼陶谢与同游！

即事三绝

湘帘疏织浪纹稀，白苎新裁暑气微。庭院日长宾客退，绕池芳草燕交飞。

古墨轻磨满几香，研池新浴照人光。北窗时有凉风至，闲写《黄庭》一两章。

绕屋扶疏竹树清，飞飞燕雀共生成。贫家自笑无金弹，数树枇杷总不生。

又

草长前庭不用锄，自然生意满吾庐。何须直待生书带，始信康成解著书。

牧牛图

杨柳青青柳絮飞,陂塘草绿水生肥。一犁耕罢朝来雨,却背斜阳自在归。

题孙登长啸图

在涧幽人乐考槃,南山白石夜漫漫。空林无风万籁寂,长啸一声山月寒。

题山水卷

霜后疏林叶尽干,雨余流水玉声寒。世间多少闲庭榭,要向溪山好处安。

咏史

酒酣斫剑气如云,屠狗吹箫尽策勋。汉室功臣谁第一?黄金合铸纪将军。

题群仙壁

群仙来会蕊珠宫,花满琼山翠满空。环珮珊珊五云际,半天鸾鹤舞春风。

宫中口号

日照黄金宝殿开,雕阑玉砌拥层台。一时侍卫回身立,天步将临玉斧来。

殿西小殿号嘉禧，玉座中央静不移。读罢经书香一炷，太平天子政无为。

自警

齿豁童头六十三，一生事事总堪惭。唯余笔砚情犹在，留与人间作笑谈。

刘时济归来堂

出处由来各有宜，他人何与强吟诗！千年只有陶彭泽，解印归来更不疑。

宿五华山怀德清别业

一夜松涛枕上鸣，五华山馆梦频惊。何当归去芝亭上，坐听髯翁韵玉笙。

留题惠山

南朝古寺惠山前，裹茗来寻第二泉。贪恋君恩当北去，野花啼鸟漫留连。

徐敏父龙虎山仙岩闻鸡鸣寄玄卿二首

天鸡三叫白云中，知有仙家住半空。尘土恍然惊梦觉，碧桃花落自春风。

泛泛轻舟溯碧溪，苍崖万仞有鸣鸡。可惜吾侬不同往，便当著屐上丹梯。

题苕溪绝句

自有天地有此溪,泓渟百折净无泥。我居溪上尘不到,只疑家在青玻璃。

题四画

桃源

桃源一去绝埃尘,无复渔郎再问津。想得耕田并凿井,依然淳朴太平民。

渊明

渊明为令本非情,解印归来去就轻。稚子迎门松菊在,半壶浊酒慰平生。

四皓

白发商岩四老翁,紫芝歌罢听松风。半生不与人间事,亦堕留侯计术中。

赤壁

周郎赤壁走曹公,万里江流斗两雄。苏子赋成奇伟甚,长教人想谪仙风。

偶得灵璧石笔格状如俗所谓钻云螭虎者因成绝句

玄螭穿透白云层,老眼平生见未曾。开辟以来神物出,人间剞劂竟何能!

题高彦敬画

疏疏淡淡竹林间，烟雨冥蒙见远山。记得西湖新霁后，与公携杖听潺湲。

万木纷然摇落后，唯余碧色见松林。尚书雅有冰霜操，笔底时时寄此心。

偶成

竹林深处小亭开，白鹤徐行啄紫苔。羽扇不摇纱帽侧，晚凉青鸟忽飞来。

茉莉花开小玉莲，香风引谒洞中仙。梦回不记相逢语，明月清圆在枕边。

即事二首

庭槐风静绿阴多，睡起茶余日影过。自笑老来无复梦，闲看行蚁上南柯。

橘子花香满四邻，绿阴如染净无尘。幽斋独坐鸟声乐，万虑不干心地春。

赠彭师立二首

学书工拙何足计，名世不难传后难。当有深知书法者，未容俗子议其间。

古来名刻世可数，余者未精心不降。欲使清风传万古，须如明月印千江。

卷第六

杂著

乐原

乐本乎律。律始于数，正于度。度曷从而正之？曰："以候气正之。"何以知其然也？古者有累黍之法。黍之为物也，大小不齐，就取其中者，纵累之而然，横累之而否，是故不可以为定法也。必择土中，使善历者候气焉。气应则律正，律正则度正矣。较之累黍之为，不亦善乎！律之长短，郑氏之法不可易也，是其上下之所以相生也，所以随时而变易也。夫音之清浊，定于管之长短，凡其空围，则一而已矣，非有大小之异也。先儒制律有大小之异者，非愚之所知也。律不可以徒律，徒律不可以为乐，必施之于音，而后乐生焉。用之而天地应，鬼神格，人民和，故曰："移风易俗，莫善于乐。"世衰道微，流为贱工之事，为士者益耻之，岂特不以为己任而已哉！然乐之所以动天地、感鬼神、移风易俗者，不可毫厘差也。《礼运》曰："五音六律十二管，还相为宫。"谓律之各自为宫，而商、角、徵、羽从之也。仲冬之月，律中黄钟。夫黄钟为宫，则太簇为商，姑洗为角，蕤宾为变徵，林钟为徵，南吕为羽，应钟为变宫，此自然之理也。还之于律，而七音备矣，被之于器，而八音谐矣。大吕而下，亦犹是也。今之乐以一清混于七音之中①，岂不谬乎！黄钟为众律之祖，宫声为众音之君，皆尊而无二者也。惟其然也，是以有清声焉，此圣人作乐之妙用也。还宫之法，黄钟之均无清声，谓黄钟为宫，则商、角、徵、羽以渐而清，自然顺序不待用清声也。大吕为宫，则黄钟为变宫。还宫之法，宫为浊，变宫为清。若乃大吕均，以黄钟为变宫，则是变宫反浊于宫矣，是上陵之渐也，而可乎？于是以黄钟之清声代之。夫清声者，岂于十二律之外他有所谓清声者哉！黄钟[之律九寸，半]之为四寸二分寸之一，是黄钟之清声也。[长短虽不同，而不失黄钟之中声，故曰黄钟之清声也。]岂惟黄钟为然，十有二律皆有之。今也不然，四清之外无有也。必欲复古，则当复八清。八清不复，而欲还宫以作乐，是商、角、徵、羽重于宫，而臣民事物上陵于君也，此大乱之道也。

①"一清"，城书室本作"四清"。

琴原

琴也者，上古之器也。所以谓上古之器者，非谓其存上古之制也，存上古之声也。世衰道微，礼坏乐崩，而人不知之耳。琴，丝音也，非丝无以鸣。然而丝有缓急，声有上下，非竹无以正之。竹之为音，一定而不易，是以用之正缓急而定上下也。是故音十有二均，调琴之法亦十有二，而世俗一之。黄钟之均，一宫、二商、三角、四徵、五羽，六七比一二，大吕、太簇如之。夹钟之均，二宫、三商、四角、五徵、一羽，六七比一二，姑洗如之。中吕之均，三宫、四商、五角、一徵、二羽，六七比一二，蕤宾、林钟如之。夷则之均，四宫、五商、一角、二徵、三羽，六七比一二，南吕如之。无射之均，五宫、一商、二角、三徵、四羽，六七比一二，应钟如之。如之者，非同之[也]，如其徽之应，而缓急不同也。苟为不同，则曷从而正之？曰：以管正之也。黄钟之均，一弦为宫，吹黄钟之管，以合一弦，而后弦正。自是以降，以大吕合大吕，以太簇合太簇，无不正矣。夹钟之均，二弦为宫，合之无以异也。中吕之均，三弦为宫，合之无以异也。

夷则之均，四弦为宫，无射之均，五弦为宫，合之亦无以异也。此十有二均之大略也。夫一弦为宫者，至五弦而止。五弦而止者，五音之外不可加也。二弦为宫者，一弦还而为羽，羽不可以浊也，故以六弦代之。三弦为宫者，一二还而为徵、羽，徵、羽不可以浊也，故以六七代之，其正体不出乎五弦也。其所以七弦者，亦清声还宫也。至于四弦为宫者，则羽不足矣，不亦穷乎？曰：羽在三弦七徽之上，以按声求之，亦清声也。此琴之大略也。

五柳先生传论

志功名者，荣禄不足以动其心；重道义者，功名不足以易其虑。何则？纡青怀金与荷锄畎亩者殊途，抗志青云与徼幸一时者异趣。此伯夷所以饿于首阳，仲连所以欲蹈东海者也。矧名教之乐，加乎轩冕；违己之病，甚于冻馁。此重彼轻，有由然矣。仲尼有言曰："隐居以求其志，行义以达其道。吾闻其语，未见其人。"嗟乎，如先生近之矣！

夷斋说

孟频往年仕京师，识田君润之。及来佐济南，田君长山东廉访幕府。从游既久，出一卷示孟频，则疏斋卢公所书潘君记夷斋之文也。夷斋者，田君所居室之名也。天下之名居室者众矣，而君独名之曰夷者，所以见君之心也。夫夷之为言，平易坦夷之谓也。老子曰"大道甚夷"是也。田君自少年仕御史府，无倾险刻薄之私，其名斋曰夷，不亦宜乎！夷与险对者也，尝试言夫险者，则夷之义自见。今夫天下之险，无逾于水。水之险则有吕梁、滟滪，若江若河，以至于海，而水之险极矣。然舟楫既具，人力既尽，则若履平地。其或至于颠覆，盖有幸不幸存焉耳。若夫人心之险，又非水之能喻也。

谈笑而戈矛生，谋虑而机阱作。不饮而醉，不鸩而毒，同则刎颈胶漆，异则对面楚越；及其至也，以锱铢之利、毫厘之忿，使人上下乖、骨肉离，险之祸可胜言哉！田君无是也，则其名斋曰夷，不亦宜乎！因田君之意，推而为之说，以颂田君之德，而警夫世之险者焉。

赵郡李氏世谱

　　李氏嬴姓，帝颛顼之后，大业生女华。女华生皋陶，字庭坚，为尧大理，以刑法助教化。历虞、夏、商，子孙守其官，以官为氏。至纣之时，理征字德灵，以直道不容于朝，其妻陈契和氏与子利贞避难伊侯之墟，食木子得全，改理为李。利贞亦娶契和氏，生昌祖，为陈大夫。五世孙硕，受采地于宗周康王，食苦。硕孙乾，字文果，周上御史大夫，娶益寿氏女婴敷，生耳，字聃，一字伯阳，柱下史，掌三皇五帝之书。耳自著书名《老子》，其言至深。周道衰，去，西之流沙，不知其所终。孙宗，宇尊祖，魏大夫，世所称段干木，即其人也。孙兑，相赵惠文王。惠文王有沙丘之难，兑发兵救之。微兑，赵几不全。自兑始居赵郡，为赵郡李氏之祖。六世孙昙，字贵远，入秦为御史大夫，葬柏人西。四子：崇、辨、昭、玑。崇字伯祐，秦陇西守，是为陇西李氏之祖。孙信，字有成，大将军，灭燕，斩燕太子丹，始皇帝称之，以为能。孙广，汉前将军，匈奴号之为"飞将军"。十六世孙暠，西凉武昭王，为唐始祖，追尊兴圣皇帝，此其尤盛者也。玑生牧，相赵，封武安君，北破林胡，拓地千余里，西却秦人之师。始皇帝用顿弱之说，纵反间于赵，赵杀牧，秦灭赵。牧弟齐，居中山，尚食监高祛为文帝言，以为贤将者也。牧孙左车，仕陈余，封广武君。汉大将韩信闻陈余不能用广武君之策，乃敢下兵井陉，击陈余泜水上。信已破陈余，购千金求广武君，师事之。曾孙秉，字世范，汉颍川太守，徙颍川。六世孙修，字伯游，后汉太尉。生膺，字元礼，司隶校尉。中常侍张让弟朔为野王令，无道，杀孕妇，畏膺，弃官归京师，匿让舍合柱中。膺率吏攻朔，杀之。生瓌、瓒、瑾。曹操微时，数从瓒游，瓒以意厚之，语子宣等曰："孟德英雄也，天下乱，非孟德不能定。张孟卓、袁本初虽与吾亲旧，皆不足依。"孟卓名超，广陵太守；本初名绍，冀州牧。后诸子果赖操得免于难。及操破绍，乃举家还赵郡。瑾四世孙楷，字雄万，晋司农丞治书侍御史，避赵王伦之难，北徙常山，五子：辑、晃、芬、劲、睿。睿字幼黄，高平太守，居巷东，为东祖。劲字少黄，治书侍御史，与兄芬居巷西，为西祖。辑字护宗，高密太守，自楷时徙平棘，自平棘复徙柏人。子慎，敦世甚微，从叔晃还赵郡。晃字仲黄，镇南府长史，共称南祖。其别宗为江夏、辽东、汉中三房，子孙咸盛，魏、齐、周、隋之世，多为大官；至唐位宰相者十七人，曰游道、曰藩、曰固言、曰日知、曰敬玄、曰伸、曰元素、曰绛、曰峤、曰珏、曰怀远、曰吉甫、曰德裕、曰泌、曰磎、曰郦、曰安期，最能以功名著于世者，泌与吉甫父子。泌字长源，少年慕神仙不死之术，隐华山，天宝之乱，肃宗使人访得之。帝与俱出入，军中指之曰："衣黄者圣人，衣白者山人。"继相代宗、德宗，受命于艰难之际，使唐室再造，危而复安，大概皆泌之功也。所与共事者，乃李辅国、卢杞之徒。能以智自免，故君子以泌比张子房。吉甫之系出西祖子隆，字太彝，后魏阜城令。六世孙祖威，唐仓部郎中。生思行，嘉州刺史。孙栖筠，为工部侍郎，奏毁之岁，益租二百万。平卢行军司马许杲将溃卒渡江东，欲为变，拜栖筠浙西观察使，杲惧而逃。拜御史大夫。元载窃国柄，横甚，代宗倚栖筠，使图之。栖筠见帝牵制不时决，忧愤而卒。子吉甫，字弘宪。自代宗时，以姑息御藩镇，有终身不易地者，吉甫相，岁中易三十六镇。刘辟反于蜀，李锜反于吴，用吉甫计，卒斩辟与锜。每为宪宗言："藩镇不奉命，则朝廷不尊，伐叛之谋，当以时决。"李逢吉沮其功，心甚恨之。及吴元济擅立,则自请至淮西招之,不从必俘以为献,会暴疾卒。吉甫长于政事,所推多贤,士大夫尽其职,元和之治,视贞观、开元盖庶几焉。生德裕,字文饶,力学,卓荦有大节,尤善著文。徐州王智兴,绐天子筑坛度僧,资国家大福,德裕为御史中丞,言"江淮间失男子六十万人,非小变",诏止之。徙剑南节度使,建筹边楼,按南道山川与蛮相出入者图之左,西道山川与吐蕃相出入者图之右。部落众寡,馈饷远迩,曲折咸具。召习边事者与共计①,敌情伪尽知之。请安定人为甲,解州人为弓,杭州人为弩,器械必犀利。率户二百取一人,教战,贷勿事②,缓则农,急则兵,分为十一军,号"雄边军"。武宗立,召相德裕。唐自中叶,数困于西戎,党项、回鹘、吐蕃更相诛乱边,德裕以数应之,使势蹙不虣虐为大变。是时兵屡胜,濒河将尽懔不敢动。武宗之治,号为中兴。宋盛时系赵郡而达者昉,字明远,饶阳人,周开封尹,宋太祖时贬道州司马,再贬延州别驾。治生为终老计,遣使召之,久而后至。太祖望见昉大喜曰:"赵普不妄荐人。"昉再相,持重知大体,尝举王旦,谓"必为太平宰相",后果如其言。沆字太初,临洺人,相真宗,日取四方水旱盗贼奏之。王旦参知政事,以为细事不足烦上听,沆曰:"人主少年,当使知艰难,不然血气方刚,不留意声色狗马,则土木甲兵祷祠之事兴矣。吾老不及见,君他日之忧也。"大中祥符之际,丁谓等以天书惑帝,治宫室,费财巨万万。王旦欲谏,则业已同之;欲去,则上遇之厚,不忍去,大以为恨。寇莱公荐丁谓,沆不用。准怒曰:"谓才不足用耶?准言不足听耶?"沆曰:"谓不可使在人上。"准曰:"谓可使在人下乎?"沆叹曰:"君必悔之!"谓相,果逐莱公,故世称沆为圣相。迪字复古,濮阳人,举进士第一,与王曾并相,于国家大计多所匡正。昉传以为德裕次子比部员外郎浑之后,居饶阳五公里,金末裔孙成避乱徙博陵,葬祖父博陵。西北乱甚,徙河南,久之,复还河北,居瀛州之参户,又为参户人。

三子：谦、荣、瑄。谦字仲默，生信、德。信生逊、遁、迁、遹，德生造、达、适、遌。荣字茂之，勤于为生，能斥其余以与人，乡里称为长者。生秀、世英。秀字子实，有大才。幼孤，以善事母称，嗛口之食，便体之衣，有不须也，未有须而后具焉者。母亦甚安之，遂不忍去其母而仕。教子弟严，以身率之，故子弟能力学，以自赴于成人。饶阳之绪，几至是而复。生迪，字光道，大元吏部郎中，有能名。生逸、通。世英字仲杰，生迤、述。迤，汉阴主簿，生植。述，太子洗马。瑄生义、居仁。义生某。居仁生道，道生高丽。吴兴赵孟頫曰："余官太史氏，识光道，为余言其世家，余乃为溯沿，得其世次如上，而次叙之。李氏之出赵郡者，传二千余年，达者不可胜数，盖皋陶之烈也。今光道贤而能官，祖父皆有积德，其后当益大云。"

① "召"，沈氏本作"名"，据《唐书·李德裕传》改。

① "贷"，沈氏本作"复"，据《唐书·李德裕传》改。

序

书今古文集注序

《诗》《书》《礼》《乐》《春秋》，皆经孔子删定笔削，后世尊之以为经，以其为天下之大经也。秦火之后，《乐》遂无复存。《诗》《书》《礼》《春秋》，由汉以来，诸儒有意复古，殷勤收拾，而作伪者出焉。学者不察，尊伪为真，俾得并行，以售其欺，《书》之古文是已。嗟夫！《书》之为《书》，二帝三王之道于是乎在，不幸而至于亡，于不幸之中幸而有存者，忍使伪乱其间耶？又幸而觉其伪，忍无述焉以明之，使天下后世常受其欺耶？余故分今文、古文，而为之集注焉。嗟夫！可与知者道，难与俗人言也。余恐是书之作，知之者寡，而不知者之众也。昔子云作《法言》，时无知者，曰:"后世有子云,必爱之矣。"庸讵知今之世,无与我同志者哉!

印史序

余尝观近世士大夫图书印章,壹是以新奇相矜。鼎彝壶爵之制,迁就对偶之文,水月木石花鸟之象,盖不遗余巧也。其异于流俗以求合乎古者,百无二三焉。一日过程仪父,示余《宝章集古》二编,则古印文也,皆以印印纸,可信不诬。因假以归,采其尤古雅者,凡模得三百四十枚,且修其考证之文,集为《印史》。汉魏而下,典刑质朴之意,可仿佛而见之矣。谂于好古之士,固应当于其心。使好奇者见之,其亦有改弦以求音,易辙以由道者乎?

赠赵虞卿序

平阳赵虞卿,从其兄来吴兴,兄卒官,虞卿因留不去。萧然逆旅,无一箪之储,饭豆茹薤,衣褐垢弊,处之无穷愁之色。人或馈者,亦欣然弗拒。及遇人有不足,辄乞之无吝情。观其人嗒然无所为,听其言渊乎以道,而其弈又通天下之善弈者也。人不知,未尝言;人知之,未尝矜。意其胸中有得,故外物不足以累之。嗟夫!人患无所得,即有得,虽千金之富,驷马之贵,若将浼焉,虞卿其肯以此易彼耶?孔子曰:"志于道,据于德,依于仁,游于艺。"若虞卿者,所谓游艺志道者耶?虞卿居吴兴久,吾党之士往往与之游,于是相与赋诗赠之,而赵孟頫又为之序。

送吴幼清南还序

士少而学之于家,盖亦欲出而用之于国,使圣贤之泽沛然及于天下,此学者之初心。然而往往淹留偃蹇,甘心草莱岩穴之间,老死而不悔，岂不畏天命而悲人穷哉！诚退而省吾之所学，于时为有用耶？为无用耶？可行耶？不可行耶？则吾出处之计，了然定于胸中矣，非苟为是栖栖也。近年以来，天子遣使者巡行江左，搜求贤才，与图治功，而侍御史程公亦在行。程公思解天子渴贤之心，得临川吴君澄与偕来。吴君博学多识，经明而行修，达时而知务，诚称所举矣！而余亦滥在举中。既至京师，吴君翻然有归志，曰："吾之学无用也，迂而不可行也。"赋渊明之诗一章、朱子之诗二章而归。吴君之心，余之心也，以余之不才，去吴君何啻百倍！吴君且往，则余当何如也？吾乡有敖君善者，吾师也；曰钱选舜举、曰萧和子中、曰张复亨刚父、曰陈恧信仲、曰姚式子敬、曰陈康祖无逸，吾友也。吾处吾乡，从数子者游，放乎山水之间，而乐乎名教之中，读书弹琴，足以自娱，安知造物者不吾舍也？而吾岂有用者哉！吴君行有日，谓余曰："吾将归游江浙，求子之友。"余既书所赋三章以赠行，又列吾师友之姓名，使吴君因相见而道吾情。至杭见戴表元率初者，鄞人也；邓文原善之者，蜀人也，亦吾友也，其亦以是致吾意焉。

送凌德庸赴淮东宪幕序

世所谓丈夫者，率盛气大言，骄岸倨肆，常易一介之士。至一介之士，当仁不让，奋然仗义与人争是非，不肯碌碌苟止。亦非世所谓丈夫者所能也。凌君德庸，与余居同邦，生同年。今年之春，相遇都下，握手言笑，若有雅故。盖适千里者见似人而喜，况余同邦同年者哉！然余所以与凌君相得者，又有出于是。余闻凌君往年司狱建昌，因有冤皆为平反之，与其上官抗，略无少假借。府史固不论，甚者与察司往复折难，无诡随依阿声。凌君位甚卑，无当路之援，容颜不能动人，世所谓丈夫者常易之，安知凌君自处者不卑也？彼凌君所恃者，以吾之是，却彼之非而已。彼以其富，我以吾仁；彼以其爵，我以吾义。岂虚言哉！今凌君入淮东宪司幕府，亦粗可以行其志矣。夫数罟竭泽，盛世不设，深文苛察，亦君子不为也。使吏不得以赇赂行私意，不敢以架漏欺公家，则淮东之民，实被圣上宽仁之泽。抑岂独余之望，将使世所谓丈夫者，知一介之士所守如是，是非可易者，岂不伟欤！于其行，书此以为赠，凌君其或有取焉。

第一山人文集序

宋以科举取士，士之欲见用于世者，不得不繇科举进，故父之诏子，兄之教弟，自幼至长，非程文不习，凡以求合于有司而已。宋之末年，文体大坏，治经者不以背于经旨为非，而以立说奇险为工。作赋者不以破碎纤靡为异，而以缀缉新巧为得。有司以是取士，以是应程文之变，至此尽矣。狃于科举之习者，则曰："巨公如欧、苏，大儒如程、朱，皆以是显，士舍此将焉学？"是不然，欧、苏、程、朱，其进以是矣，其名世传后，岂在是哉！王君壮猷，自弱冠赋声满场屋间，取乡举如拾芥，非唯王君视功名唾手可得，一时之士亦孰不以高科期之？尔来科举既废，王君出其胸中之蕴，作为诗文，成数巨编。暇日携以见过，求余为之叙。余读一再过，文不苟作，字不苟置，意深而气直，涵泳《书》《易》，出入《骚》《选》，宜可以名世传后，而非一时科举侥幸求合于有司之作也。非自拔于流俗者能若是耶？余既为是说，遂书以为王君文集叙。王君名方叔，字壮猷，其先自盱眙徙吴兴，故推其所自，题其编曰《第一山人文集》云。

陈子振诗序

予友邓善之、张仲实、陈无逸，皆英爽之士，其言语文字，足以雄一时，予爱之重之。一日而得三子者之书，皆曰：吴中陈子振，佳士也,尤长于诗,今将求叙引于子。予久杜门,闻诗人之款予也,喜甚,亟出肃陈君。陈君袖出其所为诗文,曰《壮游集》八卷,余益喜,亟取读数篇。陈君诚能诗,独未解所谓"壮游"名集者,意陈君南适越,北之燕赵,东游齐鲁,而西走秦晋,凡天下名山大川,如岱、华、太行、江、淮、河、海,皆尝历览其形势,而窥其秘奥,故以是名之耶?然读之终篇,其所至不过吴中数郡而已。陈君吴人也,其游不出于吴,而名其集曰《壮游》,余甚惑焉,思而不得其说,则以问诸陈君。陈君曰:"游岂有远近哉?顾壮怀何如耳。"至读君《自序》,有曰"不好追蹈前人法则",嗟乎!若此者,虽余亦壮之,而游何必广哉!古之作序者,皆序所以作者之意,故余因其名集而为之序。若夫诗文之美,观者当自得之,不待余言之赞也。赘而赞之,余惧非作序之法也。又集中有《赠叶文炳诗》云:"墨妙当今亚子昂。"余不识叶,假令叶善书,当追配古人,余书何足重于世而云然哉!余甚愧焉,请陈君为删之。

薛昂夫诗集序

嗟夫!吾观昂夫之诗,信乎学问之可以变化气质也。昂夫西戎贵种,服旃裘,食湩酪,居逐水草,驰骋猎射,饱肉勇决,其风俗固然也。而昂夫乃事笔砚,读书属文,学为儒生,发而为诗、乐府,皆激越慷慨,流丽闲婉,或累世为儒者有所不及,斯亦奇矣!盖昂夫尝执弟子礼于须溪先生之门,其有得于须溪者,当不止于是,而余所见者词章耳。夫词章之于世,不为无所益,今之诗犹古之诗也。苟为无补,则圣人何取焉!繇是可以观民风,可以观世道,可以知人,可以多识草木鸟兽之名,其博如此。嗟乎!吾读昂夫之诗,知问学之变化气质为不诬矣。他日昂夫为学日深,德日进,道义之味,渊乎见于词章之间,则余爱之敬之,又岂止于是哉!

左丞郝公注唐诗鼓吹序

鼓吹者何？军乐也。选唐诗而以是名之者何？譬之于乐，其犹鼓吹乎？遗山之意则深矣。中书左丞郝公，当遗山先生无恙时，尝学于其门，其亲得于指授者，盖非止于诗而已。公以经济之才坐庙堂，以韦布之学研文字，出其博洽之余，探隐发奥，人为之传，句为之释，或意在言外，或事出异书，公悉取而附见之。使诵其诗者知其人，识其事物者达其义，览其词者见其指归，然后唐人之精神情性，始无所隐遁焉。嗟夫！唐人之于诗美矣，非遗山不能尽去取之工；遗山之意深矣，非公不能发比兴之蕴。世之学诗者，于是而绅之绎之、厌之饫之，则其为诗将见隐如宫商，铿如金石，进而为诗中之《韶濩》矣。此正公惠后学之心，而亦遗山哀集是编之初意也耶？公命为序，不敢辞，谨序其大意云。

皇朝字语观澜纲目序

余尝读《北史》，见当时巨族贵种皆以工译语相高。其间虽时见一二语，恨无文字相传，不知作如何云云也。盖译语皆有声而无文，虽欲传，其可得乎！圣朝混一区宇，乃始造为一代之书，以文寄声，以声成字，于以道达，译语无所不通，盖前代之所未有也。古婪王伯达深解其义，编集是书，曲尽微妙，其亦善言语之良师也。古人有言："途无远而不弥，理无微而不纶。"余于是书亦云。

送田师孟知河中府序

余读汉史，至《循吏传》，观古循吏之所为政事，教化之所感召，能使蝗不入境，虎度河去，民至称之为"父母"，嗟乎，何以得此于民哉！三代而上，未置郡县，循吏之名未立。由汉以来，士大夫之贤者，苟不得一郡一邑而为守令，政事不见于世，德泽不及于民，何由列于史官，使循良之名愈久而常存也？余友田侯师孟，以儒家子弱冠而仕于朝且三十年，若铨选、财用、刑名，凡国家急务，莫不周知而练达，而又未尝一日废书，故于经史百家，悉能深知其义而不同于流俗。朝家循序而迁，得知河中府。或谓如侯者当位之于朝，出其所学，上为朝廷羽仪，展其所长，亦足以裨补于明时。予谓不然。以师孟之才且贤，得一城而守之，宣布圣天子德泽，下及于百姓，将古循吏复见于今日矣。河中古蒲坂，舜所都也，有虞氏之遗风存焉，民淳而事简，亦师孟之所乐也。一旦圣天子擢天下之治最者而大用之，必自河中始。于其行，群公赋诗赠之，而孟頫为之序。侯名衍，师孟其字云。

刘孟质文集序

文者所以明理也，自六经以来，何莫不然。其正者自正，奇者自奇，皆随其所发而合于理，非故为是平易险怪之别也。后世作文者不是之思，始夸诩以为富，剽疾以为快，诙诡以为戏，刻画以为工，而于理始远矣。故尝谓学为文者皆当以六经为师，舍六经无师矣。江右刘君某，年甚盛，气甚充，作为诗文数百篇，其锋殆不可当。然窃患刘君之才过多，若有不必而作者。夫六经之为文也，一经之中，一章不可少，一句一字不可阙，盖其谨严如此，故立千万年，为世之经也。余老病废学，刘君不以余为不肖，一再下问，不敢不以诚告。刘君以余言为然耶，则一以经为法，一以理为本，必不可不作者勿使无，可不作者勿使剩。如此，他日当追配古人，岂止蹴屈、贾之垒，短曹、刘之墙而已哉！

南山樵吟序

《南山樵吟》者，吴君仲仁所为诗也。诗在天地间视他文最为难工，盖今之诗虽非古之诗，而六义则不能尽废。由是推之，则今之诗犹古之诗也。夫鸟兽草木皆所寄兴，风云月露非止于咏物。又况由古及今，各自各家，或以清淡称，或以雄深著，或尚古怪，或贵丽密，或舂容乎大篇，或收敛于短韵，不可悉举。而人之好恶不同，欲以一人之为求合于众，岂不诚难工哉！必得其才于天，又充其学于己，然后能尽其道耳。吴君年盛资敏，不以家事废学，故其为诗清新华婉，有唐人之余风，此予所以深嗟累叹，爱之不能已也。山谷道人有言曰："本之以《国风》《雅》《颂》，深之以《离骚》《九歌》，此作诗之良法。"予既序《樵吟》，复告之以是者，所以起吴君也。吴君名寿民，仲仁其字，南山其自号云。

古今历代启蒙序

金陵王君元鼎，取自三皇五帝以来事迹编为四言，又韵其语，欲以教童蒙，使之诵习，俾知古今。携以见示，求为叙引。余闻古者八岁入小学，十岁学书计、幼仪，十有三年学乐诵诗，二十而冠，始学礼。自是以往，博学不教，未尝以知古今责童子也。后世欲子弟早成，应对之间，便以不知古今为耻，故为师者亦必以是求合于学者之父兄，盖自唐李瀚已有《蒙求》矣。若《蒙求》之类以十数，皆不行于世，独《蒙求》尚有诵习者，良由《蒙求》语意明白易诵故耶？然皆不若王君所编为包括古今，该备治乱，不悖于先儒之论议，于小学不为无补。然余疾读一过，犹以事迹之繁，有非童子所能悉者，虽成人亦可读之，以为历代史记之目也。若王君之用心，不既勤矣乎？敬题其卷首而归之。

玄武启圣记序

《易》曰："天一生水,地六成之。"夫一者,数之始也;水者,万物成形之始也。生数奇,成数偶。于位为北,北者,背也。北方象人背,故北极出地最高。又北之为文,从人相背,阳至冬至而止,又自冬至而复生。于卦为坎,水之为文,象形,为坎卦,东西分流。于乾坤之四德为贞,贞者,正而固也,二义。《太玄》拟《易》,于贞曰罔冥,亦二义。在天,斗、牛、女、虚、危、室、壁,七宿列于北方,成形为玄武。玄武者,龟、蛇也。青龙、白虎、朱雀皆一物,而玄武独二物,不谓之龟、蛇,而谓之玄武。玄之为色赤而黑,龟、蛇则然,有鳞甲,武之象也。玄武之神始降,宋真宗时为祠遍天下。大元之兴,实始于北方,北方之气将王,故北方之神先降,事为之兆,天既告之矣。武当山在西南方,巍然高且大,玄武神依焉,黑衣被发仗剑而践龟蛇,人往往见之,至今常然。五龙观主张君洞渊,笃于信道,强立不挠。皇太后闻而召之。会京师大旱,自去年九月不雨,至于四月,天子以为忧。皇太后使人持香从张君祷焉,先雨,张君为之日时,已而,果然大雨,累数日乃止,远近皆沾足。皇太后厚赐之,尽分其徒,不以一钱私己。其行若是,真所谓绝无而仅有者哉!是宜神之相之也。张君持所刊《启圣记》徼余为叙,余为诵所闻而书之。

清权斋内稿序

清权子处山林而不忘于世故,混人事而不累于尘俗,一草冠,一布衣,逍遥天地之间,傲睨景物之表,歌声琅然,若出金石,古所谓磈硊列缺、魁诡谲怪之士。吾何幸闻其言、读其书耶?古之能言者,去之千载,或数百年,皆不得而见之,所赖而传者,书也。

然则余虽未得与清权子谈，固已因其书知其人矣。亦有因余言而得清权之心者乎？子名石翁，姓黄氏，清权其自号云。

叶氏经疑序

大凡读书不能无疑，读书而无所疑，是盖于心无所得故也。无所得则无所思，不思矣，何疑之有？此读书之大患也。善读书者，必极其心思，一字不通弗舍之，而求一句。一句不通弗舍之，而求一章。一章不通弗舍之，而求一篇。夫如是，则思之深，思之深则必有疑，因其疑而极其心思，则其有得也。凡书皆然，经为甚，何者？六经其来最古，传之久而讹谬生焉。以今人而臆度古人，吾见其不能矣，则夫疑之多也何怪？通川叶君白首于六经，凡有疑皆萃而为一编，其疑之浅深固未易遽释，而其所以疑者，有以见叶君之用心于经书，而非泛泛口耳之学所可同年而语矣。叶君以仆尝从事于斯，不远千里来求叙引，故叙其所以疑者，览者其详诸。

阙里谱系序

鲁国孔君文升，以书抵仆，示以《阙里谱系》，求仆为之序，且自叙其世家曰："文升之十二世祖讳桧，后唐同光间避乱，自阙里来，居温州之平阳。桧生奕，奕生源，源生实，实生丽水县丞会。会生平，平生达，达生公志，公志生处州司务参军师古。师古生炳，炳生贵敬。贵敬生潼孙，是为文升皇考，始家于杭，宋德祐末职教建康。当是时，大兵渡江，道梗不可南，因又家焉。至元廿八年，以官事赴大都，道卒临清。文升忍死扶柩归葬建康，而诸孤长者方十岁，小者未离乳抱，家贫累众，不能复归温州。既又娶于溧阳，携诸孤就外氏以居，遂为溧阳人矣。窃惧久而忘其所自来，故切切然以谱系为急。"仆尝谓人之得姓，始皆一也，至其末流余裔，往往不知其所从来者，历年之多，迁徙之不常，而文献之不足征也。今孔君自曲阜而温，自温而建康，自建康而溧阳，凡三徙矣。其视温之族，已若温之视曲阜矣。数世之后，愈远而愈疏，谱系之作，其可缓乎？子曰："夏礼吾能言之，杞不足征也；殷礼吾能言之，宋不足征也。文献不足故也。"孔君清修好学，故能继绍先志，缵述家谱，使后世子孙知本支之传，愈久而不忘。夫礼者，所以教民不忘其所由生也，君子谓孔君于是乎知礼。谨按：自先圣至平阳府君，凡四十二世；至文升，凡五十四世。继自今，子子孙孙修先世之志，勤勤以谱系为事，虽百世可知也。历年虽多，迁徙虽不常，尚何久而忘之之惧乎？君字退之，今为浙西廉访掾云。

高惟正吴山纪实诗序

吴僧亢拙与余游三十年，一日自吴过余，持临邛高文度字惟正所为诗见示，且曰："吾乡有丁景仁，自少小学于高惟正。惟正既没，景仁哀其师之无成而至于卒也，求其遗稿，得诗百篇，刊诸木，使行于世。"余闻而嘉之，自师弟子之道废，世之学者其始未尝无师，及其稍有所立，即以师为讳，盖不止于师死而遂倍之也。而况高君之穷，其生也无以为资，其死也不以寿，而又无子孙以继其后。景仁拳拳不忘其私淑之意，必欲使其名因是编以不朽，忠厚之至也！推是以往，则其于人伦之间，从可知已。故余深嘉之而为之序。若夫高君之诗，清隽奇雅，吾友龚子敬言之详矣，余复何言哉？景仁名应荣，济阳人，今居吴云。

卷第七

记

吴兴山水清远图记

昔人有言:"吴兴山水清远。"非夫悠然独往有会于心者,不以为知言。南来之水,出自天目之阳,至城南三里而近汇为玉湖,汪汪且百顷。玉湖之上有山,童童状若车盖者曰车盖山。由车盖而西,山益高,曰道场。自此以往,奔腾相属,弗可胜图矣。其北小山坦迤,曰岘山,山多石,草木疏瘦如牛毛。诸山皆与水际,路绕其麓,远望唯见草树缘之而已。中湖巨石如积,坡陀磊魂,葭苇聚焉,不以水盈缩为高卑,故曰浮玉。浮玉之南,两小峰参差,曰上、下钓鱼山。又南长山,曰长超。越湖而东与车盖对峙者,曰上、下河口山。又东四小山,衡视则散布不属,纵视则联若鳞比,曰沈长,曰西余,曰蜀山,曰乌山。又东北曰毗山,远树微茫中,突若覆釜。玉湖之水北流入于城中,合苕水于城东北,又北东入于震泽。春秋佳日,小舟溯流城南,众山环周,如翠玉琢削,空浮水上,与舡低昂。洞庭诸山,苍然可见,是其最清远处耶?

缩轩记

余与戴子遇于浙水之上,相向而笑曰:"胡然而来乎?"于是握手而语，促膝而坐，莫逆而相与为友。其游从之乐，大暑金石焦、草木枯，大雨沾裳濡足，而不以为困。商论辨析，百反而不以为异己。俄而戴子有归志，曰："吾将归乎四明之山，遵海滨而处，辟吾堂之南溜，名之曰缩轩，子能记之否乎？"曰："何哉，子所谓缩者？"戴子曰："甚矣，吾之衰也，吾畏人者也。"余仰而听，俯而惑曰："人之生也，必有慊然不足于中，而后畏缩怯愞之心生。今子貌枯而道胂，家贫而德新，人将畏子，子何畏于人！而何缩之云乎？"戴子曰："向也，吾睢睢而于于，而无与居。高吾冠，博吾裾，自以为读先王之书，出而用之，上可以佐时，下不失自娱。当是时，志进而已。君子得时则大行，不得则龙蛇，吾闻之，知进而不知退，知存而不知亡，千岁之后，人将谓我愚。今吾往矣，木石之与居，而麋鹿之与群而已耳。且子独不见夫鱼与鸟乎，山林之乐，江湖之性，虽有《韶濩》之音，子都之姣，一旦遇之，飞者决起，游者深潜矣。忧患怵乎吾情，而事物感乎吾心，世且与我违矣，而欲不缩，得乎？"余喟然而叹曰："吾过矣！子之言是也。吾喻子志矣。天下莫夭于盗［跖］，而颜子为寿；莫贫于齐景，而伯夷为富。万钟之禄，君子或以为不足；衮衣之荣，君子或以为辱；世以为石，君子以为玉。由是言之，则子所谓缩者，岂非屈于一时，而伸于后世者耶？"

默斋记

华阴杨君士桓，名所居室曰默斋，而属余为记。余尝试为之说曰：言者，心之所发也，人心之动，必形于言，故凡有动于中者，虽欲不言，言而欲不类，不可得也。故喜则言便，怒则言躁，悲则言惨，忧则言塞，忿则言烦，戏则言甘；气直者刚以达，谋深者险而诡，德厚者简而中，资美者清而高。峻者必暴，而支者必疑，此类之所可推，而君子亦以是观人焉。《传》曰："言行君子之枢机，枢机之发，荣辱之至也①。"一言可以为荣,一言可以为辱。言固不可不慎也,而亦不能无言也。今子以默自铭,岂遂欲无言乎?夫阴者,阳之基也;静者,动之代也。阴不极,则阳不生;静不极,不能以致动。今夫雷霆之震惊,凡天地之间,万物之众,蠕动喘息,有知无知之殊,皆鼓舞动荡,气达而甲坼,其功若是。然而至于秋冬之交,则默然若无有者,一或发声,则妖异随之矣。向使雷霆日日而鸣,则吾见万物英华将不敛。英华之不敛,则生意几息,又何望于遂其性哉!君子之道,或默或语,阴阳之义也。孔子曰:"夫人不言,言必有中。"老子曰:"大辩若讷。"是故人患不能默耳,不患不能言也。苟能默矣,于言乎何有!平居恂恂如不能言,及夫临大事、决大议,一言而人无异辞,此古所谓能默然者也,而非无言之谓也。士桓其勉之哉!

① "至",《易·系辞》作"主"。

明肃楼记

至元十六年,诏立后卫亲军都指挥司,设使、副、签事,统选兵万人,车驾所至常从。营白雁口,既成,官有廨,士有舍,糗粮有仓,金鼓有楼,器械有局,交易有市,凡军中之政毕举。营南迫信安河,西临滹沱白沟,东与郎城蛤蜊港接。越六年,当至元廿一年秋,大霖雨。明年秋又雨,群川漫流,营居水中,士马告病。枢密院以闻,得旨移稍西。于是重作圆营,去卑就高,舍危即安。众心胥说,不日成之,士强马蕃,视昔为雄。由是开屯田千顷,用其农隙以讲武事,无坐食仓廪之弊,而有古者寓兵于农之遗意焉。中营为楼凡数十楹,悬金鼓以警士之视听,雄伟壮丽,去地百尺,凭高远望,可尽数十百里之外。岁时椎牛酾酒,高会飨士,三令而五申之,[士皆不敢仰视,]坐作进退,无不如法。自卫帅以下,咸请名斯楼而记之。仆闻之，古人有言曰："兵政贵明，军令贵肃。"舍明与肃，非政令之善者。乃名之曰明肃，而求集贤侍讲学士宋公大书以匾其颜。方今天子圣明，四海之内晏然，无桴鼓之警，宿卫之士皆安生乐业，除其器械，足其衣食。春秋属橐鞬，简车马，从乘舆，巡幸蒐狝，出入神旗、豹尾之间，示不忘武备而已。而诸公能于无事之时勤于军政，如此，其所谓暇且整者耶？夫君子闻鼓鼙之声，则思将帅之臣，况入营垒，登斯楼，见其行事者乎？可以知一时将帅之贤矣。抑又闻之，古之谋帅者以说礼乐、敦诗书为贤。诗书、礼乐，疑若于将帅邈然不相及，然欲使士卒皆有尊君亲上之心，非是四者其孰与于此？故因记斯楼之成，而并书之，以为诸君勉。［是役也，诸帅既定议，签事刘公实董其事云。］

完州前进士题名记

古者，乡、州、党、遂皆有庠、序以教学者，其大夫、长、正，亦皆其乡之长老，以帅其子弟，故民之从之也易。夫惟其从之也易，则人才之众多，匪降自天，亦人力之助也。金自有国以至于亡仅百年，然以文取士，完州之境登进士第者举不乏人。当金之时，完未为州，永平一县而已。夫一县不为大也，百年不为久也，而士往往以儒科起家，岂可谓非美哉！刘君安仁完人也，余往在江左识其人。及予来燕，谓余曰："曩吾邦之美若是，而今也则亡，吾耻之，思琢石大书乡先生之以进士进者，刻之学宫，将使往者传远而不坠，来者景慕而知劝。"且求余文为之记。安仁斯言真仁人之言也。古之乡长老，帅其子弟而教之，其意亦若是而已。自世俗观之，孰不以为迂疏不切。而安仁乃汲汲然若已有所未足而为之，非知本乎？夫儒者之事，通乎天人，而接乎圣贤。推而放之，可以为邦国之光；卷而怀之，犹不失为身修家齐之士，可不务诸？于是探讨故实，自天会讫于正大，得三十有□人，并考其官簿，书而刻之，凡完州之士，非其曾、玄，则其云、仍也。盍思勉于学，以无负安仁之意！孔子曰："十室之邑，必有忠信。"又况以一州之庶。岂无闻风而兴起者哉！安仁名□，今橡中书省云。

贤乐堂记

延祐四年□月□□日，诏作林园于大都健德门外，以赐太保曲出，且曰："今可为朕春秋行幸驻跸地。"有司受诏，越月而成。南瞻京阙，云气郁葱；北眺居庸，峰峦崒嵂；前包平原，却掎绝嵴，山回水萦，诚畿甸之胜处也。中园为堂，构亭其前，列树花果、松柏榆柳之属，不侈不隘，克称上意。集贤大学士臣邦宁复请赐名其堂若亭，乃命臣赵孟頫具名以闻。于是请名其堂曰贤乐之堂，孟子所谓"贤者而后乐此"者也。亭曰燕喜之亭，《诗》所谓"鲁侯燕喜"者也。制曰"可"。即日命昭文馆大学士臣溥光书以赐之，太保公复俾孟頫为之记，以表上恩及名堂之意。古者贤公卿大臣遭遇时君，得志当世，盖亦有园池台榭之观，非徒以适宴休、纵逸游而已，将以散意息虑，思其政，求其道，推其乐于天下，以辅成其君也。惟古之为园也、亭榭也，必以仁为之基，义为之途，礼为之藩垣，不言而信，及于豚鱼；不动而泽，被乎草木，品物欣欣，各得其所。是以居之而安，游之而适，思之而得，求之而合，推其乐可以及乎四海，保其地可以传乎子孙。故孟子曰："贤者而后乐此。不贤者虽有此，不乐也。"公以深忠硕德，光辅圣明，位列三公，恩冠百辟，而战战栗栗，夙夜匪懈，恒惧无以报圣天子之深恩。近有诏进公太傅，公俯伏力辞，必得请而后已，然后人始知有辞让之风，非贤乎？况兹园池台榭之为，不作于己，而受于天子，且天子不以赐他臣，而以赐公，是天子以贤赏公，而公以贤受赏。君臣一德，相际如此，必能推其乐、保其地如古之贤者，则鲁侯燕喜之颂，不得专美于前矣。此名堂若亭之意，而天下亦以此望于公也，敢书以为记。

大雄寺佛阁记

　　阏逢涒滩之岁,春正月,长兴大雄寺僧道成使其徒得恩以书来谒。曰:"大雄,故陈之报德寺,而今名则宋治平间所更也。广廷大殿,规制伟杰。殿北故有华严殿,荒陋迫厄,见者咸谓弗称。道成乃与居拱者谋,即其地建佛阁三十楹。既成,中置大像,复作小像千翼之。黄金庄严,胜相备具。盖哀人之施,竭己之资,崇积铢寸,忍可誓愿,历一星周而仅有济。今拱既死,而道成亦已老矣,恐遂泯泯无以示后人,敢以记请。"予窃嘉其志,乃为之记曰:天下之事,类非苟且欲速者所能为也。夫欲速则志不达,苟且则功易堕。吾观二子经营谋度,忘十年之久,而以必成为期,故能辟隘陋为高明,化荆棘为岑楼,缭以朱阑,覆以重檐,然后视殿若廷始若无愧。微夫二子坚持之操,勤笃之行,弗遽弗挠,安能以小致大,以难致易,讫不违其志如此哉!其视世之苟且欲速、徼幸旦暮者,所成就为何如?是可书已!按长兴为陈高祖故里,寺,其宅也。有桧在廷,直殿之西偏,邑长老言当时故物也。苍皮赤文,破裂奇诡,而茂悦之色,千载不渝。余故每至辄盘桓其下而不能去。及登斯阁,为之四顾,山川寂寥,万像苍茫,古人遗迹皆已湮没无余矣。而此树婆娑,独以浮屠氏故得全,是岂偶然也哉!则又为之咨嗟叹息而不能已。寺在唐会昌间尝废,至大中乃复;又一百年,当宋天圣三年,寺僧志辇等始新作三门;又二百年,而阁始建。由陈天嘉至于今,其废兴大略如此。寺故无纪载,故余并及之,使来者有考焉。

瑞州路北乾明寺记

　　瑞州城东北有山曰妙高,登兹山者,山川之高深,树木之阴森,莲花之敷芬,禽鸟之翔吟,凡一郡之胜,萃于人目,盖俗氛所不能至,而佛境之所融摄也。在昔宋时,祠洪山灵峰尊者于其颠,郡人祷焉,雨旸弗愆，而物无疵疠。于是延乾明寺尼妙智，俾主祠事。智以苦行净业，檀施聿来，因辟祠为寺，而自别为北乾明焉。仍乾明之名，示不忘本，而加"北"者，以方所言也。既乃度元胜、永远、了敬、绍勤为徒。敬也、勤也，得智之道，相与刻苦励志，拓故宏新。而敬之徒法玉、贵亨，益思所以卒智之始图，乃构堂以安清钵，筑室以严净居。法堂西敞，灵祠南启，佛天菩萨罗汉之像，经律论教之藏，各为大屋以覆之。栋宇之隆，雕塑之巧，绘画之工，黄金丹砂璀璨芬郁之饰，种种庄严，咸诣其极。最后作堂于万竹中，以为宴坐之处，紫节湘斑，森然林立，如植幢盖，风生而谬琳鸣，雨集而鸾鹤舞，见者惊喜，至者忘归。其所成就如此，而录教事者方且以事挠之，若不可朝夕居。元贞二年，了敬乃携其徒玉与亨之建康，求直其枉，遂绝长江，渡大河，北走京师。行御史台中丞张闾公、宣政院参议旦牙公引以见大护国仁王寺胆巴大师，以其事上闻。有旨护持，禁毋扰其寺，且赐了敬号圆觉大师。已而，皇太后、妃子皆怜之，赐衣与食。又降懿旨，以其寺充位下焚修道场，度弟子，出入宫掖，得乘水驿往来。大恩优渥，可谓至矣！山灵川祇，亦大欢喜。适中丞公行宣政院于杭，敬与其徒自江右来谒公，公示孟頫以事状，命为文记其始末，乃叙其事以为记。了敬宜以遭逢自庆，益自砥砺，究竟六度，上报国恩。其徒亦宜淑慎持戒，精进不退，以成敬之志，则庶几无负国家崇重之意。未几，中丞公拜中书左丞，将行，以一《大藏经》与之，使迎至乾明，有以见中丞公之能施，而二三比丘尼其道有足以动王公大人者，皆可书也。自智之建寺，其法盖甲乙相传云。

九宫山重建钦天瑞庆宫记

九宫之山，真人居之。其山之高，去地且四十里，殆与人境绝，多寿木灵草、幽花上药，荟蔚藿蘼，蒙笼蔓延于其上；清泠之泉，喷薄飞流于其下，盖游仙之馆，而栖真之地也。自真人之居是山，祷焉而雨旸时，祈焉而年谷熟，故宋人筑宫而严事之，其事则司业易公之记可考矣。己未江上之役，兵既解，而宫毁于盗。冲隐大师封君大本与其徒思复于古昔，拾瓦砾，除蓁莽，度才鸠工，作而新之。乃作妙应之殿，殿西南向为渊静之居，东为方丈殿，南为天光之堂。其上曰朝元之阁，阁西龙神殿，东为藏室，皆南向。阁之南为仙游之殿，又南为通明之殿。殿西为西庑，庑西为道院。其东亦为庑，东庑之东为斋厨、仓廪。庑南为天声之楼，悬大钟其上。楼东西面又为道院，庭西东面为朝真之馆。中庭为虚皇之坛，坛南为碑亭。亭南为三门，门东为化士之局，西亦如之。三门之南为华表，其东西皆属以周廊。门南为壶天之亭，又南为天上九宫之门。合数百间，皆雄杰壮丽，俨若清都；缥缈靓深，疑出尘境，虽仙灵之宅，阴有相者，亦不可谓非人力之极致也。当封君时，则有若某某同其劳。封君既老，戴君继之，最后得法师罗君希绐、某某成其终。由封君以来，历年三十，更有道之士十数，然后毁者复完，废者复兴，卑者崇之，缺者增之。百神之象，祭酒之器，养生之田，鼓钟、幕帟供张之具，视昔有加焉。至元丁亥，孟𫖯奉诏赴阙，始识法师罗君于京师，而又与余同邸舍。居久之，以记为请，不得辞，乃叙其事而记之。然余于此重有感焉，使世之儒者不废先儒之说，以正谊明道为心，令议者不得以迂阔而非之，则斯文当日新，庠序当日兴，"子衿"之刺不作矣。岂惟是哉！使天下之人，农、工、商、贾皆不坠其先人之业，各善其事，则家日以益富，生日以益厚，安有坏家毁屋者哉？余于此重有感焉，故并书使刻之石。后之人其尚思余言，毋俾其成之难者，败于易也。今天子崇信道德，凡兹山之田，皆已复其租矣。衣食于山中者，盍亦思庶人帅子若弟，终岁勤动以供赋役，而吾乃得优游逍遥，茹蔬饮水以自乐其道，宜何以报帝力哉？罗君方以道术受知圣明，其必有以也。

南泾道院记

　　浙右之地，水居十七，其势汪洋沮洳，往往而是，水行之道，可以通舟楫，土人谓之为泾。嘉兴城西南五十里而远曰秀泾，有张氏者居其地。德祐之末毁于兵火，张君全真乃改筑于秀泾之南，所谓南泾者也。既而其妻死，不复娶，辟以为道院，脱儒冠，著道士服，翛然独处，以颐性养神为事。凡田畴所入，悉以供土木工估。中为殿堂，祠玄武神。其背为延真之阁、讲道之堂；其左右为栖士之舍；其阳为迎仙之桥、放生之池。因池为堤，列树松、柏、梅、竹。又南数十百步有大朴，数百年物，作庵其下曰朴庵。陂塘环萦，林木蔽翳，境物洁盛，清人心目，故游方之士乐其处而多至焉。盖经始于至元丙戌，历十有余年而后成，亦勤矣哉！人之生也，自非圣贤，莫不有所役，或役于名，或役于利，大有所求则大役，小有所求则小役，总总如也。割去世累，优游恬淡以求自适，虽未为无所求，其视汲汲于名若利，匍匐颠仆于污秽之途，规毛发衣食以姁煦妻子，相去岂不远哉！初，松江修竹胡氏事玄武甚严，其家火而神像俨然独存。张君迎归，构殿以祠之。上梁之日雨，几不克建，张君祷焉。俄有白鹤廿八从东北来，翱翔其上，良久西南去，雨随已，而大雨于西南三里之外。何其异也！上强山僧靖达从吾游，道张君之为人，且道其意，乞文记其始末，故采其言以为记。

管公楼孝思道院记

　　按《吴兴志》，齐管夷吾之后有避地于此者，人因名其地曰栖贤，今乌程栖贤山是也。其裔散处郡邑，迄于今不绝，吾妻仲姬所自出也。仲姬名道升，父讳伸，字直夫，倜傥尚义，晚节益自熹，乡里称之曰管公。无丈夫子，仲姬特所钟爱。至元廿六年归于我，皇庆元年以余官二品，封吴兴郡夫人。夏五月赐告还家，间谓余曰："道升先人没而无后，礼，妇人内夫家而外父母家，又不得祀，公岁时奉尝缺焉，此不能不重哀思者。每一念之，未尝不涕横集而心欲折也。幸先人敝庐无恙，意即是建祠，俾方外士为之严事，庶乎少纾予哀，而其为久远计也，似亦可哉。"吾咨其孝，又善其处是也得礼外意，遂如其言，为卜相其宜，创楼三间以祠公及公之配周。凡材竹甓石，悉撤其旧而壹新之。既成，使道士掌之，扁曰孝思道院。又买腴田三十亩，以供祭祀，且足其食。予时与仲姬往造其间，［焄蒿凄怆，］祭飨从里俗，或者亦足以少慰公之灵营也哉！书事于石，尚俾我后人勿替夫人之志云。

碑铭

大元敕赐故荣禄大夫中书平章政事守司徒集贤院使领太史院事赠推忠佐理翊亮功臣太师开府仪同三司上柱国追封赵国公谥文定全公神道碑铭

太祖皇帝既受天命，略定西北诸国，回鹘最强，最先附，遂诏其主亦都护第五子，与诸皇子约为兄弟，宠异冠诸国。自是有一材一艺者，毕效于朝。至元、大德间，在位之臣非有攻城野战之功，斩将搴旗之勇，而道包儒释，学际天人，寄天子之腹心，系生民之休戚者，惟赵国文定公而已。今上皇帝临御之七年，始行褒恤之典，于是赠公祖父官爵勋封。越明年，复赐碑墓道，命臣孟𫖯为之文。当世祖时，公为平章政事，臣为兵部郎中，趋走省闼，识公为旧，承言论政，知公为详，敢不祗奉明诏？公讳阿鲁浑萨理，回鹘北庭人，今所谓畏吾儿也。以父字为全氏。曾祖讳乞赤也奴亦纳里，妣可吕竭失怗林。祖讳阿台萨理，赠保德功臣银青荣禄大夫、司徒、柱国，追封赵国公，谥端愿。妣张氏，追封赵国夫人。父讳乞台萨理，早受浮屠法于智全末利可吾坡地沙，圆通辩悟，当时咸推让之，〔故其师又名之曰万全。事世祖皇帝，历大同路僧众都提领、释教都总统、同知总制院事、统制院使，积阶资德大夫，号正宗弘教大师，〕累赠纯诚守正功臣太保、仪同三司、上柱国，追封赵国公，谥通敏。妣李氏，累封赵国夫人。初，通敏公从父自燕还北庭，生公兄弟三人。已而被召，留妻子北庭。公兄弟稍长，奉母东求其父，岁余至云中，得通敏公。居三年，公从国师八思巴学浮屠法，不数月尽通其书，旁达诸国及汉语。世祖知其材，俾习汉文书，顷之遂通诸经史百家，若阴阳、历数、图纬、方技之说，靡不精诣。会国师西还，携与俱。岁余乞归省，师送之曰："以汝之学，非为我佛弟子者，我敢受汝拜耶？勉事圣君。"相泣而别。比至阙，师已上书荐之裕宗，得召入宿卫，日以笔札侍左右。至元二十年冬，有二僧西来见，自言知天象。上召通象胥者数辈与语，莫能解。有脱烈者，言公可使，立召与语，僧乃屈，谢不如。上大悦。明年夏，擢朝列大夫、左侍仪奉御。秋，置集贤馆，命公领集贤。公请以司徒撒里蛮领之，乃以公为中顺大夫、集贤馆学士兼太史院事。明年夏，迁嘉议大夫。明年春，升集贤大学士、中奉大夫。明年春，进资德大夫、尚书右丞，并兼太史院事。冬，拜荣禄大夫、平章政事，兼集贤大学士、太史院使。廿八年，乞解机务，以为集贤大学士。三十年，加领太史院事。自初授官至是，凡八迁，并兼左侍仪奉御。明年，世祖登遐，裕圣皇后命公帅翰林、集贤、太常礼官备礼，册立成宗即皇帝位。明年春，以翊戴功加守司徒。大德三年，复拜平章政事。十一年春，成宗晏驾，哀恸成疾。秋八月十有七日，薨于大都发祥里第，年六十三。以是月□日葬城西南冈子原通敏公兆次。公开明廓深，喜怒不形于色，仁足以立政，智足以周物，明时务，识大体。初为世祖所知，即劝以治天下必用儒术，江南诸老臣及山林薮泽有道艺之士，皆宜招纳，以备选录。于是置集贤院，下求贤之诏，遣使天下。天下闻风而起，至者悉命公馆之，礼意周洽，皆喜过望。其有不称旨者，亦请厚赍而遣之，以劝来者。而集贤长贰，极一时名流，尽公所荐用。又请置国子监学官，增博士弟子员，优其禀，既学者益众。及尚书省立，相哥用事，诏公贰政。公固辞，上怒不许。相哥政日横，引用群小以为腹心，公弥缝其间，小者损益，大者力谏。初犹信用，久渐乖逆。又立征理司征责财利，天下囹圄皆满，愁怨之声载路。会地震北京，公极言地震职此之由，上诏罢之，尽以与民。诏下之日，京师民相庆，市酒为空。相哥益怒，数奏公沮格。及相哥败，公一无所污，然犹坐累籍没。相哥临刑，吏以公为诘，相哥曰："我惟不听彼言，以至于此。"上知公无罪，诏还所籍财产。裕圣皇后闻其廉正，赐以金帛，辞。又命所籍未尽还者还之，又辞。成宗即位，赐楮币二十万缗，乃受。初，成宗在潜，世祖圣意已有所属，成宗屡遣使召公，公托疾不往。及成宗储位既定，索棋具于公，公始一至其邸。成宗曰："人谁不求知于我？汝独不一来。我非为棋具，正欲一见汝耳。汝可谓得大臣体矣。"元贞、大德间，得赐坐视诸侯王者才五六人，公必与焉。上尝谓近臣曰："若全平章者，可谓全才矣，于今殆无其比。"左右或呼其名，上必怒责之曰："汝何人，敢称其名耶？"公历事两朝余，二十年通昔未尝安寝，或一昔至再三召。日居禁中，弥纶天下之务，虽妻子未尝闻其所言。每一政出，一令下，莫能知其自公也。有谮公者，公不辨，而上亦不疑。及公罢政，有刘监丞者，言公在太史多言灾祥事，预国休戚，大不敬。上大怒，以为诽谤大臣，当抵罪。公顿首曰："臣不佞，赖陛下含容天地之恩也。若欲置刘罪，臣恐无复为陛下言者。"上怒不已，公力争之乃得释。公所为类如此。公平生雅好推毂，士由公进者凡数十百人，位至公卿、大夫者不可胜纪，而未尝有德色。

前后所赐金玉、束带、裘服、弓矢、宝器，常辞让不敢当。呜呼！若公者乃可谓大臣者矣。公娶郜氏，封赵国太夫人。子男三：曰岳柱，资善大夫、隆禧院使，力学，为政有父风；曰久著，翰林侍读学士、中奉大夫、知制诰、同修国史，卒官；曰买住，早世。女一，适荣禄大夫、徽政院副使也速。孙男三，曰普达、答里麻、安僧，女二。铭曰：

　　世祖制治，三五同风。立贤无方，如汤执中。惟文定公，始事裕宗。战战兢兢，夙夜在公。名闻天子，为天子使。一话一言，纳民于轨。既辟贤馆，亦集太史。学究天人，道通孔李。保我皇极，烝我髦士。万国熙熙，众生济济。权臣怙势，群小并起。皎然夫容，出于泥滓。成宗当阳，帝贻孙谋。惟公佐之，益阐大猷。其心孔休，其政孔修。物无不周，义无不由。成宗宾天，公亦长逝。生死以之，君臣之义。斯民之悲，哲人之泪。竹帛煌煌，千载无愧。继述济美，褒荣斯备。刻辞丰碑，用劝来裔。

故昭文馆大学士荣禄大夫平章军国事行御史中丞领侍仪司事赠纯诚佐理功臣太傅开府仪同三司上柱国追封鲁国公谥文贞康里公碑

　　粤若稽古，唐虞三代之时，尧、舜、禹、汤、文、武之为君，皋、夔、稷、契、伊、傅、周、召之为臣，明良相逢，道同而德一，天为之清，地为之宁，四海晏然，万物咸遂。是皆有以开乾坤之运，钟川岳之气，故能致雍熙之和，立泰平之基。更数千载，其事纪于诗书，不可诬也。唯我世祖圣德神功文武皇帝，躬神武之姿，心仁厚之德，混一区宇，视民如伤。中统、至元之间，民物熙熙，知有生息之乐，盖将参尧、舜，而回三代。时则有以道事君，不诡不阿，跻世于时雍，若皋、夔、稷、契、伊、傅、周、召之为者，则鲁国文贞公其人也。公讳不忽木，自祖父海蓝伯而上，世为康里部大人。海蓝伯事王可汗，王可汗灭，帅麾下遁去，太祖皇帝虏其全部以归。第十子燕真，年十余岁，分赐庄圣太后，唯恭谨，善为弓服，事世祖皇帝不离左右，配以高丽美人，名长姬，姓金氏。生五子，次二为公。公幼事裕庙于东宫间，因简卫士子，俾师赞善王恂。恂从北征，而太傅魏国许文正公衡为国子祭酒。公时年十二，眉目秀美，进退详雅，已如成人。父知其非常儿，请于上，欲教之读书。有旨入国子学，师事许公。性强记，日诵千余言，有问必及纲领。许公亟称之，谓公必大用于世，名之曰时用，字之曰用臣。起家为利用少监，出为燕南河北道提刑按察副使，寻升提刑按察使。尝使河东，道遇饥民死徙相属，因便宜发廪，所活数万人。岁旱行部，所至辄雨，入为吏、工、刑三部尚书。桑哥得政，公数与之争事于上前。桑哥怒，切齿于公，使西域贾人诈为讼冤者，遗公美珠一箧，公却之。已而知其谋出于桑哥，因谢病免。拜翰林学士承旨，奉使燕南。公弟野理审班与彻里等间劾奏桑哥，上怒，捕系桑哥，遣使者趣召公还。入见，语连日夜，卒诛桑哥。桑哥诛，命公为丞相，公让太子詹事完泽。是时上春秋高，成宗将兵北方，位号犹未正，公谓："相东宫旧臣，则众论自定，国家自安矣。"上默然良久，叹息曰："卿虑及此，社稷之福也！"于是完泽为丞相，而公平章政事。桑哥时卖官，高下有定价，上自朝廷，下至州县，纲纪大坏。在官者以掊克相尚，民不堪命，往往起为盗贼。公与诸公谋议，欲革桑哥弊政，首召用旧臣为桑哥所斥逐者，尤重文学知名之士，使更相荐举，虽毫发之善，亦无所遗。桑哥之党，唯忻都、纳速纳丁蔑理、王济等罪状尤著，则劾治而诛之，其余随才拔擢，待之无间，由是人情翕然悦服。每遣使，必慎择其人，使还，问之以所至长吏为政善恶之状，其自四方来者亦然，参伍相验，无能欺者。苟政绩尤异，辄上闻，或赐玺书，或赐衣物，随加迁擢。

故当是时，百官得其人，万事得其理，阴阳调和，年谷屡登，庶民乐业，海内大治。世祖暮年以天下事属之于公，尝谓公曰："太祖有言：'国家之事，譬右手执之，复佐以左手，犹恐失之。'今吾为右手，左手非汝耶？"上每与公论治道古今成败之理，至忘寝食，或危坐达旦，谓公曰："曩与许仲平论治，许仲平不及汝远甚。先许仲平有隐于朕耶，抑汝之贤过于师耶？"公惶恐谢曰："臣师见理甚明，臣之所闻知，何足以跂其万一！第臣师起于布衣，君臣分严，进见有时，言不克究。臣赖先臣之力，陛下抚臣兄弟如家人、儿子，朝夕左右。陛下又幸听其言，故得尽言至此。"上又尝抚髀叹曰："天既幸生汝为吾辅佐之臣，何不前三二十年，及吾未衰而用之也？"已而，顾谓侍臣曰："此吾子孙之福也！"或上书谓征流求国及徵江南包银，有诏集百官议而行之。公力请于上，为寝其事。公以朝廷庶政多仍袭前代，第求详于簿书，稽古礼文之事，顾缺而不讲，已奏得旨，与文学之士共议，定为规制，使万世可以循守。用事之臣有不便者，力加沮抑，故其事中辍，识者至今为恨。太尉伯颜受遗诏立成宗，召公共定大计，丞相欲入，亦拒不纳。成宗以公为先朝腹心之臣，尤加礼重。事有不可行，公必侃侃正言，援引古今复甚力。上闻之悚然，虽已成命，数夺而止。公在中书，同列颇严惮公，或以私意干政，公辄拒不从，由是深以为怨。会公以疾在告，上亦不豫久，因构公与丞相有隙，出公为陕西省平章。他日圣体稍安，怪公不预奏事，问知其故，大怒，责丞相以为欺，立召公复入中书。公体素弱，至是气羸益甚，上以御史台事简，拜昭文馆大学士、平章军国事，行御史中丞，领侍仪司事。公已去，朝廷之政稍紊于其旧。久之，丞相颇觉为同列所误，不得与公共事，对公引咎自责，流泪满襟。未几，果以累闻，于是朝廷益知公之贤。公在御史台，监察御史及各道廉访使者，多择士人为之，患吏不知义理，言通一经一史试吏，及劝上降诏勉励学校，议行科举，所改苛法，如按官吏犯赃，子不得证父，妻妾不得证夫主，皆仁政之大者。公虑完泽之后大臣中无可继之者，乃荐答剌罕哈剌哈孙自江浙行省平章政事召拜丞相，严重守正，卒有功于社稷。武宗出镇北边，百官郊饯，欲与公易所骑马，公谢不敢当，第献所骑马。明年，使者自塞上来，赐公名鹰一，盖武宗已属意于公矣。公喜剂量人才，闻人有善，汲汲然求之，唯恐不及。今之朝士，凡知名天下者，皆其客也。世祖知公之贫，数厚赠公，公悉以分昆弟故人之家，无所遗余。子孙所仰，唯第宅、碾磨之类，盖赐物之不可分者。公薨于大德四年□月十七日，年止四十又六。天子震悼，士大夫哭泣相吊。是月廿七，葬大都西四十里东安祖之原。葬之日，都城之民为之罢市。公得君而不恃，得君而不满，居高位而自卑若不足。天下视其身进退为朝堂重轻。十年，武宗追念其忠，赠纯诚佐理功臣、开府仪同三司、太傅、上柱国，追封鲁国公，谥文贞。夫人寇氏、王氏，皆鲁国夫人。寇氏前卒，生子回，今为淮西廉访使。王氏，〔御史中丞蓟国文正公寿之女，〕生子巙，今为集贤待制；〔女立童，适御史中丞相朵儿赤之子不花。〕二夫人皆与公合葬。父官至卫率，赠开府仪同三司、上柱国，追封晋国公；母晋国夫人。祖父赠光禄大夫、上柱国，追封河东郡公；祖母河东郡太夫人。世祖临崩，赐公璧一，曰："汝死持此来见我。"故公之薨，与璧俱葬。君臣之义，死生不渝如此。铭曰：

　　大哉有元，皇皇世祖。仁明而武，以一天下。天下既一，帝赉良弼。整我皇纲，仪尔百辟。于唯鲁公，百辟是仪。笃学力行，圣贤为师。利用是监，按察是司。入长天官，天官唯时。乃董考工，百工攸宜。乃领司寇，直哉无私！爰陟辨章，百揆咸叙。无言不雠，帝所倚注。铢锄恶草，长养嘉谷。晚领台纲，朝廷是肃。父父子子，夫夫妇妇。下毋证上，风俗益厚。当是之时，阴阳和平。雨畅时若，百谷熟成。薄海内外，于变时雍。匪公则贤，维帝任公。昔在唐虞，皋夔稷契。殷周之世，伊旦孔硕。公之事君，动与道俱。虽古名臣，何以加诸！

帝将上天，白璧是授。公今虽没，在帝左右。王城之西，巍巍高坟。树之松柏，郁然如云。盛德之源，泽流子孙。凡百有位，视此刻文。

程氏先茔之碑

至元二十四年，孟𫖯自布衣蒙恩擢兵部郎中，时员外郎程君天锡实为同僚，以故知之为详。君天姿乐易，未尝见愠色，家既饶财，好士而能施，视人之急难，若己处之，有求者辄与无所靳。其居官不避事，与之处愈久而无怨，古之所谓岂弟者，君其近之。孟𫖯自兵部迁直集贤，君升郎中。孟𫖯既外补，君乃闲居，不复求仕进，徜徉闾里间，自乐而已。元贞元年，孟𫖯蒙恩召至都下，见君颜貌如渥丹，视在兵曹时不加老，然后益知其所养者为不浅浅也。一日谓孟𫖯曰："禹圭家世居蒲，金末自蒲来燕，居燕者三世矣，坟墓皆在燕。自曾祖而上，皆葬于蒲，道里之辽远，谱牒之散亡，葬于蒲者既已不可得而考矣，既往者不可得而追矣。而今而后，不思所以传久远，则葬于燕者又安能久不泯哉？知我者莫如子，图所以传久远者莫如子之文，子其为我图所以传久远者。"孟𫖯识君且十年，其交情如一日，欲辞则不可，乃按其行状叙而铭之。按程氏其先蒲州人，世以农为业。曾祖讳浩，字浩然，性机巧，凡工事无所不解，由是舍农而工，技艺之精，出侪辈右，年八十四卒。妣罗氏。祖考讳璋，字彦玉，资刚毅，以倜傥见称，善商贾之事，遂以致富，当金之亡，来居于燕。程氏之居燕，自彦玉始，年八十三卒。妣王氏。考讳震，字伯威，仕圣朝，为人匠打捕鹰房等户总管，慷慨不拘小节。既耄，乃谢事，年八十三卒。[妣路氏，治家愿而有别，年八十五卒。]岁庚戌，总管府君卜新茔于故燕都阳春门外三里庄，以葬祖考。戊辰，新作大都，而茔域当御道。是岁八月，程君乃改卜于看丹造吉村之原。自曾祖而下，三世皆徙葬焉。去古既远，好名者众，争取先代贤臣、名士、高官、大爵者，冒以为其所自出，不知诬其祖之为过之大也。程君独不然，书其行事务不失其实，亦可谓淳实不欺矣。抑余观程氏累世寿皆至八十余，至程君起家为郎，光显一时，家事殷厚，优游佚老，年六十余若四十许人，而二子又皆秀发，足称其家。《书》曰："积善之家，必有余庆。"意其上世积德之厚，故天人之报施若是耶？其余庆盖未艾也。君娶李氏，大都人。二子：长曰昂霄，次曰冲霄。铭曰：

惟元贞元年，岁在乙未七月朔日，作程氏先茔之铭。维程氏家本农也，居于蒲阪。圣元割金，爰徙蓟丘，既富寿昌。看丹造吉，实为燕程始祖之藏。施于后人，其子子孙孙世享之。

郝氏先茔碑铭 元复初制序

茫茫往古，得姓维均。孰匪善积，而后克振？郝氏之先，出太昊世。裔孙封殷，以采为氏。秦汉梁周，咸有闻人。至唐益显，位于相臣。金有宛平，卓鲁之化。从金居汴，入元徙霸。卒葬卢师，为燕始祖。四子皆贤，有孙孔武。弼亮赞襄，衮职是补。庆延祖考，大启土宇。土宇既启，再世维公。孰匪象贤，其先克封？卢师之原，山川之会。何以树之，维松及桧。曰昭曰穆，叙葬于斯。子子孙孙，聿来孝思。维孝维忠，天监不远。我作铭诗，百世其劝。

卷第八

碑铭

蔚州杨氏先茔碑铭

中顺大夫、晋宁路治中杨侯既葬其曾祖以下三世于蔚州，将立石墓左。而蔚故不产佳石，有告之者曰："永宁口有石天成，如龟趺，高三尺，广四尺，其长倍高。"輂致之，夜有大声三，若自龟出者。又有告者曰："去石龟三里许有石如碑，高、广与龟称。"复輂致之。及门，霾雾昏塞，碑作大声跃于地，前行三十有二尺。侯求余为文，将刻诸石，为余言如此。余盖疑之。已而，得蔚父老之言于宣德府者，为之叹曰："鬼神之相之也，其有以哉！"于是复征其行事，得参知政事王公思廉所撰侯为平定知州时《德政碑》，言卖历本、均课程、收皮革、兴碾硙，省民钱五万余缗，他善政甚多。又得榆关岳蕃，及同知武州事杨述所为碑文，言侯引龙池以给安平，沟郄湫以通乱柳，导盘缠河以贯裴村，凡水之利，无遗力焉。而侯不惮胼手胝足，躬事畚锸以为民倡，故虽功大力巨，而成不逾时。古所谓西门豹、郑国之流，殆无以过之。盖侯性朴质，强力绝人，有可以利民者，不啻若嗜。欲使侯得居大官，其所建岂止于是哉！宜鬼神报之以龟石云。侯名赟，蔚州人，年十一给事马驿，马肥好。十六岁，祖母代之还家为农。稍长右三部，俾领三千人采木，作大都城门，时至元四年也。俄佩银符，见世祖皇帝于广寒殿，授蔚州采木同提举。

十六年，佩金符，凡四为采木提举。由奉训大夫改奉直大夫、泰安州莱芜等处铁冶提举，寻知岚州、平定州。皇太后幸五台，以侯为中顺大夫，知宣德府，仍领采木之役，特赐钞二千五百贯、貂裘一。至大二年，除晋宁路治中。今七十六矣，上下马如少年，真奇士哉！曾祖讳德清，儒而不仕。祖讳万，从太师国王为副元帅，佩银符。父讳伯荣，亦不仕。葬以某年某月某日，立石以某年某月某日。墓在蔚州麦子疃。铭曰：

至顽者石，冥然无知。无喙而鸣，无胫而驰。芒芒之中，有物使之。信哉杨侯，言不吾欺。兴事利民，甚于渴饥。孰谓鬼神，能报厥施？彼牧民者，鲜克是思。剥下为利，徼幸己私。天则不佑，虽盛必堕。于维杨侯，先垄在兹。若祖若考，英灵攸绥。有龟自至，负是丰碑。千有百年，视此刻诗。

赵君谦甫墓碣

赵君讳受益，字谦甫。祖讳友，妣郑氏。考讳成，妣郭氏。由祖以上，世居清州西流河之南蔡家里。金末贞祐中，考逃难来济南，卒葬历城西南龟山之下十里河之原，故遂为郡人焉。君自弱冠习文法书数，任事不避繁剧，当官者以为能吏，省部入举，居会计之职，未尝不课最。性慷慨倜傥，不事羁束。初，吴人黄清卿在俘囚中，君怜其才，倾囊赎之以归，使子侄辈从学，待以师礼。黄一旦有南归之思，君厚赆之，且令人送达其家。尔后游宦江左数年，视他人所好子女玉帛，弃若涕洟，唯收书数千卷而已。观斯二者，可以知其为人。至元癸巳四月二十六日，以疾卒于家，享年五十有九。娶宋氏，济南名族，是岁七月十九日亦卒，享年五十有七。子二人：伯曰元祯，中曰元溥。孙男二人：曰芝，曰兰。元祯等以某年某月某日合葬君夫人于十里河之先茔，礼也。既葬，元祯等介道士张君来谒，［请］余文，将刻石墓左，以传不朽。余闻张君言，元祯勤读书，元溥为吏廉谨，乡党皆以为善人。又嘉其勤勤恳恳，有不死其先君之意。风俗之衰久矣，二子乃能若是，余何可固辞也哉？呜呼！高官尊位未必皆贤，卑位小官未必皆不肖，若赵君者，亦可谓非碌碌之士，其不至于贵达，则命也。后之览者以余言为信，虽数千百载，当勿毁焉。

杜氏新茔之碑

杜氏之先，曰唐相莱国成公如晦，其贤天下莫不闻，其言行、官爵，载在唐史，虽不言可知也。按公传京兆杜陵人，黄巢之乱，子孙有自杜陵徙风翔者，居风翔虢县。历五季而宋，而金，其坟皆在虢。其世次隐显，自曾祖而上，皆不可得而详焉。祖讳松，金末仕为乾州节度使，仪干雄伟，以勇略闻。金亡，与其子自虢徙汴，自汴徙镇，又徙燕，遂留居之。壬子岁十二月八日疾终，享年七十。祖妣张氏先卒，葬于虢。继室王氏，后君一年卒。考讳茂，字光祖，张出也，年十六，以节度府君荫入宿卫。十八，从父避兵于燕，险阻艰难中克尽孝道。父丧，衰麻荐奠皆有礼，人称其孝。不求仕进，善治生，遂致富饶。节度府君之卒，以先茔之在虢也，有归葬之望，故葬有阙。每言及未尝不流涕。既而以居燕之久，且去虢数千里，顾终不能归葬于虢，乃卜地于燕都之南大兴县西宜迁村，葬曾祖衣冠，以为杜氏新茔。杜氏之新茔，自节度府君始，实中统元年八月一日也。祖妣张氏先葬虢，至是复以衣冠与王氏合葬焉。至元九年五月五日，茂以疾卒，年六十四。娶完颜氏，至元十九年十一月十日卒。再娶王氏，廿八年六月廿二日卒。子男三人，皆王出。长曰大川，字伯林，为人以义自处，居家孝友，尝为河间西汉股盐场管勾，奉公尽职，盐司将举之，以母老固辞，至元二十四年二月十七日卒,年三十九。娶转运使周君女,事舅姑有道,内外无间言,良人卒,誓不再嫁,至元二十八年二月卒。[一子善庆尚幼。]二子:曰大兴,字伯荣,乞文于余者也;次曰守智,字善父,天资明敏,方有志于善,至元廿四年六月不幸早卒。自考以下,皆以昭穆葬新茔,礼也。元贞元年,孟𫖯蒙恩召至都下,耶律公希光为孟𫖯言:"吾同里有杜伯荣者,重厚缜密,务实去华,事父兄孝且弟,箧中有券约百纸,皆父兄以赀贷人者,曰:'此吾父兄积德之惠,何用征为?'悉火之。里中有贫者,辄赈其乏;壮未有室者,辄助之娶。至有借杜氏余力以致富者,伯荣终不以为己德也。事寡嫂甚谨,数年足不升于堂,春秋家燕,见辄设拜。或问之,曰:'惟礼可以别男女,吾兄既早世,吾事吾嫂敢不敬!'耆老欲闻有司乞旌表其门闾者,伯荣止之曰:'此亦尽其在我者而已,何必示耶!'伯荣之为人如此。"一日与偕来谒曰:"自先人卜新茔于都南,大兴生四十年,虽岁时丘垄不敢废祭扫之职,而墓石未立,恐久遂泯灭,后嗣无以知先世所自出,又无以寻祖考徙燕之所由来。大兴敢再拜以请,幸夫子为文以铭之。"余谢不敏,大兴请至再。余既嘉其行义,重以耶律公之命,不复固辞,乃因其行状叙而铭之。大兴娶李氏,有子曰铭庆,以斯文名之也。铭曰:

荡荡古今,迭盛迭衰。大贤之后,亦或中微。维杜成公,作相贞观。功业炬然,唐史有传。厥后徙虢,自虢徂燕。岂祖是忘,因时而迁。燕山之居,亦既三世。宅兆既安,昭穆曷纪。其宅伊何?宜迁之村;其纪伊何?自祖及孙。[自祖及孙,]富而有礼。天福善人,其昌其炽。我作铭诗,刻诸坚珉。后嗣传之,千载不泯。

故成都路防城军民总管李公墓志铭

公讳昱,字仲明,太原榆次人。曾大父彦,大父温。父懋,河东宣抚检察使。妣张氏，继室蒲察氏。生二子，公其伯也。自少小勤于问学，尤有得于《易》。既长，从事行省郝公幕下。戊午，授公太原路奥鲁万户。中统庚申，世祖圣德神功文武皇帝即位，公时扈从上都，命公与近臣也速答同管军器监事。至元丙寅，也速答行中书省于四川，辟公行中书省员外郎。时四川未全附，公居幕府，会金谷，调军食，转输供给，未尝乏绝。至于决策制胜，公力居多。壬申，改授东川、顺庆等路宣课大使。公长于规画，民不扰而事集。甲戌，行省拜公枢密副使，行枢密院事，分道攻嘉定。行省公曰："大军既出，成都乃四川根本，若守非其人，虑有肘腋之虑。"佥以公为可任，行省公笑曰："吾意正在此人。"于是以公为成都路防城总管，通管军民事。公鞠躬尽瘁，知无不为，民赖以安。乙亥冬十二月二日，以疾卒于成都驷马桥之寓舍。呜呼哀哉！公生于某年某月某日，享年四十有八，越五日殡于万里桥之南罗村。公卒之前一日，神色如平时，忽召从行亲友，悉与诀别。众皆惊曰："公神气强盛，安得此不祥之语？"公曰："死生常事耳，何讳耶？"呼诸子付以后事，且戒之曰："毋随俗喧哗，毋厚葬具。"夜将半，命其子偶读《大学》《中庸》数过，奄然而逝。时有乡人王小五者，自太原走蜀，未至成都二百里罗江县北十里许，道逢公北。王素识公，问公将安之，公曰："吾往直北。"嘱以家事甚悉。王至成都，诣家，道所以计日，正公卒之日也，时人咸惊以为神。娶仇氏，先公十六年卒；继室韩氏，后公十日卒，皆母仪妇道见称亲党。戊子七月二日，始克归葬于太原井谷村之先茔，二夫人祔，殉以瓦器，从治命也。公豁达刚敏，善谋断，有度量，好宾客，尚气义，字民以宽，治军以律，理财以道。既殁之后，蜀人思之至今。初，公之从事行省郝公幕府，郝公待公厚。及郝公卒，其幼子天挺甫数岁，公曰："吾有女，年相若也，他日当妻之。"中统癸亥，公以事寓燕，贻书家人曰："郝公之子吾尝许以长女妻之，今其时矣，当即成婚。"

家人莫敢违，人服其信义。子男四人：曰佐，麓川路教授；曰仔，东莞盐司管勾；曰偶，集贤侍读学士；曰俶，龙兴路富州同知。女三人：[长适行省郝公之子四川行中书省参知政事天挺；次适东平转运副使张仲端之子忻州秀容县主簿藻；次适汾州西河县尹吴公之子某。]孙男七人：[曰乞，早世；曰兴宗，曰兴祖，方向学；曰某，曰某，曰某，曰某，尚幼。]孙女九人。既葬公之八年，当元贞元年，孟𫖯蒙恩召至阙下，公叔子集贤学士偶，以孟𫖯往年尝为同僚，语孟𫖯曰："偶之先君既葬八年，而墓铭未备，偶为此惧，敢状其行事以请。"孟𫖯辞至再，不获，敬叙而系以铭。铭曰：

凛凛李公，人中之英。因时用武，奋身成名。给饷理财，婉画幕府。以战则胜，以守则固。曾未半百，遽尔陨倾。岂伊松柏，蒲柳同零！天畀公才，百未一试。稍假以年，何所不至！天既生之，复遽夺之。厥理茫昧，所不可知。公之英灵，惊动行路。死而不亡，信哉斯语！井谷之原，是为公藏。刻兹贞石，俾后勿忘。

大元故嘉议大夫燕南河北道提刑按察使姜公墓志铭

公讳彧，字文卿，姓姜氏，莱阳县人。自太公封于齐，诸姜皆其后也。曾祖而上，谱牒已不可考。祖讳某，以财雄乡里，好周人之急。偶岁凶，作糜粥以食，饥者赖以全活甚众，里中称为善人。考讳椿，质直尚志，金末盗贼蜂起，避杨安儿乱来水寨，依张侯以居，娶临邑魏氏。生公时兵后大疫，因之饥馑，死者相枕藉，公随考妣东西奔走，若有相之者，竟免于难。稍长，从李雄飞学，禀资颖悟，出他儿右，日诵数百言，过口不忘。张侯来济南，披荆棘，立官府，公因侍父至府幕。幕僚魏君爱其才，留之幕下，积一二年，凡簿书、会计之事，问辄能答，不差毫厘。张侯赏异之，由府吏升充左右司知事，属大数户口，俾公分领一路。讫事，迁左右司郎中。府中赖公裨益，视他镇常课最，断事官就遣公赴阙，奏割陵州等五城，俾张侯通行抚治。从之，还，升参议府事。中统三年，公佐张侯之嗣入朝，首言益都李璮反状已露，宜先发以制之，未报。□年李璮反，诸郡素不为兵备，璮引劲卒数万，长驱袭济南，据之。公弃父母妻子脱身走，从嗣侯招集散亡，迎哈必赤王军，为收复计，日夜亲矢石，筑长围环城，璮不得出外，又绝其援兵。秋七月，捕得反者，言城中食且尽，人将相食。时嗣侯被旨招安益都，命公留后。公料城下在旦夕，昏夜求见王计事，言："济南城且破，大王宜早定计，命大将分守城门，勿令纵兵，不然城中无噍类矣。"王曰："汝解阴阳耶？"公曰："虽不深晓阴阳，人事固可见也。"王曰："子未生，先乞名，[那有是]耶？"公曰："城中无粮，金城亦不能守，况先奉圣旨，明言李璮一身造恶，官吏百姓何辜？若不及今定计，城破之日，千军万马中欲见大王，岂可得耶？纵得见，岂能细陈耶？事无大于此，亦无急于此者，唯大王留意。"王曰："然。"诘旦会诸将议。是夜五鼓将尽，军候报城西门贼军五六百人出降，王上马，鸣金鼓，亲往谕之，皆解甲投器仗。黎明，南门、东门俱降，无虑五六千人。公又言："乞勿纵兵。"王遂命大将分守东、南、西三门，禁外军，一人一骑无敢入城者。城既降，李璮自投水中，不死，捕得斩之，枭首军门，事遂定，城中安堵如故。嗣侯至自益都，以公功多奏于朝，授大都督府参议。会朝廷行迁转法，授公知滨州。滨民罹苛政久，户口凋耗，田莱多荒，往往为行营军马占为牧地，惧不敢星，而有桑枣者，又纵羊马践食之，殊不聊生。公为申省，差断事官某分拨草地、民地，封土为畔，豪夺不得行。纵军为扰民，择其尤不法者杖数人，民始得安。设赏罚课民栽桑，岁余新桑遍野，人呼曰"太守桑"，且歌曰："田野桑麻一倍增，昔无粗麻今纻缯，太守之德如景星。"未终任，以事赴部，其民扶老携幼遮道，马为之不行。俄授东平路总管府判官。至元五年，御史台新立，选才堪御史者，公首在选中。驰驿赴阙，御史大夫引见广寒殿，天颜喜，赐食殿上，拜治书侍御史。刚棱疾恶，不避权贵，在任七年，用御史大夫荐，授河北河南道提刑按察使，佩金虎符。改信州路总管，以疾不赴。寻改陕西汉中道提刑按察使，移河东山西道。久之，拜行台御史中丞。暴官污吏闻风而革者甚众，江左阴受其赐。再为燕南河北道提刑按察使。居三载，得告归里。积官至嘉议大夫。公生于兵间，长能自树立，好读书，为吏有能声，而又及从元裕之、杜仲梁诸老游，以文雅饰吏事，故其风流岂弟，为世所称。屡任风宪之职，能以片言折奸邪之萌，轺车所至，官吏皆敬惮不敢为恶。既谢事，闲居课子孙，艺花种竹，小车时往来，饮酒自娱，童颜苍鬓，无衰老之态，孰谓公遽以微疾不起耶？公生于戊寅〔正月十四日〕，至元癸巳某月日卒于私第之正寝，享年七十有六。夫人侯氏，先公三十年卒。〔继室赤盏氏。〕子男四人：长曰迪吉，次曰从吉，〔侯氏出也，〕次曰吕，次曰璞。〔女六人，适名族。孙男二人：曰珏，曰璧。孙女七人。〕将以五月庚申葬公于龙窝庄白马山之原，以夫人侯氏祔，礼也。迪吉等叙公之行事，涕泣再拜，请铭于余。余居吴兴，闻公名甚久，及来济南，犹及一再见公于堂。公既卒而不为之铭，情若泊然，遂不敢固辞而铭之。铭曰：

　　姜氏之源，出于太公。齐失其国，散居于东。莱水之阳，爰有苗裔。来之济阳，以避其地。天相阴德，乃生令人。险阻艰难，扬名立身。吏事既敏，又服军旅。人一己十，允文且武。讨叛完城，厥功居多。谁谓儒生，不能荷戈？升诸公朝，出守渤海。龚遂之政，尚友千载。峨峨豸冠，两登宪台。巡按四方，奸宄为衰。既老而闲，以道出处。优游卒岁，五福备具。苍鬓朱颜，谓可百年。胡为遽尔，以疾终焉？龙窝之原，实维公宅。芒芒来世，尚视兹石。

田氏贤母之碑

礼部主事田衍母李氏，讳庆云，庆阳府合水县人。其先出唐薛王。考讳无党，登金贞祐二年进士第，官京东道司农丞。妣向氏。母天资淑明，无世俗儿女习。司农府君以官事来汴京，与监察御史田君同僚，以母归御史之子鄩德府君某。御史室雁门郡夫人杨，治家严，母事之尽礼，未尝违颜色。壬辰之兵，司农府君举家走宋，田氏崎岖兵间，北度河来洛，居高牟村，兵火后家益单。鄩德府君从事於相，性疏财，不事生产。母手织纴，以俭约取给奉御史，甘旨无乏。二子：曰复，字沛颜；曰衍，字师孟。复既长，从事河间府君，自相就养。母躬授衍书。会朝廷分遣学士周砥简汰儒籍，母命衍肄科举。凡例：一月试，中，得免编户。府君卒河间，母携衍奔丧，除服归相。而复又卒于河间，母痛之，因得疾。疾病抱衍谓曰："人孰不畏死？然死竟不可逃。我所以忍死有言者，欲令汝知吾心耳。我年十六归汝家，事尊抚幼凡四世，艰险靡不更。李氏南矣，起汝家者属在复，复又早卒。吾二姓不泯于后贵尽在汝，汝勉之，吾死且瞑！"衍既免丧，徒步来京师，折节为中书小吏。再明年，由刑部令史升御史台中书省掾，今为礼部主事。师孟能自树立，为时名士，母之力也。呜呼，母诚贤矣哉！始余至京师，与师孟相闻，一日遇诸途，师孟前跽曰："君非子昂乎？"余曰："子谓谁？"曰："田衍也。"余曰："子何自知为余？"曰："衍闻诸鲜于伯几，赵子昂神情简远，若神仙中人。衍客京师数年，未尝见若人，非君其谁？"遂相与莫逆，至于今□十年矣，海内言善交者必曰田赵。师孟以斯文属余宜，而余亦宜为斯文，乃书本末刻石墓左，用昭示于来世。

先侍郎阡表

府君讳与訔，字中父，胄出宋太祖，自秀安僖王五世而至府君，皆家吴兴。[秀]安僖王生崇宪靖王伯圭,是为府君曾王父。宪靖王生新兴恭襄王师垂,是为府君王父。其世次、历官,语在《宋史》。[新兴]恭襄王生通议府君,讳希永,仕宋朝奉大夫,直华文阁,累赠通议大夫,是为府君王考。妣硕人郑氏。府君生而秀令,弱冠以通议荫补官,初调饶州司户参军,辟监海昌盐场。俄易黄姚运盐,辟兼浙西茶盐司主管文字。改浙西提刑司干办公事,除知萧山县,以治最闻。淳祐八年,除干办行在诸司粮料院。五月,出通判临安府。十一月,除军器监主簿。明年十一月,监三省枢密院门。又明年正月,迁太府寺丞兼太宗正丞,出知嘉兴府,治为诸郡最,拜金部郎官兼右司,特除直秘阁两浙转运判官。未上,改提举浙西常平义仓茶盐公事。宝祐元年,升军器监,寻除直宝章阁、两浙西路提点刑狱公事。二月,兼提举常平义仓茶盐。九月,兼主管淮浙发运司公事。十月,知平江府,[以言者免。]二年,差主管建康府崇禧观。三年,除将作监,总领浙西江东财赋、淮东军马钱粮。疏辞,不报。四年,兼权知镇江府,除司农少卿。五年,升太府卿。六年,除秘阁修撰、江西转运副使,兼知隆兴府,[以言者罢。]景定元年五月,除司农卿,兼左司郎中,复兼敕令所删修官。十二月,除右文殿修撰、两浙计度转运副使。二年四月,升集英殿修撰,寻进宝章阁待制,知临安府浙西安抚使。六月,迁枢密都承旨,后省疏驳免,差提举江州太平兴国宫。十月,除江东转运使,赐金紫服。十一月,兼总领淮西军马钱粮。三年二月,兼提领江淮茶盐所。[十月,除权户部侍郎,寻升敷文阁待制,赐金带,以言者免。]差提举隆兴府王隆万寿宫。四年九月,起知平江府,兼提点浙西刑狱。十一月,兼提举常平义仓茶盐。五年,进显谟阁待制,召拜两浙转运使,除权户部侍郎。是岁十月,理宗徂落,度宗践祚,拜户部侍郎,兼知临安府浙西安抚使。咸淳元年,赐进士出身。三月,以疾卒于府治,实廿三日也。呜呼痛哉!遗表闻,度宗震悼,赐银三百两、绢三百匹以敛,赠银青光禄大夫,官自迪功郎至通奉大夫,爵进归安县开国子。府君生于嘉定癸酉十一月八日,享年五十有三。娶李氏,先十五年卒,累赠硕人。子男八人:孟頔、孟颁、孟硕、孟颂、孟颎、孟颢、孟频、孟颥。孟颎,将仕佐郎、杭州路儒学教授。孟颢,奉议大夫、沧盐使。孟频,奉议大夫、汾州知州。孟颥,承务郎、同知南剑州。余皆尝仕宋,而颁、颂已不幸死。女十四人:孟巽适沈昌言,孟鼎适史周卿,孟兑适韩浩,孟归适陈好谦,孟良适翰林直学士、知制诰、同修国史张伯淳,孟家适韩巽父,孟比适印真传,孟益适通议大夫、南雄路总管印德传,孟萃适钱澄,孟渐适钱谊,孟豫适沈光谦,孟遇适施谊,孟过、孟既未嫁而夭。孙男廿四人,孙女廿人。曾孙男二人,曾孙女一人。府君卒之年,葬湖州乌程县澄静乡聂村。越十一年,墓毁于盗。至元庚辰[抱痛]改卜城南车盖山之原,徙葬焉。府君玉立长身,眉目疏秀,襟度洒落,不藏怒蓄怨。性好学,躬布衣韦带之行,才任治剧,而为政务岂弟,所至皆有惠爱。仕二十年,先世园田乃更加损。先友礼部侍郎东平刘公震孙诔之曰:"府君于时为循吏,于朝为名卿,于国为信厚公族。"世以为知言。府君殁十二年,而宋归于元。又十一年,当至元廿四年,孟频蒙恩召至阙下,擢兵部郎中,入直集贤,出佐济南府,数年之间,驱驰南北,故于府君之行事本末不遑有所纪载。元贞元年,孟频自济南罢官归里,守先人丘垄,以为终焉之计,而又拜汾州之命,恐遂失坠泯没,乃收泣书一二,刻石墓下,以示后昆。

大德元年十二月□日,不肖孤孟频述。

故嘉兴县主簿谢府君墓志铭

府君讳天锡,字纯父,姓谢氏。其先吴兴人,四世祖自吴兴来游吴,相吴中土田沃衍,甲于浙右,得任水之阳,因卜居焉。曾祖新,祖允祥,皆不仕。考德明,宋将仕郎。府君天资重厚,自其幼已如成人,性至孝,以亲老未尝离膝下。天兵渡江，用归附功授将仕佐郎、嘉兴县主簿。嘉兴当孔道，地陋而民瘠，方归附初，使者乘驿骑往来，日无虑以十数，科条繁兴，纷如猬毛。府君佐邑宰，一以宽恤为事，情愉色孚，民欢然供给，无敢后者，鞭扑一不施而事集。兵后田莱多芜，悉勉有力者垦辟以时，使不至积荒。尉缺员，府君兼摄尉事，设方略治盗，盗是用弭。县有疑狱久不决，府君廉得其实，一日命取网罟罗积水中，得枯骸，冤乃得白，民惊异以为神，吏奸无所容。囚瘐死者众，府君具汤药饘粥以给之，多所全活，邑民至今犹以佛子称之。孝满，上官咸荐其能，而府君浩然有归休之志，萧然野服，与父老相过墟曲中，谈桑麻旧故以为笑乐，无复仕进意。大德五年夏，忽婴微疾，起处饮食无异平时，至易箦，气虽微而神不乱，抚其子斗元曰："吾大期至矣。"遽脱然如蜕。府君生于壬辰八月十九日，卒于辛丑六月廿有四日，享年七十。夫人唐氏，淑德俭行，亲党所则，勤劳妇功，手自绩纺，相府君起家。先府君卒数月已抱疾，府君既卒之廿日，夫人亦卒。生于甲午九月廿九日，卒于辛丑七月十四日，享年六十有八。子男一人，斗元也，忠翊校尉海道运粮千户。女二人：长适王大有，次适唐兰孙。孙男二人：曰庭瑞，曰庭芝。孙女三人。府君居乡以仁，接下以礼，与人交以信。中外姻党有贫乏者，扶持赈恤，无厌怪心。晚年益勤约，视先世畎亩有加焉。然自处淡然，未尝有骄色，人以是贤之。大德癸卯三年之丧毕，将卜宅以葬，而斗元又卒。至是其孙庭瑞卜以大德乙巳七月某日，奉其祖考妣之柩，葬任水南之乾山，状其行事，以余往尝吴中，与府君有一日之雅，来乞铭。余犹记与府君相见时，终日端坐无戏言惰容，盖恂恂信实人也，而又安知铭府君墓石耶？既辞不获，乃叙其行事而铭之。铭曰：

　　任水之阳，吉人斯宇。吉人伊谁？谢氏纯父。四世积善，庆钟其家。既富而安，不骄不奢。乘时奋飞，乃出而仕。佐邑虽微，可以行志。民受其惠，颂声载驰。吏畏其明，奸不得施。狱无馁囚，野无废田。

枯骨蒙仁，获伸其冤。凡今佐邑，孰如君者？何必高位，泽始及下！既仕而归，野服萧然。康宁好德，以终其天。古谓五福，身集有之。伊人之生，天实厚之。任南乾山，卜云其吉。孝孙厝之，孝妣同室。任水㳽㳽，松柏萧萧。刻铭贞石，千载孔昭。

故忠翊校尉海道运粮千户谢君墓志铭

余既铭嘉兴主簿谢府君之墓，其孙庭瑞又泣而言曰："先生幸哀庭瑞，为祖考妣著铭墓石。庭瑞不即死，将以先考之柩同日祔祖考妣之域，唯先生重哀之而惠以文。"余闻而深悲之，忍不为铭？君讳斗元，字光国，主簿府君之子也。资英敏，居家甚理，素饶财，而用朴俭。自居不以富骄人，好施与人，有求之者辄乞不吝，莫不满意而去。以漕海劳绩佩金符，授忠翊校尉海道运粮千户。俄而告闲，毕力干蛊。主簿府君既谢事，得以优游田里者，以君能养志故也。君事父母孝，因辑古人孝感故实为一编，锓诸木，墨本以施人，欲使见闻者劝于为孝，可谓厚之至矣。大德辛丑，主簿府君卒，君服丧尽礼，忽苦足疾，未能大葬而遽不起。君生于己未四月二十七日，卒于大德癸卯九月二十二日，春秋四十有五。夫人朱氏。子二人：曰庭瑞，曰庭芝。庭瑞嫡也。女三人：［长适周斗明，次在室，次适朱谦。］庭瑞卜以大德乙巳七月葬其祖考妣于任水之南，而以君之柩祔，礼也。铭曰：

凡人之行，莫大于孝。孝感之至，神明所劳。古之孝者，布在方册。孰能博求，载籍而索？维此谢君，辑而成编。锡类教人，可不谓贤？匪维教之，又躬履之。弃官归养，朝娱夕嬉。伊嗟若人，宜天之祐。胡啬其报，而不克寿！人莫不死，父母同归。君则无憾，人为之悲。有子克家，积善之庆。刻我铭章，以显天定。

有元故征士王公墓志铭

公讳泰来,字复元,姓王氏,其先大名人,宋三槐文正公之后。五世祖讳遜,太常少卿,避靖康难徙家江南。曾祖讳焕之,右宣教郎,干办诸司粮料院。妣张氏。祖讳隽卿,承直郎,泉州德化县令。妣印氏,继顾氏、夏氏。父讳奎,风容韶亮,好为神仙方术,自号蟾谷真士,尝著《蟾谷祛疑贯灵篇》行于世。初,太常公家金陵。后又徙嘉兴之华亭,故为华亭人。蟾谷公在宋嘉定、宝庆间屡有荐于朝者,一再征,不起,一旦无疾卒。先是一月,[作为偈言:"七十八年在世中,天开震动景阳钟。白云得路腾空去,妙有灵光空不空?"]遍告诸所与善者曰:"不逾月吾将顺化矣。"至期日,沐浴冠裳而卒,人咸异焉。妣张氏,实生公。公蚤颖悟,能拿先迹,遂世其学,访大道若耆欲,奋不顾去。人地远迩,意所领会,杂能旁魄,不名一行。虽时日小数,学必精诣。始习举子业,由乡举贡太学,既而曰:"是不足为。"弃去。放浪江湖间,跂足甚高,神襜其辞,所至人争遮致之。尚书陈公存、参政文公及翁、太常冯公去非,皆为布衣交。中书卢公钺出帅江西,延致幕下,师事之。未几,又弃去,归故里,闭门绝不与人事。至元十五年冬,世祖皇帝遣使中外,广延茂士,于是浙西宣慰使游公首荐公,公以疾辞。明年春,上再命御史中丞崔公趣征上道,又辞不起。二十三年春,侍御史程公巨夫、中书通事舍人帖木儿不花奉旨颛召两人,其一人儒学提举叶李,遂与偕见。上欢甚,馆于集贤院。上时召见公,必有意可否事,公持正无转辞。引与坐深语,薄夜半,即御所馔食赐之,命中使及卫士秉炬前导以归,以为常。岁中,叶公拜尚书左丞,将授公以官。时与叶公议,语一不惬,竟拂袖起曰:"无辱我!"于是力乞归,得告。翰林、集贤诸老,与时之焜焜于朝者,咸赋诗饯之。还居钱唐,自号月友处士。二十九年春,上命今丞相高公征爪哇,遣使召公为辅行。

命下，平章政事阿鲁浑撒里公为请，以老病免。资好游，遇佳山水，竟日终岁弗忍去。风雨之时，寒暑之叙，日月启明乎西东，乾坤象法于崇庳，与万物之飞潜动植，呈妍擿诡，发泄廋隐，凡精神所及，一写于诗，濯去俗累，皎皎然作不经人道语。公蚤以诗鸣宝祐、开庆间，有集行于时，中书卢公为之叙引。至是裒益赋咏、铭赞、杂著，得凡若干卷藏于家。其游情物表，发兴天倪，盖世所不能羁者。一时南北人士号称知道者，皆执弟子礼。性刚狷，不为缚䋥［柔从］，又不为矞宇嵬琐之行。与人交稍有乖于义，无亲疏贵贱，广坐稠人间，辄面愧不少借，狠很自臧，一无所儳憖。以故拓落于时，而人亦罕得传其所学。独留江西时，有周顽者，宋丞相益国公之裔，躬拜公受学，后竟不知所终，里人至今相传以为得仙云。公平生少疾，一日疾，致沧热，心疴体烦，食辄衰。越翼日，召其子一初曰："由乎中者，吾心之清明也浊，明者，乃其外也。吾白道遭而幽躬者也。吾之身天不能亡，地不能藏，顾未能视去尔累如脱躧耳，以致于是。吾疾病矣，急为我备具！"时郡贰车焦侯来问疾，尚相与校其所蕴。去未几时，辄具澡浴，已，索纸书偈曰："耳鼻口眼，俱是病根。无出无入，与天长存。"书毕，轮左手指曰："时可矣！"语绝而逝。时大暑，三日而敛，深衣幅巾，色理柔润，照映如生。公生于宋端平三年丙申二月七日，至大元元年戊申五月二十九日卒，享年七十有三。娶何氏，先公三十五年卒。生男二人：曰晓、曰一初。［女一人，曰福源，适姚氏。］又徐氏生女三人：［曰寿坚，适郑瑶；曰妙净、妙端，皆未嫁。］孙男二人，孙女一人。公殁之十有五日，二子用公治命，从乾毒道阇维，卜以□年□月□日，奉公遗骨葬西湖茅家步积庆山之阳，书乞铭。孟𫖳从先生游甚久，顷仕杭三年，无日不来，虽极寒盛暑不废，相与谈连日夜，殆有意引之于道，盖尝窃闻微言者也。先生没，非孟𫖳谁宜铭？铭曰：

　　先民有言，神仙可以学得，不死可以力致。若先生之于道，盖深知而未诣者也。矫矫先生，出处进退，与道周旋，动而无悔。白首衡门，消摇卒岁，人见其死，不死者在。呜呼！千岁之下，积庆之山当有白鹤飞来，还呼其子孙而语之，犹早暮之间也。

任叔实墓志铭

余十年前至杭，故人大梁张君锡以《上虞兰穹山寺碑》求余书，读一再过曰："噫！世固不乏人，斯文也，其可以今人少之哉？"君锡曰："是四明任叔实之文也。"余始闻叔实，梦寐思见之。数年，叔实自四明来杭，余始识。叔实颜貌朴野，与余言甚契。自是相与为友，而宗阳杜宗师馆之于宫，教授弟子常数十人，虽授徒以为食，而文日大以肆，远近求文以刻碑碣者殆无日虚。盖叔实之于文，沉厚正大，一以理为主，不作庋语棘人喉舌，而含蓄顿挫，使人读之而有余味。余敬之爱之，岂意其遽止于斯也！君讳士林，字叔实，姓任氏，其先蜀绵竹人，少师希夷之后，八世祖来居庆元之奉化，又再世而徙居埼山。曾祖秩然，祖处恭，父果德。君幼颖秀，六岁能属文。大父奇之，口授古文百余篇，经耳不忘。父丧，庐墓下，读书其中，凡诸子百家之言，靡不周览，乡子弟多从之学。县令丁君招致之加礼，廉访完颜公深所敬慕，俾经理文公书院。既落成，有司以为然，乃命教谕上虞，盖作《兰穹山记》时也。后乃讲道会稽，授徒钱唐。至大初，中书左丞郝公以事至杭，闻君文名，举之行省，仅得湖州安定书院山长。而长子耒疾久不差，君念之郁郁不乐，俄亦得呕疾，竟卒于杭州客舍。有《句章文集》《论语指要》《中易》藏于家。君生于癸丑八月戊申，卒于至大己酉七月己亥，年五十有七。娶王氏。子男三人：长耒也，不幸亦卒；耜、同。女一人环娘。将以某年某月某日某甲子归葬奉化松林乡雷公山祖墓之域，耜与君之弟子严陵方某拜余雪水之上，涕泣请铭其墓石。余深悲叔实之不幸，既吊其子，相向而哭，尚忍辞为铭？铭曰：

呜呼！天之生叔实，既厚其才，又博其学。文鸣一时，道淑后觉。曾不见用，粗展其略。陀穷坎壈，一病不药。木折于山，玉碎于璞。行道之人，亦为嗟若。归葬松乡，末也同域。文冢在兹，过者必式。

义士吴公墓铭

君讳森，字君茂，姓吴氏，其先汝南人。曾大父讳坚。妣朱氏。大父讳寔，仕宋为进义校尉、水军正将，始寓建康之龙湾。妣潘氏。父讳泽，承信郎，移戍盱眙，事淮东帅李公曾伯。李公归嘉禾，遂与偕来，乐武塘风土饶沃，因定居焉。妣沈氏。李公移镇沿海，[辟君承信郎、沿海]制置使司准备差遣。至元辛巳征东省，右丞范文虎与承信府君在李公幕府，有旧故举君为管军千户。师还，隶高邮万户府，移屯扬州，告闲得请，淡然家居。性雅素，好礼而尚义，喜怒不见于面，无声色之娱，唯嗜古名画，购之千金不惜。延师教子，捐腴田二顷，建义塾以淑乡里子弟，创佛宇以便云水，前后甃衢路数千百丈，累桥凿井，死施棺，病施药，凡周急之事，不间亲疏，乐与无倦，人以厚德称之。至大庚戌，廉访司以名闻于朝，表其门曰"义士"。晚自号静心，益留意内典，与二三高僧为友。疾病，遗令家人毋厚敛，毋过哀泣，种户逋米三千余石悉免之。临终神识不挠，从容而逝。生淳祐庚戌六月癸亥，卒皇庆癸丑五月己酉，享年六十四。初娶费氏，早卒。再娶陈氏，[武塘承信陈公女。]男四人：汉英、汉贤、汉杰、汉臣。女四人：[志纯事夏禹锡，志淑事陈良辅，嗣胜为尼，志柔事陈昌。汉英、汉杰、志纯嫡出也。]孙男八人：[瓘、玘、理、瑗、珂、琼、珏、瑄。]汉英等卜以九月丙午奉柩葬所居西北三里麟瑞乡之原，以余尝与其父游，深知其为人，不远数千里书来京师求铭。不可辞，乃为铭曰：

呜呼，孰有为善其后弗昌者乎？观义士之行事，可谓积善者矣，则子孙之蕃昌，其可必也夫！

卷第九

碑铭

大元封赠吴兴郡公赵公碑

　　今上皇帝初即位，孟𫖯蒙恩自翰林侍读学士迁集贤侍讲学士，官中奉大夫。明年改元皇庆，定制官二品者封赠二代，祖考讳希永，赠嘉议大夫、太常卿、上轻车都尉、吴兴郡侯。祖妣郑氏，赠吴兴郡夫人。考讳与訔，赠昭文馆大学士、护军，吴兴郡公。妣李氏，吴兴郡夫人。五月十三日，孟𫖯被旨许过家上冢，以八月六日钦奉制书告于吴兴郡公墓下。郡官偕来，亲党毕集，观者莫不叹美。湛恩汪濊，罔间殁存，实惟祖考余庆，岂不肖孤之有焉！乃十二月甲子立石于郡公墓侧，刻辞纪事，用对扬圣天子丕显成命。铭曰：

　　惟皇庆元，圣以孝治。恩及臣先，爰立定制。藐不肖孤，敢曰肤敏。昔被诏征，旋跻严近。通班集贤，入侍讲席。异数特加，儒荣备极。龙光远施，式符先德。我祖我父，维侯维公。爰暨我妣，咸被褒崇。予告还归，携家南骛。虔奉制书，告于大墓。我有旨酒，亦有肥牷。黍稷馨香，肴核维旅。以祀以享，宾亲具在。报效之思，罔敢或怠。伐石刻辞，丰碑是树。岿然墓门，用侈殊遇。人臣之荣，天子之仁。何千万年，厥声弗泯。

田师孟墓志铭

余与师孟友二十有七年,其相知最深,相与无间,然莫师孟若。余往年归江南,与师孟契阔。至大中,蒙召命,道见于长芦,甚欢。余请告归为先人立碑,复召至京师,师孟自山东使还,则已有疾。呜呼,余何意哭师孟哉!有事孰余商?有过孰余规?呜呼,岂不痛哉!师孟讳衍,姓田氏,其先京兆醴泉人,后徙太康,再徙蒙城。大父仕金,金亡,北迁相,故今为相人。幼孤,母夫人李氏教之读书,姿开爽,善论事。初以才选为中书掾,历礼、吏部主事,兵部员外郎、万亿赋源库提举、刑部员外郎、河间等路都转运盐使司副使、知河中府,积官中顺大夫。国家急务,唯铨选、财赋、刑名三者,其沿革废置本末,无不身历其事而究其利害。与人交,无贤不肖贵贱,待之如一,然慎许可。平居恂恂寡言,至其慷慨谈辨,无不中的。酷爱古书画奇迹,真一时佳士。皇庆二年十一月癸巳,卒大都寓舍,年五十有六。[其卒也,余甚痛之。] 君之大父讳芝,金嘉议大夫、镇南军节度副使兼户部侍郎。妣杨氏,雁门郡君。父讳文鼎,郭德路转运经历官。妣李氏,余所为作贤母碑者也。师孟娶刘氏,郭德路提学刘贤佐女,先卒。一子叔重。二女:长适郝升,次幼。孙大有。师孟卒之五日,叔重以其丧归葬相州先茔。铭曰:

呜呼!师孟常蕲其有为,余亦常蕲其有用于时,而止于斯耶?有子有孙,亦又何悲!

故嘉议大夫浙东海右道肃政廉访使陈公碑

世祖圣德神功文武皇帝既一区宇,网罗天下贤俊之士,以辅翼裕皇,道足以经邦,武足以辟国。至于宣化承流,蕃屏帝室,使者有咨诹原隰之风,循吏有惠安田里之政,皆能乘时之会,树功立名,丹图青史,炳焕后世而传无穷者,若廉访使陈公,其一人焉。公讳元凯，字时举，其先京兆万年人，唐广明中有讳琼者，避黄巢乱，迁眉之青神。琼生延禄，延禄生显忠。显忠生希亮，宋天圣五年进士，仕至太常少卿，知凤翔府，与文潞公、韩魏公、赵康靖公、包孝肃公诸老为同年。始迁洛阳，卒赠金紫光禄大夫，刑部尚书范蜀公志其墓。后以曾孙与义参大政，赠太子太保，生四子：曰忱、曰恪、曰恂、曰慥。忱庆历六年进士，仕至转运使。慥与苏文忠公游，号方山子。忱生挥，慈州士曹，遂居临晋。挥生灏，官儒林郎。灏生克基，金天德三年进士，仕金为少中大夫、国子监丞，是为公曾大父。少中生仲谦，金昭勇大将军、陕西规措使，是为公大父。昭勇生膺，入圣朝为东平路劝农使，是为公父。妣李氏。公生而纯孝，年十三母夫人卒，哀毁过人。至元三年，裕宗皇帝在东宫，太保刘文贞公以公才德荐，自是扈从，往来两都，数被顾问。公举止详雅，占对称旨，除宫籍监丞，稍迁同知复州路总管府。二十年，拜江西行省郎中。时自龙兴南抵庾岭诸郡，盗贼蜂起，所在屯聚。一日省中议讨贼方略，公曰："破贼在择良将。"举招讨使郭彦高可用。彦高时被谗系狱，众以为不可。公曰："使功不如使过，况非其罪。"由是命以讨捕，悉平之。广东贼黎德据海州，时出抄略。右丞忽都铁木儿公方督征交趾军粮过海，适与贼遇，击，大破擒之，欲献俘阙下。公请于右丞曰："黎德，海岛寇耳，宜速正典刑，以谢百姓。"即命磔诸市，广海以安。移富州尹，州古丰城县，户十有二万，盗贼繁多。公既署事，会僚属，俾陈弭盗之策，皆谢不能。公曰："今日当以安百姓为急务。百姓安则农不待劝，而衣食足，盗贼自息矣。"居三月，群盗屏迹，讼庭阒然。逃民稍稍复业，葺庐舍，辟土田，稻禾芃然，蔽于四野。宋故官陈提刑隐居山中，至是率老儒十余人，皆须发皓白，衣冠甚伟，来谒曰："某等十余年来未尝入城府，今适会秋丁，感公善政，故一来耳。"公馆之学官，行释奠礼，民观者如堵墙，留十数日辞去。升江州路总管，下车以兴学校为己任。

属县德化学久废，立修完之；濂溪周元公故宅在城南，后改作书院，毁于兵，公移创城中，一新之；及建陶靖节、陈了翁祠，皆尚贤复古之事。会朝廷改提刑按察司为肃政廉访司，妙选使者，除公海北广东道肃政廉访使。以疾不赴。元贞元年，复授龙兴路总管。龙兴，徽仁裕圣皇太后分地，陛辞，太后谕旨："汝旧臣，宜善抚治。"赐锦衣以宠其行。龙兴城郭俯障江，连岁大水，城不没者数板，坏民庐舍，饥死者众。公请于行省，罢河泊之征，为钞二十万贯，听民自取以续食，赖以全活者无数，由是得免转徙流移之患，民至今以为德。大德元年，拜岭北湖南道肃政廉访使，公尝谓同僚曰："风宪之职，在进贤退不肖，若循例追理钱物，以多为能，岂风宪之责哉！"其知大体类此。留一年，请告北归曹南。五年，除建康路总管，为政安静，门无私谒，〔行台甚相推重。〕公以春秋渐高辞归。十一年，御史台遣使，即授公浙东海右道肃政廉访使之命。时成宗皇帝晏驾，武宗皇帝抚军北边未还，台使趣公赴任。公曰："当国家忧危之际，岂人子辞宦时耶？"即治装南迈。适两浙大饥，绍兴尤甚，死者相枕藉。公赈之百万，活十余万口。复告老于行台，不俟报〔许，长辞〕而归。至曹遘疾，终于私第之正寝，皇庆元年七月十七日也。积官嘉议大夫，享年七十有八。夫人申氏，〔行省郎中取新之女，〕早卒。继室完颜氏，〔澧州路总管伸之女。〕子男一人，〔曰〕敬立。女一人，〔嫁吉安路总管完颜铎之子琦。〕是岁十月，敬立奉公柩葬河东临济县北原疑山之先茔，礼也。公资沉毅，喜怒不形于色，绝口不臧否人物，胸中所守介如也。得中原文献之传，为诗文务实去华，其自箴之辞曰："良如金玉，重若江山。仪如麟凤，气若芝兰。学君子者，当自此始。"观此，则公之为人可知已。数典大郡，有古循吏之风，屡持宪节，不为搏击酷刻之事，使人改过自新而已。视世之轻薄小人，据为之势，设网罟陷阱，以罗人之过，淫刑以逞，吏民重足一迹，惴惴然日以杀身破家为忧，方以快意，夷考其行事，贪秽纵横不可胜道，则公之仁厚，真古之仁人君子哉！初，公自浙东请告来吴兴，拜四世从祖简斋先生之墓，孟𫖮闲居吴兴，公过余雪水之上，属以事出，不果一见，公留诗为别。既卒之五年，敬立持行状来京师，以余尝与公有留诗之好，再拜请铭。孟𫖮虽不识公，而敬公之贤，追寻伤悼，乃为序而铭之。铭曰：

　　陈氏之先，代多闻人，宋金洎元，咸有俊臣。维廉访公，厚德之醇，出牧大郡，子视其民。匪阴匪诊，维阳维春，绣衣持斧，郡邑是巡。匪雕匪鹗，维凤维麟，赈饥救荒，如疾在身。匪誉是要，而人自亲，布宣上德，天下归仁。在昔有臣，扈宋南渡，能诗之声，追配杜甫。卒葬江南，为公从祖，公持宪节，往拜其墓。遭时混一，获展其素，既老而归，考终八秩。贵富康宁，曰攸好德，疑山之原，实惟公宅。善庆之积，子孙逢吉，刻铭美石，终古不没。

故昭文馆大学士资德大夫遥授中书右丞商议通正院事领太史院事靳公墓志铭

　　公讳德进，字仲和，姓靳氏，其先潞州人，后徙大名。祖考讳璇，妣朱氏。考讳祥，从事行省刘公府，佩金符，赠集贤大学士、通奉大夫，谥安靖。妣张氏，西河郡太夫人。公幼聪敏，服勤经训，迎刃而解。安靖公尝谓太夫人曰："吾家世积善，未有显者，兴吾宗者，其在此子乎？"父殁，益自厉于学，尤精天文、象数。会诏太傅刘文贞公选司天官，属试补三式科管勾，故相张忠宣公荐之。世祖皇帝数召对，占筮有征，自是从车驾上下两都，岁以为常。至元间擢司天少监，升司天监，转承直郎秘书少监、奉议大夫秘书监。时权臣用事，灾异数见，公乘间进言，推抑阴崇阳之理，辞甚剀切。世祖伐叛东北，以公从行，揆度日时，占候风云，刻期制胜，因言："叛王惑妖言，致谋不轨，请置诸路阴阳教授，以训后学。"诏从之。继从成宗皇帝抚军沙漠，往来万里，朝夕进见，多陈民间利病，谓治国以得人为先，使民养生丧死无憾为王道之本。迨正位储闱，首引左右前后，皆正人之义。且言："世祖居潜邸，延四方儒士，谘诹善道，故能致中统、至元之治。"上皆嘉纳。御极之初，特旨拜昭文馆大学士、中奉大夫、知太史院领司天台事，赐只孙衣冠金带。只孙者，路朝宴服也。一日上朝隆福宫，语及公忠亮，召锡金银、厩马。或议甓都城，公曰："臣闻在德不在险，今民力凋弊，骤兴大役，臣愚未见其可。"议遂寝。至于加恩阙里，惠养老臣，赎饥民所鬻子女，多所裨益。尝侍上，玉音问："卿母今年几？"公对曰："臣母年几九十，饮食尚强。"特敕有司，加西河之封及安靖公赠谥，仍加公通奉大夫。先帝即位，公以疾丐闲，今上皇帝在春宫闻之，特升公资德大夫，遥授中书右丞、太史院使，余如故。时驾在白海子，有旨趣召，既见，先帝谕公曰："卿三朝旧臣，朕方倚用，力疾从行可也。"命商议通正院事。至大四年三月，今上登极。四月十六日，公入见便殿，命公领太史院事。十九日，以疾卒于正寝。公生于癸丑六月十五日，享年五十有九。夫人秦氏，〔继室杨氏、锦氏、王氏。〕子一人，道泰。女二人：〔长适忠显校尉、法物库副使高师善；次利璋，在室。子及次女皆锦出也。〕将以是月廿九日葬公于大都西山鲁郭先茔之兆，乃来请铭。公于孟𫖯一年之长，故孟𫖯兄事公。公领太史之日，见公于私第，置酒相款曲，迎送如平时，孰谓三日之别，遽为死诀也！呜呼哀哉！铭曰：

　　昔在唐虞，钦若昊天。乃命羲和，历象是官。帝典所纪，莫斯为先。维安靖公，学于皇历。昭文嗣之，益精其术。实居圣元，羲和之职。服事四朝，秉心塞渊。每因天人，进尽谠言。乃陟丞疑，乃长昭文。出陪乘舆，入赞帷幄。从征辽海，侍巡朔漠。刻期制胜，恢我王略。列圣嘉之，宠锡便蕃。施及考妣，显被皇恩。安靖有言，果大其门。鲁郭之原，维公之宅。流庆后人，忠孝之泽。芒芒来世，尚视兹石。

元故将仕郎淮安路屯田打捕同提举濮君墓志铭

皇元以仁治天下，列圣相承，视民如伤。一夫或饥，由己饥之，有能出粟以赈者，辄予之以官。其资之崇庳，视粟之多寡，著为令。故虽有水旱之灾，而无捐瘠之民，此尧、汤之用心也。大德丁未岁大祲，濮君明之捐米千余石以食饿者，全活无数。府上其事，遂以应格登仕版焉。君讳鉴，字明之，世居嘉兴崇德之语溪，即《春秋》所谓"御儿"也。曾祖考讳敏。祖考讳世昌，宋承信郎。考讳振，宋承节郎、两浙东路兵马副都监，婺州驻札。君性明达，而处己以谦，待士以礼，乡邻有争，常合和之；〔创佛寺曰仁寿，曰福善，曰永福，曰报恩，曰普济；创道观曰玄明；又创永安东岳行祠；〕为义塾，以淑学徒；为井干，以便行汲；为津梁，以济不通；为槥椟，以给死丧；〔名山大刹，捐金舍田，夏设无碍浴，冬设无碍粥，印施藏经，周恤孤寡。〕其乐为善，盖天性然也。初调富阳税务官，继授将仕郎、淮安路屯田打捕同提举。皇庆壬子春，治檄归家上冢，指祖茔之西大树谓庵僧曰："我死可化于此。"众讶其语不祥，皆愕眙相视。是夏，复还官次，连日乐饮，疡发于项。初以其小而忽之，乐饮如故，属方隆暑，疾日以剧，遂不可为。其卒六月二十有八日也，得年五十有一。丧之归，官吏遮道以祭，市民无不嗟惜。渡江而南，风日恬美，波涛不惊；抵家，僧、俗吊者系道，梵呗之音，不绝于耳。其为人所向慕如此。孤允中不敢违先意，以是年十二月九日火化于所指之地，奉函骨于堂，迨今八年。允中曰："吾非不能葬也，顾函存则亲存，葬则亡矣，是以弗忍也，然岂容终不归于土乎！"乃卜以延祐七年十一月二十七日祔葬祖茔之旁。娶沈氏，嫡子一人，允中也。〔女一人，适卜士。〕庶子三人，俱幼。〔再娶赵氏，生一女，亦幼。〕孙男二人，女五人。允中来请铭，予惟君轻财重义，盖积而能散者，是宜铭。铭曰：

邦本惟民,民不可饥。发廪以赡,固邦之基。赐以一官,礼亦宜之。盍跻上寿,胡止于斯！有子承家,报其在兹。

敕赐玄真妙应渊德慈济元君之碑

留侯称导引不食谷,后数世而天师之教兴焉。传千数百年,以至于今,何其盛耶！惟天师之道,本乎老氏,其言则神仙、符祝之事,后世为其说者,必曰离而父子君臣,去而夫妇,乃可以成道。然古之号称神仙者,未必拘于是也。若张氏之先,以飞升尸解闻者踵接,其于父子之道、君臣之义、夫妇之伦,秩然其不紊也。呜呼,此张氏所以能久而独存者乎！盖自混一以来,道莫盛于三十六代演道灵应冲和玄静真君。真君之配玄真妙应渊德慈济元君之德又盛焉,宜其后之益光且大也。延祐二年夏五月,驿召三十九代天师嗣成入朝,冬十月至阙。明年春正月,制授太玄辅化体仁应道大真人,又召臣孟𫖯撰元君之碑。臣谨按元君讳惠恭,姓周氏,信州贵溪县上黉里人。曾大父讳文举,妣闻氏。大父讳深甫,妣留氏。父讳新,妣王氏,宋封孺人。元君徽柔渊懿,生廿三年而归玄静真君,事舅观妙先生、姑倪氏有妇道,训育二子、整齐阃内有母道。至于振恤扶树,靡不用其极,备天人之福者五十年,而淡然冲素,恒有游于物外之意。元贞二年春三月,以三十八代天师入朝,制授玄真妙应仙姑。至大元年夏五月,加玄真妙应渊德真人。明年寿七十时,今上皇帝在春宫,遣使赐上尊宫锦。又明年,皇太后降旨,护所领真懿、华山二观。又明年二月癸酉,忽危坐问日蚤晏,翛然而逝。九月,藏冠履于琵琶峰之麓,既又作慈济宫于墓侧,以为栖神之所。皇庆二年,追赐今号。二子：曰与棣,嗣三十七代天师,号曰体玄弘道广教真人；曰与材,嗣三十八代天师,号曰太素凝神广道明德大真人,尝以治潮功加正一教主,特授金紫光禄大夫,封留国公。窃惟张氏自树教天下，受大封显号，稠恩叠数，炫耀照映，莫如我朝。以闺闱之德，被天子异眷，赐碑纪行，则又自元君始。上岂不以元君身育二嗣，充大其教以辅我邦家，俾清静无为之化，不失君臣、父子、夫妇之道，有是命也，不亦宜乎！铭曰：

元君昔下昆仑峰，师子白鹤歌嗈嗈。龙神虎君卫西东，霞披雾散开灵宫。苍溪窈深山巃嵸，白薇花香露气浓。元君燕居百福崇，上帝锡命严且隆。七十之年颜如童，二十四岩春蒙蒙。倏而逝兮乘天风，云輧霓旌满虚空。琼裾飞步紫清中，琵琶之麓郁葱葱。千岁归来福攸同，物不疵疠年谷丰。微臣著铭书亦工，巨鳌负石厚以穹。死而不忘安有终！

隆道冲真崇正真人杜公碑

昔轩辕问道于具茨，汉文求师于河上，盖古之圣帝明君咸贵德而尊士，而有道之士亦皆应时而行化，传记所载，信不可诬。若真人杜公，际遇世祖圣德神功文武皇帝，乘风云之会，依日月之光，予以辅世兴邦，立言设教，知进退存亡，而不失其正者，其若人之俦欤？真人讳道坚，字处逸，杜姓，当涂采石人，自号南谷子，晋杜预之后。曾祖秉哲，祖竑，父时敏，并晦迹丘园，传芳清阀。妣薛氏，继陈氏，生二子，长崇文，次真人也。真人生而神异，幼而超迈，年十四得异书于异人，决意为方外游，乃辞母去俗，著道士服，师石山耿先生。继入茅山，披阅道藏，依中峰岩木，茸巢以居。玉海蒋宗师异之，授以《大洞经》，法回风合景之道。时丹阳谢真士玄风远播，法海傍沾，真人曳杖玄门，问道靖室，言而无隐，拂袖远游，乃扪萝仙都，回飙雪水。纳交名释，载参辟历之禅；遐想慈亲，亟返白云之舍。当路知其素履，俾掌教于乡邦。俄走义兴，隐居张洞，三历霜暑，一意泉石。辟历以道契相合，招过凤溪，结知杨氏之王孙，托友邓侯之内侍，获引见度庙，锡号辅教大师，爰受紫衣之荣，遄寻白石之隐。于是杨氏以礼请往升元报德观。真人兴玄学，建清规，百废具举，徒众悦服。属天兵南渡，所在震动，玉石虑毁于昆冈，黎庶惧沦于涂炭。弓刀曷措，莫救乡间；衣食无从，忍填沟壑。真人冒矢石叩军间，见太傅淮安忠武王于故乡，披胆陈辞，为民请命。王与语大悦，恨见之晚，军麾为之敛兵，民社因之安堵。遂俾驰驿入觐帝阍。辎重兼行，混风尘于卒伍，樵苏后爨，忘朝昏之粥饘。艰勤备至，得抵上都。世祖皇帝方纲纪四方，并包九有，思修文而偃武，躬屈己以求贤，聆师之来，奏闻立召。望云就日，喜见尧天；布武升阶，高谈王道。皇明嘉其古直，屡赐恩光；真人感激圣知，莫知云报。寻有诏，特委驰驿江南，搜访遗逸。真人退而上疏，言求贤、养贤、用贤之道，上嘉纳焉。以兹衔命南骛，言归旧庐。慈母已亡，空堕《蓼莪》之泪；先师如在，徒瞻荆棘之墟。冥鸿尚避于网罗，飞凫亟还于京邑。同高士以升公，引炼师而进见，天颜甚悦，野服重归。钦奉玺书，提点道教，住持杭州宗阳宫。大德七年，复被旨授杭州路道录教门高士。真人既主宗阳，不忘旧馆，仍领升元观事。先是，宗阳毁于火，真人买山种树，以三十年为期。至是，命工师伐材木，治荒芜，畚瓦砾，正殿讲堂、坛靖廊庑、真馆丈室，以次兴举。桂栋竦其干霄，梅梁杳其架雾。丹楹刻桷，不日而成；金阙玉京，自天而降。造三清尊像及昊天圣容，霞光照临，日精晬耀。至于金鼎突兀以腾烟，洪钟高悬而吼夜，彤庭赫其弘敞，丹扉廓乎开辟，不干众力，独立大力。真人往来升元，寻白石旧隐，因计然之筹峰，即葛仙之丹井。别立通玄观，俾弟子薛志亨、林德芳甲乙主之。琼山发秀，珠泉献液，真人于此枕流漱石，游神云外；步虚礼斗，驰思仙乡。自髦髳而清斋，视纷华如敝屣，香瓶巾拂，不事珍奇；木食草衣，恒存慈俭。蚊帱虽设，取足于绤缔；莞席自安，弗求于锦绮。又作揽古之楼于通玄，聚书数万卷。《道德》注疏，何啻千家；玄圣渊源，列图十子。著《老子原旨》及《原旨发挥》《关尹阐玄》《文子缵义》等书数十万言，皆理造幽微，文含混厚，读之者知大道之要，行之者得先圣之心，可谓学业淹深，文行俱备者矣。真人以考妣不及于养，即通玄之麓，作天根道域，奉衣冠葬焉。至于爪发之微，亦藏幽室，终身之慕，每见戚容。孝事父母，于斯见之。初，玄教大宗师开府张公疏举真人兼领杭州四圣延祥观，真人劳心基构，协力规图，轮奂既新，髦荒求佚。今上皇帝游心大道，申念老臣，皇庆改元，宣授隆道冲真崇正真人，依旧住持杭州宗阳宫，兼湖州计筹山升元报德观、白石通玄观。真人居宠思退，请老而传。寻奉玺书，以弟子姚志恭为升元提点，师孙孙拱真为提举，俾世世相传，玄玄不绝。延祐五年岁在戊午，真人在宗阳，时年八十有二。正月十□日微疾，取平生所有物手自标题，散之亲旧。既而出偈，遗诸弟子。十一日旦，顶中爆然有声而逝。弟子姚志恭、孙拱真等，痛慕罔极，竭力营护，以三月十一日壬申迁神藏于天根道域，慨旌阳之拔宅，仰企无从；思许掾之登晨，真文空在。杭州达官士庶、诸山缁褐，哀号攀挽，巷无居人，舳舻蔽流，缟素弥望，又岂特送车千乘而已哉！非大道德感人，仙风振远，畴能若是？凡度弟子若干人，其高第弟子［姚志恭、孙拱真以真人事状，请大洞法师张君嗣显过余溪上。张君于真人有云霞之契，于孟𫖯有道义之交，俾撰新铭，用彰玄德。］孟𫖯粤从髫岁凤慕高标，先君将漕于金陵，真人假馆于书塾，携持保抱，缘契相投。云将拜鸿濛为师，缅怀维旧；太白为紫阳铭墓，援笔何辞！铭曰：

至人应世，启赞清宁。道包玄象，德协文明。青山孕质，白石标英。飞声天陛，齐步云瀛。其一。气蔼兰芳，形逾松茂。啸月珠渊，采薇琼岫。碧落回䡾，阆风挥袖。服食五［牙］，栖迟三秀。其二。玄经阐义，原旨立言。皇文粹圣，王化弥尊。悬诸日月，缵于乾坤。谷神不死，至道长存。其三。仙寓金晖，真容玉晬。桂阙霞氲，芝城云斐。碧瓦参差，丹楶焜炜。屡降鸾书，时朝凤扆。其四。筹峰宴景，真馆凝神。从容观化，消摇上宾。烟萝泣月，露草凄尘。伫云关而怅望，文翠琰于千春。其五。

敕建大兴龙寺碑铭 奉懿旨撰

仪天兴圣慈仁昭懿寿元全德泰宁福庆皇太后既显受宝册于兴圣宫，大备天下之养，乃皇庆二年七月丙午，内出旨，若曰："维兹怀孟，予寡躬暨今天子昔尝临幸其地。既而入正纪纲，登大位，若稽祖宗故事，即行殿作大阿兰若，宅净信比丘。其中严奉三宝，庶几上报皇天后土及祖宗之德，明迓国厘，以衍皇祚于无穷。维尔徽政臣，以兴以输，式时底绩，俾予歙受成福。"命下之明日，大征工师，经画基构，计虑寻引，即市荆、扬大木，使就绳削，浮舟以来。乃若铁石瓴甓、髹丹垩墁之物，像绘幡盖、函度钟磬之仪，费皆时给。越二年寺成，皇太后赐名大兴龙寺，命僧广开主之，斥陆田三百顷以赡食于寺者，而以其碑之文命翰林序书之。臣孟頫职在纪载，谨拜手稽首而献文曰：维皇元诞受天命，仍世作德，明配在上，淳恩丰泽，渐涵煦育，东西极日所出入，而南北际于炎荒玄朔之地，海虚瘴徼，广轮不知其几万里。声被教洽，熏为泰和，度越唐虞三代之盛矣！迹其所以，多得于大雄氏之道者。窃尝观之，自象数旁沿，时君世臣固亦尊信隆事，倾悦企响，而徒揣迹于言语文字之间，谓足以殚尽其道，而不知吾佛世尊大圆悲智，方便闻修，六度俱证，万有咸宗者，以能一本于仁，求诸吾心而已。今皇帝陛下重纯累熙，而皇太后殿下执坤承乾，前朝后闱，雍雍怿怿，明孝深慈，化覃率普，是维有得于其道，而且全得于其心者矣！宜乎绍开天地之休，迓续烝民之生，焯然为万世皇极之主也。矧兹覃怀，维昔异方，舜封禹城，咸在都畿之内，龙光所被，车辙马迹，泽奕如新，绀宫金刹，云涌山立。诸佛世尊，固将随境应现，发祥委祉，翼慈算于万亿，登洪图于三五，所谓"由佛之道，得佛之心"者，明征定保，庶其在是。铭曰：

昔在能仁，出震五天。具正遍知，垂教万年。付累之弘，须圣乃传。于维皇元，启运非后。念兹法印，如手授受。累圣同符，以有九有。仁闻既敷，义声以铺。苞山络海，悉贡悉输。格于穹昊，肇我今皇。皇侍长乐，圣孝孔彰。太母曰嘻，予有攸德。诸佛应心，在予一德。眷思河内，帝昔潜龙。宜即旧邦，塔庙是崇。尔徽政臣，画堵为宫。其坚其良，骏发尔功。庶工子来，奔走先后。既畚既斫，亦涂亦扣。丰栋华榱，文网雕牖。珉阶斌级，翼映左右。慈颜载豫，瑞庆有开。锡名兴龙，圣言大哉！旃檀苾刍，以道实来。既宁尔居，亦丰尔食。乃割井腴，乃弘经席。花雨缤纷，呗声晨夕。怀人盈庭，颂言以欢。龙德方中，万目齐观。岂惟怀人，有怿其颜。既开化城，兆民孔安。济流汤汤，王屋峙峙。峨眉非遥，五台非迩。青狻白象，时戻时止。函香岁来，以格繁祉。降祉既繁，表佛胜相。放种种光，照烛无量。飞潜动植，冰释罪障。证一切智，归福于上。皇上孝仁，德并羲轩。纂绳祖武，光裕后昆。两宫万寿，与天长存。

大元大崇国寺佛性圆明大师演公塔铭

至大二年九月廿二日，大都大崇国寺住持沙门佛性圆明大师演公卒。越二年，其大弟子告于天子曰："先师入般涅槃，浮屠氏法，遗骨舍利必奉之以塔。先师以道行承列圣宠遇甚厚，非著之文字无以示久永。在廷之臣孰宜为之铭，维陛下择焉。"天子以命臣孟頫，孟頫谨奉诏，按其行事而叙之曰：师名定演，俗姓王氏，世为燕三河人。自幼性不能肉食，祖母教之佛经，应声成诵。七岁入大崇国寺，事隆安和尚为弟子，遍习五部大经，服勤左右，朝夕不懈。隆安讴称之，于是遂使之研精抄疏，求第一义。及隆安顺世，遗命必以师补其处，法兄总统清慧寂照大师亦退而让之，师固辞。是夕，其从有梦净室中一灯烨然，且为师言，且勖师曰："正法不可以无传，人天眷眷，望有所归。"师计不得已，遁去。三游五台山，还居上方寺，博观海藏，兼习毗尼三昧。属崇国寺复虚席，众泣而告之，师始从其请，日讲《华严经》，训释孜孜，曾无厌怿。世祖皇帝闻而嘉之，赐号佛性圆明大师。至成宗时，别赐地于大都，建大崇国寺，复受诏主昊天寺。戒坛宿德号雄辩大师，授之以金书戒经，于是祝发之徒以万计，咸稽首座下，尊礼师为羯磨首。岁以六月六日，用所得布施，资饭僧五百众，诵诸大经。及于两寺讲筵，舍长财，以修珍供弟子百余人，得法者二十人。师未卒时，其大弟子蓟州延福寺住持义敬等先为师建塔，至是奉之以葬焉，寿七十二，腊三十有五。师自莅讲席，数蒙圣恩，尝赐白玉观世音菩萨像。皇太后闻师道行，亦降懿旨以护其法。铭曰：

维天浑然，理以充塞。人异于物，以全有德。欲胜而争，爰失厥性。圣人忧之，以药疗病。为道无形，易流而荡。立之范防，寔毗尼藏。不肆而拘，曷既厥能？非说所说，演最上乘。历年二千，旁行是宣。不显而晦，其义则玄。维此圣谛，如海无际。不有先觉，孰觉一世？皇元聿兴，爰有异人。食避有知，其性已仁。高道厚德，莅此讲席。人以允迪，不塞而辟。复登戒坛，为羯磨首。如大将誓，众惕然受。仰承列圣，被之休光。盛为建宫，厚不可量。生灭灭已，传大弟子。正法不坏，利及生齿。帝念不忘，敕臣孟𫖯。著铭于石，以告万古。

临济正宗之碑 奉敕撰

佛以大智慧破一切有，以大圆觉摄一切空，以大慈悲度一切众。始于不言，而至于无所不言；无所不言，而至于无言。夫道非言不传，传而不以言，则道在言语之外矣，是为佛法最上上乘，如以薪传火，薪尽而火不穷也。故世尊拈花，迦叶微笑，一笑之顷，超然独得，尚何可以言语求哉！自摩诃迦叶，廿八传而为菩提达磨。达磨始入中国，居嵩山少林寺，面壁坐者九年。达磨六传而为能，能十传为临济。临济生于曹州，游学江左，事黄檗。黄檗种松，剧地有声，师闻之，豁然大悟。归镇州，筑室滹沱河之上，今临济院是也，因号临济大师。师之于道，得大究竟，由临济而上，至于诸佛，由诸佛而下，至于临济，前圣后圣，无间然矣。直指示人，机若发矢，学者闻之，耳目尽丧，表里无据。自能后禅分为五，唯师所传为正宗。一传为兴化奖，再传为南院颙，三传为风穴昭，四传为首山念，如此又五传而为五祖演。演传天目齐，齐传懒牛和，和传竹林宝，宝传竹林安，安传海西堂容庵，容庵传中和璋，璋传海云大宗师简公。海云性与道合，心与法冥，细无不入，大无不包。师住临济院，能系主传以正道统，佛法盖至此而中兴焉。当世祖圣德神功文武皇帝在潜邸，数屈至尊，请问道要，虽其言往复纽绎，而独以慈悲不杀为本。师之大弟子二人，曰可庵朗、颐庵儇。朗公度荜庵满及太傅刘文贞，儇公度西云大宗师安公。师以文贞公机智弘达，使事世祖皇帝。当是时，君臣相得策定天下，深功厚德及于元元，卒为佐命之臣，皆自此启之也。元贞元年，成宗有诏迎西云大宗师住大都大庆寿寺，进承清问。经历三朝，发扬玄言，得诸佛智，悬判三乘如一二数，由是临济之道愈扩而大。今皇帝钦承祖武，独明妙心，刻玉为印，以赐西云，其文曰"临济正宗之印"。特加师荣禄大夫、大司空，领临济一宗事。仍诏立碑临济院，且命臣孟𫖯为文称扬佛祖之道，以示不朽。臣孟𫖯既叙其所传授，又系之铭。铭曰：

佛有正法，觉妙明心。二十八传，至于少林。赫赫少林，师我震旦。使为佛种，不镇而断。传后十世，而得临济。为道坦然，如指而示。又传十四，是为海云。坐祖道场，能绍厥闻。维我世祖，诞膺天命。

威震九有，维佛是敬。闻师之名，若古贤圣。尝进一言，深入圣听。不杀之仁，其利甚弘。俾大弟子，为帝股肱。至西云公，能嗣其业。据师子座，为众演说。闻者赞叹，信者向风。得者如宝，悟者如空。今皇帝圣，深契道要。曰临济宗，繄尔能绍。即心即佛，时乃世守。传不以言，而以心受。皇帝万年，正法永传。尚迪后人，勿昧其原。

卷第十

制

资善大夫隆禧院使爻著封赠三代制

曾祖父

人本乎祖，孝莫大于显扬；君体其臣，恩莫先于褒恤。上及三世，国有彝章。具位 曾祖父阿台萨里，学贯幽明，德崇端慎。西域之版图既入，四方之贤俊咸归。尔以辨慧之才，适际休明之运，及我定宗之世，遂为皇子之师。流庆本支，既大兴于象教；推忠社稷，乃继秉于钧衡。眷尔曾孙，益昭先训，是用锡以保德之号，表以柱国之勋，仍定谥以疏封，庶褒生以劝后。於戏！赵国山河之固，既启尔邦；汉朝带砺之盟，尚期尔后。英灵如在，宠渥其承。可。

曾祖母

朕惟溯本以推恩，所以劝忠而教孝；矧以孙曾之善继，宜均伉俪以疏封。具位 有德有言，令仪令色，既来嫔于君子，遂钟秀于诸孙。或振响于觉林，学推慈济；或著勋于钧轴，世笃忠贞。盍从列爵之荣，以显宜家之美？於戏！鱼轩翟茀，虽莫及于当年；鸾诰龙章，庸追崇于三世。尚歆宠命，以迪后人。可。

祖父

大道之兴,盖有关乎世运;佛教之盛,故莫尚于我朝。慨想哲人,申加恤典。具官 祖父乞台萨里,法之龙象,国之凤麟,禀勇猛精进之资,负刚明果锐之气,树宗风而益振,酌法海以弥深。福泽之流,卒归后嗣;柱石之佐,遂为良臣。虽已宠于褒章,犹未惬于朕志,是用表勋著号,赐履易名,庸建尔于上公,式慰尔于下地。於戏!道长世短,既脱屣于空华;子孝孙贤,尚祈貂于奕叶。其歆朕命,永建乃家。可。

祖母

风化之本,实肇于闺闱;褒恤之章,必齐乎伉俪。烝畀祖妣,爱尔国恩。具位 秀毓德门,家称宝媛。笃生贤哲,嶷然台鼎之司;坐享安荣,郁若山河之锡。迨诸孙而未艾,昭德泽之可隆。宜进腴封,用疏大国。於戏!非此母而不生此子,徒缅想于荩臣;爵其妇而从其夫,尚有光于来世。尔灵不昧,朕命其承。可。

父

自古哲王,咸有股肱之佑;惟我世祖,居多心膂之臣。缅想先猷,有如一日;宜加褒典,以慰九泉。故荣禄大夫、中书平章政事、守司徒集贤院使、领太史事阿剌浑萨理,缜密而温纯,明敏而谨慎。早亲帷幄,朝夕输献纳之忠;出共车舆,春秋备巡游之从。汲引天下之士,进不隐贤;弥纶禁中之机,退无泄语。总羲和于历象,位承弼于钧衡。管辂学贯天人,恒密陈于警戒;子房智定储贰,亦预计于基图。能自保其功名,人不见其喜愠,当时有全才之目,举朝皆厚德之推。美矣流芳,惜哉异世!是用献赐功臣之号,荣加柱国之勋,茅土开全赵之封,公府建维垣之重。易名节惠,极致哀荣。

於戏！明良同时，慨追怀于既往；子孙逢吉，尚思报于来今。咨尔有灵，钦于时命。可。

　　母　在堂

　　妇人从夫之爵，不以生死而异恩；臣子事君以忠，宜被褒崇之典。此盖国家之制，爰疏闺阃之荣。具位婉娩令仪，柔加维则。事舅姑以孝，蔼然妇德之纯；教子孙以贤，允矣母道之粹。况尔先臣之内助，盍开大国之华封？於戏！翟茀以朝，庸示车服之美；彩衣侍养，坐膺甘旨之供。往服宠嘉，益绵寿祉。可。

章佩丞黑黑封赠三代制

　　曾祖父大名路达鲁花赤扎马剌丁赠顺节
　　功臣资德大夫中书左丞上护军追封魏国公

　　朕闻明莫明于审势，爱莫爱于保民。追惟开国之初，每叹忠臣之义，有一于此，其忍忘之？具官大智若愚，沉几先物。方太祖之四伐，守西域之孤城。慕帝王之有真，不谋妻子；帅人民而来附，各保父兄。卒典名藩，遂开魏土，岂人为之能致，信天道之不诬。尔子尔孙，益陈力于帝室；我爵我土，宜膺宠于褒章。庸极哀荣，以昭劝赏。於戏！积德累行之报既见于今，四世五公之隆尚期尔后。英灵不爽，宠渥其承。可。

　　祖父资政大夫湖广等处行中书省左丞阿里罕赠推
　　诚宣力功臣光禄大夫中书平章政事柱国追封魏国公

　　继述之善，往圣之所嘉；藩翰之良，有国之攸赖。人虽远矣，朕甚休之，肆申美于褒章，用垂劝于来叶。具位材兼德备，惠与政和。五绾郡符，若龚黄之再出；四持使节，如方召之复生。危而持，颠而扶，寒者衣，饥者食，山无弄兵之盗，野有乐业之民。惟久历于外藩，亦洊登于左辖。材猷未展，馆舍遽捐。方资后嗣之贤，莫究前人之报，是用表勋著号，析爵疏封，职跻端揆之荣，国锡大名之美。於戏！生必有死，贵身没而名存；善则降祥，惟本深而末茂。其歆朕命，永迪尔孙。可。

祖母兀鲁温迷失氏追封魏国夫人

爵妇以劝从夫之道，古之所先；与祖而有及妣之文，今其可后？具位 以鸤鸠之德，应凤凰之占。作配良臣，克就勋庸之美；致严祀事，不违孝敬之诚。锡号夫人，启兹魏土。於戏！蘋蘩蕴藻，幸膺配食之荣；茅土山河，永享脂田之富。淑灵不昧，休渥惟歆。可。

祖母完颜氏追封魏国夫人

继室之贤，必以子孙而贵；从夫之爵，乃有国家之恩。矧在名臣，盍颁异数？具位 幽闲素禀，柔顺自持，夙夜不忘警戒之诚，春秋克尽蒸尝之义。诗书教子，遵女史而勿渝；勤俭起家，为夫族之所法。盖得之于天者厚，宜报之德以丰，号尔小君，封兹大国。於戏！惟尔克孝，故有子而能忠；惟尔克敬，故有孙而善继。朕命惟允，淑魄其承。可。

父荣禄大夫江浙等处行中书省平章政事亦不剌金赠推忠协恭佐理功臣太保金紫光禄大夫上柱国追封魏国公

世称愿为良臣，其旨深矣；朕尝敷求前哲，厥迹茂焉。一老不遗，每怀靡及。具官 学知体用，才济猛宽，须以父祖之资，遂际君臣之会。扬历中外垂三十年，践履高华名数千里。诗书礼义之府，博涉深探；庠序教化之原，朝论夕讲。是以纲提目举，草偃风行，论货殖则以足民为先,掌铨衡则以得人为本。分符出镇,有父母斯民之心;揽辔周询,有澄清天下之志。远则郊原春动,近则台阁风生。舟楫盐梅,方深期于大用;藩篱屏翰,遽兴叹于云亡。爰肆殊恩,式加褒典。於戏!大名魏国,以为茅土之封;太保上公,以示槐班之贵。勋号兼美,生死同荣。歆此宠章,迪于后嗣。可。

母阿木剌氏追封魏国夫人

《诗》称鹊巢之德,《礼》有翟茀之仪。缅怀辅佐之贤,益隆车服之数。具位 以尔令族,嫔于高门。勤俭孝慈,早著闺仪之美;贞忠婉懿,式为妇道之师。俾予良臣,克尽忠效,可忘内助之报,爰疏大国之封?於戏!生为邦君之妻,荣其至矣;没正夫人之号,礼亦宜之。咨尔淑魂,歆予休命。可。

中奉大夫殊祥院使执礼和台封赠三代制

曾祖父哈直儿

崇德报功,国家之令典;慎终追远,臣子之至情。宜推归厚之恩,庸侈追崇之数。具官 赋资刚正,立行贞良,际遇祖宗之时,备尽股肱之力。执干戈以宿卫,夙夜靡违;属橐鞬以从征,险夷弗二。生未沾于一命,德乃种于诸孙,是用极五等之封,开三公之府,易美名以节惠,锡显号以纪功。於戏!贻厥孙谋,已深嘉于既往;绳其祖武,亦用劝于来今。灵而有知,报之无斁。可。赠翊卫功臣太保,金紫光禄大夫、柱国,仍封梁国公,谥庄襄。

曾祖母外剌真

爵赏之制,所以旌忠;赠恤之恩,所以教孝。惟尔故臣之配,可无宠命之颁?具位 生而令仪,出于华胄。竭勤劳于内助,事我祖宗;致善庆之多祥,施于孙子。式示治朝之劝,爰开大国之封。於戏!秩视上公,已跻荣于九命;恩加三世,庶足慰于重泉。咨尔淑灵,服兹休命。可。仍封梁国夫人。

祖父马察

恩莫大于报功,用昭国家之典;礼莫重于尊祖,以尽臣子之心。维尔旧臣,宜膺显秩。具位 天挺英毅,世笃忠贞。斩将搴旗,日辟国于百里;披坚执锐,身可敌于万人。累圣咸录其勤劳,厚赐屡膺于宠泽。嘉尔令子,为国功臣,是用重赐嘉名,申加美谥,槐佐再开于公府,茅封仍胙于梁区。於戏!生不同时,尚想见其风采;死而如在,顾何惜于褒崇!咨尔英灵,服予休命。可。赠忠宣协力功臣、太傅、仪同三司、上柱国,仍封梁国公,谥桓武。

祖母脱脱泥

朕念勋劳之臣,举褒赠之典,况贻谋于孙子,尝宣力于国家!爰示宠章,追崇世美。具位 克全贞烈,作配忠良。勉正其夫,致有外攘之绩;象贤有子,益昭积庆之祥。庸疏大国之封,俾正小君之号。於戏!无德不报,宜一品之跻荣;有开必先,见百年之种德。当其灵识,歆此殊恩。可。仍封梁国夫人。

父囊加歹

臣子之忠,有殊功于社稷;国家之典,宜追锡于勋阶。思贲幽宫,其孚涣号。具官 性资英爽，谋略沉雄。忠武得于家传，智勇方于人杰。登将坛而作士气，恒收逐北之功；衔使命以觇敌情，坐定平南之策。始终一节，服事四朝，盖尝居风宪之司，亦屡任承宣之寄。属成庙奄弃群臣之后，当眇躬入平内难之时，拥戈以启元戎，同祈父之爪士；按剑以决大计，若太公之鹰扬。信一言以兴邦，不逾时而定国。方倚枢机之任，遽嗟疾病之婴。出镇省垣，考终里第。每念干城之绩，忍闻鼙鼓之声！嘉尔后人，克承先绪，是用开师垣于公府，分浚土于王封，赐号旌功，易名节惠。於戏！河如带，山如砺，传茅胙于无穷；木有本，水有源，茂子孙于益永。英灵不昧，宠命其承。可。赠推忠靖难翊运功臣、太师、开府仪同三司、上柱国，追封浚都王，谥武忠。

故母阿里哈纳

国家推报功之恩，视勋劳而肆赏；妇人有从夫之义，沛封爵以齐荣。爰锡宠章，用光泉壤。具位 柔嘉秉德，勤俭能家。善事夫君，克佐外攘之事；敬恭妇职，使无内顾之忧。既资同体以宣劳，宜合齐眉而锡命。於戏！茅封浚土，式开异姓之王；花诰金泥，庶昭同穴之义。钦予嘉宠，慰尔贞魂。可。追封浚都王夫人。

母也速伦

君使臣以礼，昔闻于圣言；夫乃妇之天，宜从于王爵。此盖朝廷之彝典，式昭闺阃之至荣。具位 起家俭勤，持身淑慎。相尔君子，居多内助之功；宜其家人，故有降祥之庆。惟先正尽忠于帝室，故浚都大启于王封，爰肆殊恩，以及贤配。於戏！貂蝉四叶，奇勋显著于旂常；鸾诰五花，奥壤齐荣于汤沐。钦承宠命，益介寿祺。可。封浚都王夫人。

光禄大夫平章政事大司徒徽政院副使领将作院事张九思赠推诚翊亮功臣开府仪同三司太傅上柱国鲁国公谥忠献制

功存翊卫,眷惟先正之臣;国有彝章,式举追崇之典。宜颁异渥,以贲重泉。具官宽厚有容,质直好义。早逢熙运,位登喉舌之司;逮事春宫,身任羽翼之寄。属奸臣之作乱,闭宫门而弗开,仓卒之间,忠节可尚。太皇知其谨慎,委任尽其始终;世祖畴其勋庸,爰置诸其左右。天下诵司马光之字,朝廷推万石君之风。从容乎庙堂,密勿乎禁近。鞠躬尽瘁,弼亮三朝;正笏垂绅,夷险一节。谋猷方资于启沃,疾病遽得于勤劳。虽没世之有年,亦怀贤其无已,是用封之东鲁,建于上公,三司同开府之仪,八柱表承天之力,示崇德报功之泽,极生荣死哀之情。於戏!朕惟图任旧人,天不慭遗耆老,九原莫作,一品斯崇。夫推贤尽诚之谓忠,贤德有成之谓献,合兹节惠,以著嘉名。咨示英灵,服予宠命。可。

故行军千户权顺天河南等路军民万户贾辅赠金吾卫上将军中书左丞武威郡公谥武毅制

朕嗣承丕构,缅想先猷,惟祖宗之造邦,赖英杰之助顺,或拥城池而奉献,或属橐鞬而效忠。虽其人之云亡,而厥功之可尚,宜修播告,式示褒嘉。具官沉毅而敦书,骁雄而善战,际遇太祖,削平中原,崛起燕赵之间,以乘风云之会。拒祁阳之奥壤,当河朔之要冲,保而有之,莫或侮者。知天命之有在,抱地图而来归。朔漠驱驰,方致望云之喜;春秋奄忽,溘先坠露之零。受命朝廷,归骨乡里。虎头食肉,惜万里之未侯;马革裹尸,虽百身而莫赎。念言慨叹,显示追崇,爰疏上将之荣,兼畀烝疑之宠,节以壹惠,昭其庸勋。於戏!窦融入朝,遂腾声于汉室；邓禹杖策，亦画象于云台。著令闻于无穷，视古人其何愧！凛然英爽，服此殊恩。可。

故湖广行中书省参知政事贾文备
赠荣禄大夫平章政事祁国公谥通敏制

朕念世德之臣，嘉干城之将，既战功之可纪，宜爵命之追崇，诞告在廷，式孚大号。具官机沉而志决，气迈而力雄，生遇世祖之时，号为名父之子。赤心报国，算靡失于毫厘；结发从军，战不闻于败北。受蔡公之节制，耀鄂渚之军声。仗钺岭南，措遗黎于衽席；提师海上，建奇绩于楼舡。蛮蜑咸服其威名，湖广继参于政事。宽柔温裕，有诗书元帅之风；慈爱聪明，全岂弟君子之德。乞骸骨而勇退，及齿发之未衰。恨不同时，事如昨日。爰颁异数，峻疏一品之荣；乃谥嘉名，兼畀上公之爵。於戏！慎终追远，圣哲之名言；崇德报功，国家之彝典。英魂不昧，宠命其承。可。

开府仪同三司太师录军国重事遥
授中书右丞相宣徽使尚服院使知枢
密院事领中正院事歪头封淇阳王制

勋旧之臣，泽宜加于肖嗣；藩屏之寄，恩盍衍于真封！宠命匪私，彝章斯称。其敷涣号，诞告明廷。具官大器晚成，小心日著。肯堂肯构，材克绍于先猷，如玉如金，德式昭于王度。雅有象贤之誉，居多事主之勤。未尝富贵以骄人，每竭忠诚而许国。维尔祖考，茂绩纪于旂常；锡之山川，列爵分于茅土。宅淇阳之名壤，秩开府之崇仪。仍畀金章，增荣华衮。於戏！缵乃旧服，追配前人之光；暨余同心，永绥先王之禄。往钦朕命，则予汝嘉，可。

交趾批答

卿世守海邦,远修职贡,载驰使介,来捧贺章。顾方物之屡陈,知乃心之克谨。兹焉还迈,宜示宠嘉,其坚事大之诚,以体同仁之意。今赐卿某物若干,至可领也。春寒,卿比平安好,遣书指不多及。

御试策题　皇庆二年

制曰:朕闻治天下之道,必本于仁义,唐虞三代之盛,用斯道也,刑罚之施,不过辅治而已。朕承祖宗丕显之业,嗣守大宝,君临万方,思得贤士大夫与之共治,故延问于子大夫。子大夫诵先圣之遗书,深明厥古。夫行仁义必尽心于民事,本末先后之叙,究之详矣。其为朕言之,朕将择焉。

赞

李士弘真赞

气禀全晋之豪,风流东晋之高。落笔云烟,吐辞波涛。耽文艺如嗜欲,以古人为朋曹。出则父母召杜,入则侍从夔皋。盖尘俗所不能侵,而轩冕亦不能逃也。

参政郝公画像赞

麟凤龟龙,是谓四灵。公出瑞世,仪于帝廷。政柄是参,衮职是补。进退有道,孰余敢侮!岩岩国桢,表表人望。见者竦然,咸曰良相。天子知公,公岂久闲!维伊维吕,伯仲之间。

雪楼先生画像赞

隋山乔岳降其神,长江大河肆其文。望之俨然,薄夫为敦。幅巾褒衣,坐镇雅俗;豸冠白简,逆折奸臣。盖凛然如白雪,蔼然如阳春。虽玉带金鱼,世以为公贵,孰知夫胸吞云梦者,所以为一代伟人也哉!

昭文馆大学士荣禄大夫平章军国事行御史中丞领侍仪司事赠纯诚佐理功臣开府仪同三司太傅上柱国鲁国公谥文贞康里公不忽木画像赞

于维鲁公,万夫之雄。笃学力行,择乎中庸。夙遇世祖,明良相逢。以道事君,謇謇匪躬。无言不雠,无谏不从。举善若遗,疾恶如风。诛锄草莱,黍稷芃芃。夙夜匪懈,以成治功。维此治功,四方攸同。昔唐魏徵,相于太宗。仁义之效,及于鳏㷀。维公德业,千古齐踪。载瞻遗像,仿佛音容。式昭颂声,以播无穷。

长春宫孙真人真赞 奉敕撰

澹兮其若川,油兮其若云在天。虚兮其若谷,粹兮其若玉,冲冲兮而无不足。服文采,冠崔嵬,佩宝璐,人皆羡其荣,而我安若素。夫所谓真人者,非斯人其孰与耶?[故天下有道之士,皆师尊之,况睹其容,而即其温者乎!]

兵部主事申穆之父伯祥医学教官画像赞

卢扁已逝无良医,苍生有疾医者谁?申君挺生泰山陲,力学至老少不衰。著书立言补阙遗,察脉疗病穷毫厘。要与人世扶灾危,此意自足追黄岐。惜哉不见用于时，空睹画像令我悲！活人有后不我欺，我作此语君应知。

开府仪同三司辅成赞化保运玄教大宗师张公画像赞 奉敕撰

《道德》之全，玄之又玄。时而出之，溥博渊泉。其动也天游，其静也自然。人皆谓我智，而我初无言；人皆谓我贵，而我不敢为天下先。赞化育而不居，宝慈俭以乾乾。故位三公，挥万乘，独立乎方之外，而坐阅乎大椿之年。微臣作颂，承命自天。穆如清风，万古其传。

夏真人真赞

松风兮飕飕，石泉兮交流。逍遥兮燕坐，与造物兮同游。清扬皎其玉雪，气宇凛乎高秋。古之仙者不可得而见矣，我仪图之，其陶贞白之俦欤？

平章政事赵公子敬真赞

侃侃君子之德，謇謇王臣之风。黄阁霜台，夙夜在公。古所谓体国之忠。然而进退有道，弗磨弗涅。位廊庙则不忘於山林，在江湖则心存於魏阙。古所谓识时之杰。噫！世之珙璧，国之蓍龟。微斯人，其谁与归？

中峰和尚真赞

身如天目山，寂然不动尊。慈云洒法雨，遍满十方界。化身千百亿，非幻亦非真。觅赞不可得，为师作赞竟。

铭

周待制致乐堂铭

子事父母,贵养其志。孰谓外物,而乐可致?孝本天性,率性即孝。具在方册,可则可效。周君之堂,我虽未升。载观斯文,孝实有征。爰作铭诗,以颂以勉。五十而慕,舜也何远!

题跋

书吴幼清送李文卿归养序后

饶阳李文卿方佐涟海戎幕,一旦请解官归养,是时其父八十余矣。温清之问,甘旨之供,又数年,而父卒。既卒,葬之以礼。服阕,复佐真定戎幕于杭,于是文卿亦七十矣。告老而归,戎帅苦留之,不可夺,乃以诗卷使其表弟宋某来征余言。仆开卷见司业吴公之文,嗟乎!吴公之言,愤世嫉贤,可为万世戒,而益有以见文卿孝于其亲,异于流俗万万也。况文卿之家,七世不异爨,其所由来,盖亦有自。而文卿又能引年致仕,视世之贪荣苟禄者,何啻霄壤也!尤使人敬之爱之,不能自己,敬书于吴公之序之后而归之。

七观跋

《七观》者,翰林待制袁公桷之所作也。何为而作也?翰林承旨程公请老而归,袁公作此以送之也。送程公之归而不及乎执手,伤离之情,顾乃铺张组织,细大靡遗,何其勤且博也!盖自枚生始作《七发》,魏晋而下,往往追踪蹑影,夸奇斗丽,才高者干云霄,博学者涨溟渤,后之学者绝响久矣!公之此作,因事以发其辞,引类而极其理,将驰骋乎汉魏,超轶乎班扬,非夫贯通三才,博综百家,畴能缜密宏辨若斯其美也?仆虽衰老目昏,不觉援笔为书一通。若袁公不以笔札之陋,刻诸坚石,庶几词翰相须之义,传之天下后世,以为美谈云尔。

题如上人诗集

诗不可以易言也,易于言诗者,必其天资超卓,学问过人,故其为言似平而实险,似浅而实深,故观者以为易耳。四明如上人以诗示仆,有仇仁近、张仲实、吾子行叙引。仇、张、吾三子者,今之善诗者也,其于如上人之诗,亟称道之,则仆可无言矣。然仆才劣,独以诗为难,非若三子者易于言诗也。唐宋善诗高僧以十数,其所以名世传后者,皆不可以易得。如上人知其难,归而求之,有余师矣。仆所以为是言者,爱上人之才,喜其言语之工,而欲增益其所未至耳。上人以仆之言为然耶?不然耶?

阁帖跋

书契以来远矣,中古以六艺为教,次五曰书。书有六艺:象形、指事、谐声、会意、转注、假借。书由文兴,文以义起,学者世习之,四海之内罔不同也。秦灭典籍,废先王之教,李斯变古篆,程邈创隶书。隶之为言,徒隶之谓也,言贱者所用也。汉承秦弊,舍繁趣简,四百年间六义存者无几。汉之末年,蔡邕以隶古定五经,洛阳辟邕,以为复古,观者车日数百辆。其后隶法又变,而真行章草之说兴,言楷法则王次仲、师宜官、梁鹄、邯郸淳、毛宏,行书则刘德升、钟氏、胡氏,草则崔瑗、崔寔、张芝、张文舒、姜孟颖、梁孔达、田彦和、韦仲将、张超之徒,咸精其能。至晋而大盛,渡江后,右将军王羲之,总百家之功,极众体之妙,传子献之,超轶特甚。故历代称善书者，必以王氏父子为称首，虽有善者，蔑以加矣。当是时，江左号礼乐衣冠之国，而北朝尚用武，其遗风流俗，接于耳目，故江左人士以书名者，传记相望。历隋而唐，文皇尚之。终唐之世，善书者辈出，其大者各自名家，逸其名者不可胜数，亦可谓盛矣。宋兴，太宗皇帝以文治，制诏有司，捐善贾购法书，聚之御府，甚者或赏以官。时五代丧乱之余，视唐所藏，存者百一，古迹散落，帝甚悯焉。淳化中，诏翰林侍书王著，以所购书，由三代至唐，厘为十卷，摹刻秘阁，题曰上石，其实木也。既成，赐宗室、大臣人一本，自此遇大臣进二府，辄墨本赐焉。后乃止不赐，故世尤贵之。黄太史曰："禁中板刻古帖皆用歙州贡墨，墨本赐群臣。今都下用钱万二千便可购得。元祐中，亲贤宅借板墨百本，分遗宫僚，用潘谷墨，光辉有余，而不甚黟黑，又多墨横裂文，士大夫或不能尽别。"由此观之，刻同而墨殊，亦有以也。甲申岁五月，余书铺中得古帖三卷：第二、第五、第八。明年五月，又得七卷，多第八，缺第九。六月，以其多者加公权帖一卷，于钱唐康自修许易得第九卷，始为全书。虽墨有燥湿轻重，造有工苦，皆为淳化旧刻无疑，是可宝也。自太宗刻此帖，转相传刻，遂遍天下，有二王府帖、大观太清楼帖、绍兴监帖、淳熙修内司帖、临江戏鱼堂帖、利州帖、黔江帖，卷帙悉同。又有庆历长沙刘丞相私第帖、碑工帖、尚书郎潘师旦绛州帖、绛公库帖，稍加损益，卷秩亦异。其他琐琐者又数十家，不可悉记，而长沙、绛州最知名，要皆本此帖。书法之不丧，此帖之泽也。予因记得帖之由，遂摭其本末著于篇。

洛神赋跋

　　晋王献之所书《洛神赋》十三行，二百五十字，人间止有此本，是晋时麻笺，字画神逸，墨彩飞动。绍兴间，思陵极力搜访，仅获九行[一百]七十六字，所以米友仁跋作九行，定为真迹。宋末贾似道执国柄，不知何许复得四行七十四字。欲续于后，则与九行之跋自相乖忤，故以绍兴所得九行装于前，仍依绍兴，以小玺款之，却以续得四行装于后，以悦生胡卢印及长字印款之耳。孟頫数年前窃禄翰苑，因在都下见此神物，托集贤大学士陈公颢委曲购之，既而孟頫告归。延祐庚申，忽有僧闯门，持陈公书并此卷，数千里见遗，云陈公意甚勤勤也。陈公诚磊落笃实之士，不失信于一言，岂易得也！因并及之。至治辛酉既装池，适老疾不能跋。壬戌闰五月十八日，雨后稍凉，力疾书于松雪斋。

又有一本，是《宣和书谱》中所收，七玺宛然，是唐人硬黄纸所书，纸略高一分来，亦同十三行，二百五十字，笔画沉著，大乏韵胜。余屡尝细观，当是唐人所临。后却有柳公权跋两行，三十二字，云："子敬好写《洛神赋》，人间合有数本，此其一焉。宝历元年正月廿四日，起居郎柳公权记。"所以吾不敢以为真迹者，盖晋唐纸异，亦不可不知也。

乐府

浪淘沙

今古几齐州？华屋山丘。杖藜徐步立芳洲。无主桃花开又落，空使人愁。　　波上往来舟。万事悠悠。春风曾见昔人游。只有石桥桥下水，依旧东流。

太常引

水风吹树晚萧萧，散发醉吹箫。尘事苦如毛。要洗耳、时听舜韶。　　旧游何处？琼山银海，宫殿郁岧峣。谁与共游遨？尚记得、仙人子乔。

南乡子

云拥髻鬟愁,好在张家燕子楼。稀翠疏红春欲透,温柔,多少闲情不自由。 歌罢锦缠头,山下晴波左右流。曲里吴音娇未改,障羞,一朵芙蓉满扇秋。

水龙吟 次韵程仪父荷花

凌波罗袜生尘,翠旍孔盖凝朝露。仙风道骨,生香真色,人间谁妒?伫立无言,长疑遗世,飘然轻举。笑阳台梦里,朝朝暮暮,为云又、还为雨。 狼藉红衣脱尽,羡芳魂、不埋黄土。涉江径去,采菱拾翠,携俦啸侣。宝玦空悬,明珰偷解,相逢洛浦。正临风歌断,一只翡翠,背人飞去。

虞美人

池塘处处生春草,芳思纷缭绕。醉中时作《短歌行》,无奈夕阳、偏傍小窗明。 故园荒径迷行迹,只有山仍碧。及今作乐送春归。莫待春归、去后始知非。

江城子 赋水仙

冰肌绰约态天然,澹无言,带蹁跹。遮莫人间,凡卉避清妍。承露玉杯餐沆瀣,真合唤,水中仙。 幽香冉冉暮江边,佩空捐,恨谁传?遥夜清霜,翠袖怯春寒。罗袜凌波归去晚,风袅袅,月娟娟。

蝶恋花

侬是江南游冶子。乌帽青鞋,行乐东风里。落尽杨花春满地,萋萋芳草愁千里。　　扶上兰舟人欲醉。日暮青山，相映双蛾翠。万顷湖光歌扇底，一声催下相思泪。

点绛唇

昏晓相催，百年窗暗窗明里。人生能几？赢得貂裘弊。　　富贵浮云，休恋青绫被。归与未？放怀烟水，不受风尘眯。

水调歌头

与魏鹤台饮芙蓉洲，牟成甫用东坡韵见赠，走笔和之，时乙巳中秋也。

行止岂人力，万事总由天。燕南越北鞍马，奔走度流年。今日芙蓉洲上，洗尽平生尘土，银汉溢清寒。却忆旧游处，回首万山间。丁亥秋与成甫会八咏楼，故云。　　客无哗，君莫舞，我欲眠。一杯到手先醉，明月为谁圆？莫惜频开笑口，只恐便成陈迹，乐事几人全？但愿身无恙，常对月婵娟。

水调歌头　和张大经赋盆荷

江湖渺何许，归兴浩无边。忽闻数声《水调》，令我意悠然。莫笑盆池咫尺，移得风烟万顷，来傍小窗前。稀疏淡红翠，特地向人妍。　　华峰头，花十丈，藕如舡。那知此中佳趣，别是一壶天。倒挽碧筒酾酒，醉卧绿云深处，云影自田田。梦中呼一叶，散发看书眠。

虞美人　浙江舟中作

潮生潮落何时了，断送行人老。消沉万古意无穷，尽在长空、澹澹鸟飞中。　海门几点青山小，望极烟波渺。何当驾我以长风，便欲乘桴、浮到日华东。

后庭花

清溪一叶舟，芙蓉两岸秋。采菱谁家女？歌声起暮鸥。　乱云愁。满头风雨，带荷叶，归去休。

浣溪沙　李叔固丞相会间赠歌者岳贵贵

满捧金卮低唱词，尊前再拜索新诗，老夫惭愧鬓成丝。　罗袖染将修竹翠，粉香吹上小梅枝，相逢不似少年时。

月中仙　应制

春满皇州。见祥烟拥日，初照龙楼。宫花苑柳，映仙仗云移，金鼎香浮。宝光生玉斧，听鸣凤、箫韶乐奏。德与和气游。天生圣人，千载希有。　祥瑞电绕虹流。有云成五色，芝生三秀。四海太平，致民物雍熙，朝野歌讴。千官齐拜舞。玉杯进、长生春酒。愿皇庆万年，天子与天齐寿。

万年欢　应制

闾阖初开。正苍苍曙色，天上春回。绛帻鸡人时报，禁漏频催。九奏钧天帝乐，御香惹、千官环珮。鸣鞘静，嵩岳三呼，万岁声震如雷。　殊方异域尽来。满彤庭贡珍，皇化无外。日绕龙颜，云近绛阙蓬莱。四海欢欣鼓舞，圣德过、唐虞三代。年年宴，王母瑶池，紫霞长进琼杯。

万年欢 中吕宫 元日朝会

天上春来。正阳和布泽,斗柄初回。一朵祥云捧日,万象生辉。帝德光昭四表,玉帛尽、梯航来会。彤庭敞,花覆千官,紫霄鹓鹭徘徊。

仁风遍满九垓。望霓旌缓引,宝扇徐开。喜动龙颜,和气蔼然交泰。九奏箫韶舜乐,兽尊举、麒麟香霭。从今数,亿万斯年,圣主福如天大。

长寿仙 道宫 皇庆三年三月三日圣节大宴

瑞日当天。对绛阙蓬莱,非雾非烟。翠光覆禁苑,正淑景芳妍。彩仗和风细转。御香飘满黄金殿。喜万国会朝,千官拜舞,亿兆同欢。

福祉如山如川。应玉渚流虹,璇枢飞电。八音奏舜韶,庆玉烛调元。岁岁龙舆凤辇。九重春醉蟠桃宴。天下太平,祝吾皇、寿与天地齐年。

太常引

弄晴微雨细丝丝,山色淡无姿。柳絮飞残,荼蘼开罢,青杏已团枝。　　阑干倚遍人何处?愁听语黄鹂。宝瑟尘生,翠销香减,天远雁书迟。

人月圆

一枝仙桂香生玉,消得唤卿卿。缓歌金缕,轻敲象板,倾国倾城。几时不见,红裙翠袖,多少闲情。想应如旧,春山澹澹,秋水盈盈。

木兰花慢 和桂山庆新居韵

爱风流二陆,曾共住、屋三间。算京洛缁尘,平原车骑,争似身闲。一区未输场子,更友于、室迩足清欢。庭下新松楚楚,篱边细菊班班。

白头相对且团圞,杯要借朱颜。任醉后长歌,笑时开口,乐最人寰。功名十年一梦,记风裘雪帽度桑乾。幸喜归来健在,放怀绿水青山。

木兰花慢 和李箕房韵

爱青山绕县,更山下、水萦回。有二老风流,故家乔木,旧日亭台。梅花乱零春雪,喜相逢、置酒藉苍苔。拼却眼迷朱碧,惭无笔泻琼瑰。　徘徊,俯仰兴怀。尘世事,本无涯。偶乘兴来游,临流一笑,洗尽征埃。归来算能几日,又青回柳叶燕重来。但愿朱颜长在,任他花落花开。

外集

诗

题李侯诗卷

翩翩者鹤,美孝子也。

翩翩者鹤,爰飞爰止。其下维何?曰有孝子。伊人之生,无父何恃?父罪当刑,予代之死。

翩翩者鹤,载翱载翔。其翔维何?孝子之祥。母目有眚,子舐使明。亦既明止,我心则降。

翩翩者鹤,载飞载下。伊人之生,孰无父母?孝哉李侯,为人所难。咏言嘉之,使我慨叹。

帝命曰咨,咨尔李侯。锡尔宠禄,惟德是雠。寿胥孔宁,百福来求。子孙其昌,世济厥休。

侃侃李侯,国之旧臣。维孝维忠,萃于一门。非忠无君,非孝无亲。作此好颂,以勖我人。

序

御集百本经序 奉敕撰

盖闻沧海之大,一勺可以知其味;玄天之高,土圭可以测其景。

所谓闻一而知十，执简以御繁，殊途而同归，分殊而理一者也。佛以一音演说妙法，其细无不入，大无不包，广博渊深，莫知涯涘；圆融权实，未易概量。散于大藏之中，敛于无言之内。皆所以敷扬至理，究竟真空，括万法而靡遗，历旷劫而恒在，施群生之药石，作彼岸之津梁。兼体用而并行，故列叙于三藏；忧性资之异等，故分别于三乘。非圣哲莫究其宗，非英才莫烛厥义。顿悟者以言语为末，泥象者起文字之尘，徒使幽玄悉归汗漫，况于愚昧，益堕渺茫。非资上圣之照临，孰悯迷途而开导？弘通无碍，利益有情。皇上法天聪明，齐佛知见，爰以万机之暇，深参内典之微，乃取诸经，共成百卷，厘为十帙，归于一乘。隐奥兼明，广大悉备，缱阅者不难于寓目，诵读者亦易于铭心，可谓设网而提纲，挈裘而知领。以因因而证果果，由本本以达原原，警人欲之横流，契佛心之正觉。所愿在天列圣同证菩提，皇太后益增福寿，普及沙界，咸获胜因。乃命臣僧明仁刊板流布，仍俾微臣孟𫖯制序篇端。臣闻命震兢，深惭浅陋，莫尽标题之意，敢抒赞叹之诚。谨梓《御集百本经总目》，列之卷首云。至大四年十月序。

农桑图序 奉敕撰

延祐五年四月廿七日，上御嘉禧殿，集贤大学士臣邦宁、大司徒臣源进呈《农桑图》。上披览再三，问："作诗者何人？"对曰："翰林承旨臣赵孟𫖯。""作图者何人？"对曰："诸色人匠提举臣杨叔谦。"上嘉赏久之，人赐文绮一段，绢一段，又命臣孟𫖯叙其端。臣谨奉明诏。臣闻《诗》《书》所纪，皆自古帝王为治之法，历代传之以为大训，故《诗》有《七月》之陈，《书》有《无逸》之作。《七月》之诗曰："三之日于耜，四之日举趾。同我妇子，馌彼南亩。"又曰"十月获稻"，又曰"十月涤场"，皆农之事也。其曰"女执懿筐""爰求柔桑""蚕月条桑""八月载绩。载玄载黄"，皆妇工之事也。《无逸》之书曰："君子所其无逸，先知稼穑之艰难，乃逸。"二者周公所以告成王，盖欲成王知稼穑之艰难也。钦惟皇上以至仁之资，躬无为之治，异宝珠玉锦绣之物，不至于前，维以贤士丰年为上瑞，尝命作《七月图》以赐东宫，又屡降旨，设劝农之官。其于王业之艰难，盖以深知所本矣，何待远引《诗》《书》以裨圣明！此图实臣源建意，令臣叔谦因大都风俗，随十有二月，分农桑为廿有四图，因其图像作廿有四诗，正《豳风》因时纪事之义。又俾翰林承旨臣阿怜帖木儿用畏吾儿文字译于左方，以便御览。顾臣学术荒陋，乃过蒙圣奖，且拜绮帛之赐。臣既序其事，下情无任荣幸感恩之至！

为政善恶事类序

《书》不云乎？"作善降之百祥，作不善降之百殃。"善恶之应，若水之流湿，火之就燥，乃天理之自然，毫发无爽者也。人之生也，性本皆善，中人以上，固不待勉而后为善；中人以下，或移于气习，或狃于利欲，迷焉而不知复，学焉而不知警，恶日积而不自知，及乎天定，祸不旋踵。凡人皆尔，而仕宦者尤不可以不慎。盖士大夫受天子命，位于州县之上，权足以威众，而事足以及物，善固宜宣，而恶亦易播。然为善者安富尊荣，泽流子孙；为不善者毒流众庶，身世殄绝，可不惧哉？此括苍叶君《为政善恶报应事类》之所以作也。此书之行，其亦有闻风而善者乎？叶君名留，字景良，观其用意，可知其为善人已。延祐六年十一月叙。

送张元卿序

延祐三年夏五月，松、潘、容、叠、威、茂六州宣抚张元卿拜佥广东道肃政廉访司事，将行，来求余言。余观元卿恂恂有儒者之风，盖尝学于萧先生之门，则其于理道当深知之矣，余复何言哉！虽然，侯之意笃，忍而不言，不诚也，故遂言之。国家之设守、令，本以为民也，廉访司之设，国家之不得已也。使守、令皆循良，民安于田里，无叹息愁怨之声，虽不设官以纠之，可也。然而守、令或不肖，不能宣上德意，视民如仇，而后廉访司始不可无矣。故曰廉访司之设，国家之不得已也。南海去京师万里，民之沾圣化也难。侯行矣，数路之广，守、令数十百人，必有贤者，侯举之，使为善者益劝，为恶者益知所畏而不敢为。常使之知国家不得已而设廉访司之意，则其自待也必厚；自待也厚，则必强为善，而重为恶。若夫持之若束，褫冠裂裳，日以棰楚从事，则余惧非儒者之政也。元卿其择焉。

记

五台山文殊菩萨显应记

圣上即位之二年，以世祖圣德神功文武皇帝遗旨，将建寺于五台山。春三月，诏中书右丞张公九思偕平章政事段公那怀往相其宜。公奉诏星驰，越四月既望至五台，寓宿金界寺。寺僧五台僧录出宋张商英所著《清凉传》示公，载当时所见圆光、金桥、圣灯、菩萨、狮子显现之异甚详。公意商英文士，容有增饰，未之信也。十七日，讫事言还。闰四月廿二日，再被旨至五台，鸠工兴事，祠后土龙王。公时行初献事，奠毕，寺东南有云气，如兜罗绵状，渐升至日边，遂成五色，中有亿万菩萨，升降出没，至于旌幡幢盖之属，亦以亿万计，不可名状。一时同行者，若中殿所遣使，若军官，若从者役徒，莫不具睹。廿三日，中殿饭四千僧，食时东南方复见，光景如献奠之日。日既西，还自山中，方据鞍次，复见如初。行三十里，余光亦随之，其灵祥若此。寺僧乞记于公，以传久远，公以命孟𫖯。盖闻诸佛菩萨,以神通力放大光明,自短见浅闻,莫不以为诞,然古书所载,亦往往而有,不可尽以为怪而非之。昔昌黎开衡山之云,苏子有海市之异,彼山灵川祇,犹能感动于二公,况以公之忠诚,衔天子命,建佛塔庙,菩萨神力能无感应乎?此理之必然者也。遂略记其概,以为山中故实云。元贞元年六月十一日记。

重修观堂记

佛以慈悲哀愍一切,尽未来世,咸欲使之觉妙明心,不堕邪见,凡有可以开群迷者,不遗余力。众生因心有想,有想有妄,扫除妄想,使得正观。佛所说经,其法具在,依佛所说而修习之,非有严净处所,道将安寄?故通都大邑,往往皆有观堂。而吴兴观堂特为宏敞,池水竹树,庄严靓深,盖创建于宋嘉泰间,经始之者,讲主行琼,辅成之者,澧王师揆也。宋之末年,住持者非才,葺治弗勤,渐至颓废。甲戌、乙亥之际,兵事澒洞,奸民乘之,剽窃摧剥,栋宇倾圮,风雨不蔽,仰见日星。暨圣元统一区宇,人获奠居,乃相与谋曰:"观堂,吾邦一大道场也,今废坏至此,非得有福德力量者主之,其何以兴起乎?"众咸曰:"非云岩饶公不可。"于是相与告之。澧王之孙孟齐深以为允,遂具礼延请。以至元十三年之春来主法席,约己劬躬,振饬补苴,由是声誉籍甚。闻于总统所,总统所贤其人,给札以命之。云岩乃殚智悉力,思所以宏其教者,无所不至。昔者常住之田仅四顷余,云居出衣钵,日益增广,斋鼓粥鱼,声和响答。乃以至元二十一年鸠材僝工,因宝殿之旧而一新之,堂宇丈室、左右列祠、三门廊庑,瓴甓之破缺者完之,榱桷之毁折者易之,历十年而后备。至于庄严像设,金碧辉映,光采夺目,父老兴叹,谓逾厥初。而翠柏红莲,清凉香洁,净土境界,种种现前,然后修观想之业者,乃始得其所。云岩於佛事可谓勤矣!余观天地间物,废兴虽有时，然常系乎其人，得人则兴，失人则废，盖古今一致也。向使观堂不能致饶公，则瓦砾茂草，亦已久矣，其能兴建于积坏之余哉？予常嘉饶公之为人，而公以记请，故遂次第其状而记之。云岩名广饶，俗姓陈氏，长兴之芦碛人也。大德元年九月记。

天目山大觉正等禅寺记 奉敕撰

延祐三年四月十有九日，三藏法师般剌那室利言："臣僧往年游江南，历禅刹多矣，独天目山大觉正等寺为高峰妙禅师道场，地势清高，人力壮伟，实杭州一大伽蓝。而高峰之道，远续诸祖，座下僧常数十百人，皆清斋禅定，有古丛林之风。高峰既寂，其教至於今不少衰，独寺未有纪载之文。臣僧请下文学之臣文之，以刻诸石，诚圣世一盛事也。"於是诏臣孟頫："汝为文以记之。"臣谨按，天目山在杭州於潜县，为浙右群山之宗。《图经》云，广八百里，高三万余尺，界乎杭、湖、宣城之间，穷岩幽壑，雪古云深，仙人神龙之所窟宅。大觉正等寺，居山之莲花峰。高峰禅师名原妙，吴郡吴江人，早得法于雪岩钦公，临济十七世孙，尽得瞿昙氏灵明真觉之要，行业孤峻，机用险绝，影不出山者三十年，道风日驰远方。学徒如西域、南诏，不远数万里，云臻水赴，师悉拒不纳，至栖岩席草以依师。至元辛卯，故两浙运使臣瞿霆发，向师道望，谒师于狮子岩之死关，仰扣玄音，心领神悟，恍若宿契，叹禅衲之至无所於容，慨然有建寺之志。乃割巨庄，先后凡二百顷有畸，及买山田若干，指其岁入，首创梵宇。命嗣法沙门祖雍洎久参上首，弟子等各尽才能以董其役。当是时，山灵地媪见闻惊异，大奋神功，搜奇材，揭巨石，不容有所藏而献之。阅五年，则厨库、大殿，轮奂参差，宛如天降。师知时至，嘱祖雍摄住持而告寂焉。众心悲感，檀户益张，走斧飞斤，鼓舞群力，千楹万础，海涌云腾，与夫雕镂髹饰，陶冶丹腹，百尔咸臻。大德庚子，成宗皇帝首降玉音，作大护持。至大戊申，缔构之功，充扩大备，高阁周建，长廊四起，飞楼涌殿之雄丽，广堂邃宇之靓深，像设鼓钟之伟奇，金绳宝铎之严整，凡庖福寮舍、床榻器用，所求皆足。是岁开堂，臣霆发大营斋馔，烟包云衲，遐迩奔凑，会者数万指。坐立围绕，禅影山齐，梵音雷动，人天交赞，得未曾有。臣闻觉树垂阴，昙华现瑞，以甘蔗种哀悯群迷，乘积生大愿轮，不起寂场，遍入尘刹，未摇舌本，大阐玄音。其声光震耀，虽日丽霆轰，不可为比。道场塔庙，曾不期建立，而二千余年，后先出兴。凡大林深薮，睹史夜摩，忽从地涌。惟罔知所自者，既疑且骇，异议纷然。殊不知大愿轮中真实种子，时缘既偶，如春发荣，万卉千葩，不知其萌而萌矣！尝考竺坟，觉之为义，有始有本，有顿有圆。惟破有法王坐灵鹫山，坚秉化权，目之为大觉。已而饮光传之，曹溪唱之，临济握金刚王剑以振之。高峰得此而迹愈晦，声愈彰，能大其家世。臣霆发慕此，而割膏腴，树禅宫，曲尽施心，了无难色，信大觉之念如此。以之寿国脉，祝圣算，隆佛运，利含识，不亦宜乎！或谓："翠竹黄花尽真如体，白云青嶂咸大觉场，生佛未具已前，不曾欠少，岂待梯空架险、破山压石而为之耶？"对曰："道场之兴，觉其所以迷也。迷之不反，安知尘沙法界为大觉场？其或徇缘而趋胜，逐境以滋尘，既昧觉因，转增迷倒，佛化岂若是哉！"遂并书之以为记。

济南福寿禅院记

余退食坐草亭，有比丘尼谒余而言曰？"福聚所居福寿禅院者，自五代以来古刹也，历宋至金，而吾师雨公以佛法道行为丛林表，当时戚里贵人以礼延致者甚众。大朝龙兴，崇重佛法，遣使者马侍读妙选天下僧尼，而吾师实在选中，复请住福寿院。福聚因缘祖师之遗荫，滥主斯席，不思所以传久远，则古迹易泯，师德不彰，福聚心实惧焉。愿公作为文章，将刻诸坚石，幸悲聚之志。"余问之曰："若所言者，吾将安据？"福聚乃出神中锦囊，囊中出三纸书，其一则圣朝选僧尼使者请其师雨公疏也，其二则金驸马都尉与其妻公主请雨公住积庆寺疏也，其三则周显德三年存留院额敕牒也。余一再观之，皆真实不虚。按周世宗即位之明年，废天下佛寺三千三百三十六所，今敕文云"齐州奏福寿禅院殿宇颇多，尼众不少，乞存留者"，正其事也。嗟乎！自古王侯公卿功名富贵赫奕一时者不可胜数，往往无几何时皆已灰灭而不可纪。而此院历周而宋、而金，至于今日，数百年间常住不毁，况济南自宋度南以来数罹兵火，故虽显宦之家，亦多不知其上世名讳与其姓氏所出，而二三比丘尼乃能殷勤郑重于胶胶扰扰之中，收拾前代遗文以为故事，与五代史记相表里，岂不可嘉尚哉！至若雨公之德行，已载在两疏中。而余观福聚之为人，亦有以知其师之贤。何者？余尝至其院，尼众肃若，行其廷，草木沃若；升其殿堂，香火馥若。以是推之，其师必不碌碌矣！宜其见重当时，传法后世，非偶然也。院去南城几步，入南门西行几里许，由周以前，院之所始不可知。今为屋凡若干楹，垣墙之内凡若干亩，佛殿僧堂、斋舍庖廪悉具，视五代时当小减，而视他院尚完整也。初，雨公自金泰和间赐号通慧大师，金迁于汴，赐号慧严大师。至大朝号圆明大师，后改妙严大师，俗姓郭氏，禹城人也。七岁出家，嗣其法者名皆从福，曰福祐，曰福庆；曰福聚，今院主，求文于余者也；曰福宝，曰福顺，曰福恩，曰福成。福之嗣，名皆从善，曰善钦、善渊、善义、善因、善照、善静、善端、善玉、善秀、善泉、善广、善仙、善玕、善金。善之嗣名皆从慧，曰慧锦、慧满。嗟乎！若福聚者，诚可嘉已！天下之为人子孙，不能使其祖考之德传于后者亦多矣，而聚当盛暑中，命工砻石，不惮喘汗奔走，求余文至十数，惟恐其师之德不传。余虽懒且拙，欲辞而固拒之，则不近于人情，故遂为记，且俾刻此三纸书于背，使其徒知其师传授之意，后之览者庶有考焉。

碑铭

大元大普庆寺碑铭　奉敕撰

惟上帝降大命于圣元，太祖法天启运圣武皇帝起自朔方，肇基帝业，兵威所至，罔不臣服，盖以睿宗仁圣景襄皇帝为之子。睿宗躬擐甲胄，蒭金河南，虽不及抚有多方，笃生圣嗣，是为世祖圣德神功文武皇帝。聪明冠古，无远弗烛；雄略盖世，而神武不杀。命将出师，不再举而宋平。九域分裂者余二百年，一旦一之，遐陬荒裔，咸受正朔，幅员之大，古所未有。于是治历明时，建官立法，任贤使能，制礼作乐，文物粲然可纪。中统、至元之间，海内晏然，家给人足。而又妙悟佛乘，钦崇梵教，慈惠之德，洽于人心。肆世祖之享国三十有五年，施及裕宗文惠明孝皇帝，正位储宫，仁孝而敬慎，问安视膳之暇，顺美几谏，天下阴受其赐多矣。至元廿二年，裕宗陟方。未几，顺宗昭圣衍孝皇帝亦遽宾天。三十一年，世祖登遐，当是时，徽仁裕圣皇后不动声色，召成庙于抚军万里之外，授是神器，易天下岌岌者为泰山之安。大德二年，武宗抚军于北，今上日侍隆福，怡言煦之，摩手抚之，择师取友，俾知先王礼乐刑政为治国平天下之具，恩莫大焉。四年，裕圣上仙，皇上追思罔极，因念在世祖时，帝师八合思巴弘阐佛法，故我得闻其义，舍归依三宝，修崇冥福，将何以尽吾心？始建佛殿于大都。既而之国覃怀，属成庙登遐，内难将作，上驰至京师，先事而发，殄歼大憝，封府库，奉符玺，清宫以安太后，遣使以迎武宗。武宗既践祚，以上至德伟功，不逾月而立上为皇太子。上缅怀畴昔报本之意，乃命大创佛宇，因其地而扩之，凡为百亩者二。鸠工度材，万役并作，置崇祥监以董其事。其南为三门，直其北为正觉之殿，奉三圣大像于其中。殿北之西偏为最胜之殿，奉释迦金像。东偏为智严之殿，奉文殊、普贤、观音三大士。二殿之间，对峙为二浮图。浮图北为堂二，属之以廊，自堂徂门，庑以周之。西庑之间为总持之阁，中置宝塔，经藏环焉。东庑之间为圆通之阁，奉大悲、弥勒、金刚手菩萨。斋堂在右，庖井在左。最后又为二阁，西曰真如，东曰妙祥。门之南，东、西又为二殿，一以事护法之神，一以事多闻天王。合为屋六百间，盘础之固，陛阤之崇，题榱之骞，藻绘之工，若忉利、兜率，化出人间。凡工匠之佣，悉皆内帑，一毫不役于民。既成，赐名曰大普庆寺，给田地、民匠、碓硙、房廊等，以为常住，岁收其入，供给所须。上既即大位，崇祥监臣请立石纪事，敕臣孟頫等为文垂示久远。臣闻佛教福田之中，以三宝为最胜福田。皇上深参秘典，建寺造像，书经饭僧，凡此胜因，所以资裕圣暨祖宗在天之灵，证无上觉。今皇太后怡愉康强，享无量福寿，其余泽所被，至于海隅黎庶，法界会灵，咸获安乐，功德可数量哉？臣等谨稽首再拜为之颂，其词曰：

  皇元应运，诞受万方。帝以圣承，于前有光。明明天子，神明八叶。德盛功丰，富有大业。维兹大业，太祖张之。世祖皇之，天子康之。於赫皇武，皇武桓桓。圣谟孔神，神器斯安。有粲之载，有作其彬。典章具举，焕乎尧文。道冠百王，仁覆群生。宏观英图，日臻太平。粤昔裕圣，功在社稷。我报之图，天乎罔极。惟觉皇氏，具大神力。人天共依，是资福德。乃卜阴阳，相地柔刚。岁吉辰良，大匠是将。乃斫乃绳，筑构遄兴。务殚乃心，毋费是惩。役者讴歌，相厥子来。匪民是庸，一须国材。有岑其宇，有践其庑。有楹维旅，金铺雕础。瞿瞿其瞻，剡剡其廉。秩秩其正，於粲其严。载瞻圣容，瑞相俨然。是信是崇，获福无边。获福无边，聿归裕圣。嘉与慈闱，式普其庆。皇帝孝仁，永命于天。圣子神孙，维千万年。

仰山栖隐寺满禅师道行碑 奉敕撰

师名行满，号万山，俗姓曾氏。其先出东鲁，盖曾子之后。远祖仕江右，遂为吉州太和人。父讳应龙，字拱辰，号翠庭先生，由科举入仕。母乐氏。师生而颖异，不为儿嬉，韶龀日记数千言，学问之暇，常默然宴坐，有出尘之态。先生曰："此儿非吾家可有。"遂舍送云亭荡原弥陀院为童，行名福可。时九域甫一，师自念曰："佛祖出世，为一大事因缘，我等溺于尘劳，何日撤去？"挈包笠北游，首登五台。至元庚辰至仰山，有会心处，遂留剃发，礼泽庵公为师，更今名，受具于大同大普恩之圆戒会。自是处丛林中，策勤砥砺，为众之念甚于为己，旦夕参叩素庵琏公，至忘饥渴之节、寒暑之变。素庵深器之，一日激之以洞山寒暑因缘，师应声云："寒则普天寒，热则普天热。刀斧劈不开，我又如何说？"庵云："毕竟如何？"师云："红炉一点雪。"庵云："别别。"师云："有什么别处？"庵云："若能恁么会，方始契如如。"师扼声云："错。"掩耳而出。庵付之以衣，颂曰："从我十年谈麈尾，策勋一日占鳌头。如今分付无文印，续焰联芳万古秋。"时至元庚寅岁也。尔后复参云门、临济，皆能得其骨髓。大德癸卯，仰山之学者请师归住旧隐，师以青州大刹非小因缘，力辞。众守之数日，欲逃不可，不得已升堂说法，演《无量》义，自是声闻大振，四方求法者归之如流水。梵僧宣政使相迦失里、功德使大司徒辇真吃剌思相慕为道友，王公贵人皆稽首归敬。武宗皇帝在北边时，下令施钞万贯，造文殊菩萨像。既即位，驾幸其寺，施金百两、银五百两、钞六万贯，赐号佛慧镜智普照大禅师，敕尚方造织成金龙锦缘僧伽黎大衣，穷极工巧，经岁乃成，召师至禁中，出以赐焉。今上在春宫，尝三幸其寺，命有司作尊胜塔于东岭，及建明远、观光二亭，以备临幸。洎登极，亟命工部尚书臣郑伯颜领大匠修其寺，凡土木之故而敝者，图画之；久而漫者，咸易而新之。

旁累崖石以方广其基，高者至百余尺，造普贤、观音像，增建堂殿亭台，凡几格供张什器之物，靡所不备。树碑于门，颂天子圣德。既又赐苏杭水田五千亩为常住业。又固安州鹊台福严寺，自木庵公没后，为它人所有，师奏，得旨复归仰山，为下院云。皇庆元年，制授师银青荣禄大夫、司空。师之大弟子曰觉用、曰善兴、曰文祥、曰海深、曰思赟、曰圆中、曰福添、曰广寿，各能弘扬宗旨，主席名山，其门资之盛，具列碑阴。素庵之徒曰正义，正义之徒曰圆舌，倾心竭力，谋立石以纪师行业，且彰天子宠赐之渥。臣伯颜以闻，诏曰"可"，乃命臣孟𫖯为文书于石。谨按，栖隐寺始建于辽，至师为二十六代。臣闻浮屠氏之道，言其广大，则无所不容；言其变通，则无所不入。以无生为有生之本，以不用为大用之原，至矣哉！非言语之所究也。皇元建国之大，尽天地之所覆载，伦别类分，悉为臣妾；出于水土，藏于山泽，悉为府库。数十年之间，斯民不闻鼙鼓之声，以圣继圣，以明继明，使民不知，日趋于为善，浮图氏之道大矣！夫道无盛衰，所以盛衰存乎其人。自四海一家，梵僧往往至中国，而师出于江左，能以其道鸣于京师，以承天子之宠命，真世所稀有。铭曰：

峨峨仰山，如青莲华。中有宝坊，古佛之家。天王卫门，地神扶栋。参差珠阁，葳蕤金凤。郁郁青松，罗苍玉林。清风过之，振海潮音。住此山中，有大禅老。宴处寂静，万缘皆了。天子时巡，乐此境胜。渭师之道，与境为称。乃施重宝，增饰厥宇。结构峥嵘，鸾轩凤㝹。师道既弘，帝眷益隆。位以司空，实古三公。师以佛心，为国回向。遍河沙界，功德无量。天子谓臣，时汝能言。勒碑此铭，惟千万年。

五兄圹志 代侄作

先君讳孟𫖯，字景鲁，姓赵氏，宋秀安僖王至先君六世矣。宋南渡，自大梁来居吴兴，遂为吴兴人。曾祖讳师垂，宋太师、新兴郡王,谥恭襄。妣庄氏,卫国夫人。祖讳希永,宋朝奉大夫,直华文阁,赠通议大夫。妣郑氏,硕人。考讳訔,宋正议大大、户部侍郎,赠银青光禄大夫。妣李氏,硕人。生母丘氏。先君重厚寡言,年十四,以侍郎荫补承务郎。咸淳丁卯,请国子监举,免铨。庚午,差知临安府仁和县临平镇。是岁,以度宗祀明堂恩,转承奉郎。甲戌,以幼主即位覃恩,转承事郎。临平考满,授签书高邮军判官厅公事,未上。宋归于元,宦情素薄,浮沉里间,不求仕进,日以翰墨为娱。书九经一过,细字谨楷,人传以为玩。喜与名僧游,书《莲花》《华严》《楞严》《圆觉》《金刚》诸经,皆数过。明窗净几,焚香瀹茗,四时花草,婆娑爱赏,欣然自得。大德乙巳五月,疡发于背,竟不起。呜呼哀哉!先君生于辛亥七月十七日,卒于乙巳五月廿三日,享年五十有五。娶陆氏,故吏部尚书陆公德舆之女,先三十年卒。子男五人:由辰;次由宣,从浮屠法,祝发为比丘;次由宿、由宓、由宾。女三人,其二已嫁,其一为比丘尼。孙男二人:鄮老、顺孙。孙女三人,皆幼。由辰等以是年八月甲申,忍死奉柩合葬乌程县苏湾方屏山,遵治命也。□远日薄,未能乞铭于当世君子,姑志梗概,纳诸幽。孤哀子由辰等泣血谨书。

魏国夫人管氏墓志铭

夫人讳道升,姓管氏,字仲姬,吴兴人也。其先管仲之子孙,自齐避难于吴兴,人皆贤之,故其地至今名栖贤。考讳伸,字直夫。妣周氏。管公性偶傥,以任侠闻乡间。夫人生而聪明过人,公甚奇之,必欲得佳婿。予与公同里闬,公又奇予,以为必贵,故夫人归于我。至元廿四年,世祖圣德神功文武皇帝召孟頫赴阙,自布衣擢奉训大夫、兵部郎中。廿六年,以公事至杭,乃与夫人偕至京师。既而除直集贤,同知济南路总管府。成宗皇帝召入史院,夫人亦俱,余以病辞，同归吴兴。余提举江浙儒学，满任，迁泰州尹。今上皇帝在春宫，遣使召孟頫，除翰林侍读学士，夫人亦同至阙下，至大三年冬也。明年，上即位，特授集贤侍讲学士、中奉大夫，夫人封吴兴郡夫人。皇庆元年，请假归，为先人立碑，夫人亦以管氏无丈夫子，欲命继又无其人，乃即故居作管公孝思楼道院，俾道士奉其考妣祭祀，事见《道院记》。次年，使者荐至，于是夫人复从余入朝。延祐四年，余入翰林为承旨，加封魏国夫人。五年冬，旧所苦脚气疾作，上遣太医络绎诊视。六年，增剧，闻于上，得旨还家。四月廿五日发大都，五月十日行至临清，以疾薨于舟中，年五十八。呜呼哀哉！余与子雍护柩还吴兴，是岁□月□日葬德清县东衡山之原，礼也。子三人：亮，早卒；雍、奕。女六人。夫人天姿开朗，德言容功，靡一不备。翰墨辞章，不学而能。处家事，内外整然。岁时奉祖先祭祀，非有疾必齐明盛服，躬致其严。夫族有失身于人者，必赎出之。遇人有不足，必周给之无所吝。至于待宾客，应世事，无不中礼合度。心信佛法，手书《金刚经》至数十卷，以施名山名僧。天子命夫人书《千文》，敕玉工磨玉轴，送秘书监装池收藏。因又命余书六体为六卷，雍亦书一卷，且曰："令后世知我朝有善书妇人，且一家皆能书，亦奇事也。"又尝画墨竹及设色竹图以进，亦蒙圣奖，赐内府上尊酒。尝谒兴圣宫，皇太后命坐赐食，恩意优渥。受知两宫，可谓荣矣！夫人之亡，内外族姻皆为之恸，尝与余游者，莫不流涕，则夫人之德可知已。铭曰：

夫人云亡，夫丧贤妇。子失慈恃，家无内助。呜呼夫人！古之烈女。仁智贤明，偻指莫数。翰墨之工，受知圣主。通籍东朝，得谒太母。妇人之荣，可谓至极。碎璧贯珠，行路嗟惜。人伦之重，况于夫妇。天实为之，谁谓荼苦！东衡之原，夫人所择。规为同穴，百世无易。树以青松，铭以贞石。婉婉之德，万古是式。

疏

五台山寺请谦讲主讲清凉疏

说方便法,开方便门,诱群生于渐悟;住清凉山,讲清凉疏,演诸佛之真乘。须得硕师,庶开后觉。恭惟性天开廓,心月朗明,万论千经,皆为正受,七处九会,久已圆融。遍恒河沙,覆以广长之舌;作法界观,普宣微妙之音。香风吹天雨之花,甘露洒海云之会。请升猊座,便发麈谈。宝光现五台,赞佛恩之难尽;金轮镇万国,祝圣寿之无疆。

请雨公长老住圣安禅寺疏

圣安名刹,钟鼓振乎十方;禅门正宗,衣钵传乎六祖。必得人心之共仰,乃为道俗之同归。伏惟枯木寒岩,澄江孤月。道心无碍,非声音色相之求;诸性本空,在文字语言之外。雷音响处,惊悟群生,甘露洒时,润沾庶品。顾禅关之虚久,溪杖锡之来临。敢望慈仁,俯从众愿。闻第一义,觉佛日之增明,惟亿万年,祝皇图之永固。

幻住庵主月公金书楞严经疏

昔阿难为魔女所摄,故世尊现化佛说经。七处征心,究《首楞严》之妙义;一音演法,宣《般怛罗》之真言。显大神通,有胜功德。当幻住道场之新建,宜真乘法宝之庄严。黄金研为泥,书十万言而岂易;白米贱如土,舍百千石以何难!长者但发肯心,贫道便成胜事。百宝光聚,灿烂发于毫端;千叶莲开,芬香遍于沙界。祝吾皇之圣寿,增施主之福田。

请谦讲主茶榜

雷振春山,摘金芽于谷雨;云凝建椀,听石鼎之松风。请陈斗品之奇功,用作斋余之清供。恭惟心如止水,辩若悬河。天雨宝花,法润普沾于众渴;地生灵草,清香大启于群蒙。性相本自圆融,甘苦初无差别。雪山牛乳,分一滴之醍醐;北菀龙团,破大千之梦幻。舌头知味,鼻观通神,大众和南,请师点化。

题跋

题东老事实后

"白酒酿来缘好客,黄金散尽为收书。"吕仙翁此语,似若犹有世俗相推奖之意,然至于散尽黄金,便觉蝉蜕污浊之中,浮游尘埃之外。东老能尔,岂非仙材!世人爱惜钱物,如护性命,殊不知为飞空下视者之所怜悯。佛说《遗教经》亦云:不知足者为知足者之所怜悯。故我说法,亦复如是。

纪梦嵇侍中

延祐元年十一月十九日,彰德朱长孺道邦人之意,求书"晋嵇侍中之庙"六字。余每敬其忠节,不辞而书之,运笔如飞,若有神助。是夜,京口石民瞻馆于书室中,梦一丈夫,晋人衣冠,蓬首玄衣,流血被面,谓民瞻曰:"我嵇侍中也,今日赵子昂为余书庙额,故来谢之。"民瞻既觉,犹汗流,亦异事也。

续集

五言律诗

次袁学士上都诗韵

晓日夹云树，春风吹雪山。飞鹰玄兔碛，饮马白狼湾。宝带吴钩迥，金矛汉节闲。将军万里外，不怕千毛斑。

七言律诗

万柳堂席上作

万柳堂前数亩池，平铺云锦盖涟漪。主人自有沧洲趣，游女仍歌白雪词。手把荷花来劝酒，步随芳草去寻诗。谁知咫尺京城外，便有无穷万里思。

陶南村《辍耕录》云：京师城外万柳堂，亦一宴游处也。野云廉公一日置酒，招疏斋卢公、松雪赵公同饮。时歌儿刘氏名解语花者，左手折荷花，右手执杯，歌《小圣乐》云："绿叶阴浓，遍池亭水阁，偏趁凉多。海榴初绽，朵朵蹙红罗。乳燕雏莺弄语，对高柳、鸣蝉相和。骤雨过，似琼珠乱撒，打遍新荷。人生百年有几？念良辰美景，休放虚过。富贫前定，何用苦张罗！命友邀宾宴赏，饮芳醅、浅斟低歌。且酩酊，从教二轮，来往如梭。"既而行酒，赵公喜，即席赋诗云云。《小圣乐》乃《小石调曲》，元遗山先生好问所制，而名姬多歌之，俗以为《骤雨打新荷》者是也。

弁山佑圣宫次孟君复韵

意行骑马到林间，晴雾都沉远近山。琼树著花春自卑，翠禽双语意相关。一杯到手先成醉，万事无心触处闲。犹欠抱琴来托宿，静中规写水潺潺。

杭州拱北楼

城上高楼接太霞，令严钟鼓静无哗。提封内向三千里，比屋同封百万家。心在江湖存魏阙，身随牛斗泛仙槎。举头便觉长安近，时倚阑干望日华。

送陈都事云南铨选兼简李廉访

送君铨选使滇池，部落诸夷自品题。明月梦回爨子北，长风吹度夜郎西。山连塞雨骅骝滑，花落蛮云杜宇啼。为问霜台李学士，白头官满尚羁栖？

五言绝句

牧废苑

一片中原地，纷纷几战争？至今将不去，留与后人耕。

题跋

跋王右军帖

梁武评书至右军，谓"龙跳天门，虎卧凤阁"，此帖是已。诸家刻中皆未之有。世间神物，岂默有靳惜者，不欲使滥传耶？将好事犹未至也？有能砻片石刻以传远，仆愿供摹拓之役。属奔走南北，此事殆废，不知何时果此缘也？至元丁亥九月七日。孟頫。（任道斌按：此王羲之《大道帖》现藏台北"故宫博物院"）

题东坡书醉翁亭记

北宋学士东坡苏公之笔，赵子固家藏旧物也，今为伯田冯先生所得。余在京时尝见此卷于高仁卿家，前后有子固印识，今悉亡之，想为俗工裁去。讵谓神物，而灾亦见侵如是！然而字画未损，犹幸甚耳。或者议坡公书太肥，而公却自云："短长肥瘦各有度，玉环、飞燕谁敢憎？"又云："余书如绵裹铁。"余观此帖，潇洒纵横，虽肥而无墨猪之状，外柔内刚，真所谓"绵裹铁"也。夫有志于法书者，心力已竭，而不能进，见古名书则长一倍。余见此，岂止一倍而已！不识伯田之所自得又几何？元贞二年四月一日持来求跋，聊为草草。

题右军思想帖真迹

大德二年二月廿三日，与周公谨集鲜于伯几池上，郭右之出右军《思想帖》真迹，有龙跳天门、虎卧凤阁之势，观者无不咨嗟叹赏神物之难遇也！

定武兰亭跋
（附日本东京国立博物馆藏残册之文）

《兰亭》墨本最多，惟定武刻独全右军笔意。此旧所刻者，不待聚讼，知为正本也。至元己丑三月，三衢舟中书。

《兰亭帖》自定武石刻既亡，在人间者有数，有日减，无日增，故博古之士以为至宝。然极难辨，有才损五字者，又有五字未损者。独孤长老送余北行，携以自随，至南浔北，出以见示，因从独孤乞得携入都。他日来归，与独孤结一重翰墨缘也。独孤名淳朋，天台人。一本云："时静心吴义士联舟与余北上，出此卷相校，即一刻也，但五字损耳。静心名森，嘉兴人。"至大三年九月五日，孟𫖯跋于舟中。

《兰亭》当宋未度南时，士大夫人人有之。石刻既亡，江左好事者往往家刻一石，无虑数十百本，而真赝始难别矣。王顺伯、尤延之诸公，其精识之尤者，于墨色纸色、肥瘦秾纤之间，分毫不爽，故朱晦翁跋《兰亭》，谓"不独议礼如聚讼"，盖笑之也。然传刻既多，实亦未易定其甲乙。此卷乃致佳本，一本云："五字虽损。"肥瘦得中，与王子庆所藏赵子固本无异，石本中至宝也。至大三年九月十六日，舟次宝应重题。

《兰亭》诚不可忽，世间墨本日亡日少，而识真者益难。其人既识而藏之，可不宝诸？十八日，清河舟中河声如吼，终日屏息，非得此卷时时展玩，何以解日？盖日数十舒卷，所得为不少矣。廿二日邳州北题。

顷闻吴中北禅主僧名正吾，号东屏，有定武《兰亭》。一本云："是其师晦岩照法师所藏。"从其借观，不可，一旦得此，喜不自胜！独孤之与东屏，贤不肖何如也？廿三日舟中题，时过安仁镇。

昔人得古刻数行，专心而学之，便可名世，况《兰亭》是右军得意书，学之不已，何患不过人耶？

学书在玩味古人法帖，悉知其用笔之意，乃为有益。右军书《兰亭》，是已退笔因其势而用之，无不如志，兹其所以神也。昨晚宿沛县，廿六日早饭罢题。

书法以用笔为上，而结字亦须用工，盖结字因时相传，用笔千古不易。右军字势，古法一变，其雄秀之气，出于天然，故古今以为师法。齐、梁间人，结字非不古，而乏俊气，此又存乎其人，然古法终不可失也。廿八日，济州南待闸题。

《兰亭》与《丙舍帖》绝相似。

廿九日至济州，遇周景远新除行台监察御史，自都下来，酌酒于驿亭，人以纸素求书于景远者甚众，而乞余书者坌集，殊不可当，急登舟解缆乃得休。是晚至济州北三十里，重展此卷，因题。

东坡诗云："天下几人学杜甫，谁得其皮与其骨？"学《兰亭》者亦然。黄太史亦云："世人但学《兰亭》面，欲换凡骨无金丹。"此意非学书者不知也。十月一日。

大凡石刻，虽一石而墨本辄不同，盖纸有厚薄、粗细、燥湿，墨有浓淡，用墨有轻重，而刻之肥瘦、明暗随之，故《兰亭》难辨。然真知书法者，一见便当了然，正不在肥瘦、明暗之间也。十月二日，过安山北寿张书。

右军人品甚高，故书入神品。奴隶小夫、乳臭之子，朝学执笔，暮已自夸其能，薄俗可鄙！可鄙！三日，泊舟虎陂待放闸书。

吾观《禊帖》多矣，未有若此卷之妙者。

静心云，此卷乃得之李公曾伯，盖宋画士王晓之所藏。晓、徐、黄同时人，观其宝惜如此，诚不易也。廿四日题。

余北行三十二日，秋冬之间而多南风，船窗晴暖，时对《兰亭》，信可乐也。独孤本携以自随，此卷以归静心，其宝藏毋忽！七日书。

至大间，仆偕吴静心先生北上，得此《兰亭》，与独孤长老所惠本并观，船仓中三十二日，得意甚多。屈指计之，已复七年矣。其子景良驰驿来京师，复出见示，使人眷恋不能去手。噫！静心仙去，其子能宝藏如此，为之感叹。延祐三年七月廿三日书于咸宜坊寓舍。

（任道斌按：日本东京国立博物馆藏"赵孟𫖯题王羲之《兰亭序》独孤定武本"残册），所载为至大三年九月五日至十月七日所书，共十三跋，与此大致相同，略有几字不同，且残缺较多，似为赵氏抄录副本之火劫余物，兹录于后，备以存考。）

（第一跋）《兰亭帖》自定武（石刻既亡，在）人间者有数。有日（减，无日增。）故博古之士以为（至宝。然极难）辨，又有未损五（字者。五字未）损，其本尤难（得。此盖已损者。）独孤长（老送余北行，携以）自随。至南浔（北，出以见示。因从）独孤乞得携入（都。他日来归，）与独孤结一重（翰墨缘也。至）大三年九月五日，（孟𫖯跋于）舟中。独孤，名淳（朋，天台人。）

（第二跋）《兰亭帖》当宋未（渡南时，士大夫）人人有之。石刻既亡，（江左好事者）往往家刻一石，无虑（数十百本，而）真赝始难别矣。王（顺伯、尤延之诸）公，其精识之尤（者。于墨色纸色、肥）瘦秾（纤之间，分毫不爽，故朱）晦翁跋《兰（亭》，谓"不独议礼）如聚讼"，盖笑（之也。然传刻既多，）实亦未易定其（甲乙。此卷乃致）佳本，五字镵（损，肥瘦得中，与）王子庆所（藏赵子固本无异，石）本中至（宝也。至大三年九月）十六日，舟次（宝应，重题。子昂。）

（第三跋）《兰亭》诚不可忽，世间墨本日（亡日少，而识真者益）难。其人既识而藏之，可不宝诸？（十八日，清河舟中。）

（第四跋）河声如吼，终日屏息。非得此卷（时时展玩，何以解日？）盖日数十舒卷，所得为不少矣。（廿二日，邳州北题。）

（第五跋）昔人得古刻数（行，专心而学之，）便可名世。况《兰（亭》是右军得意）书，学之不已，何患（不过人耶！）

顷闻吴中北禅主（僧，名正吾，号东屏，有《定武兰)亭》。是其师晦岩照(法师所藏。)从其借观不可。一旦(得此，喜不自胜!独)孤之与东(屏，贤不肖何如也。廿三)日，将过吕(梁，泊舟题。)

（第六跋）（学书）在玩味古人（法帖，悉知其用笔）之意，乃为有（益。右军）书《兰亭》，是已退笔。（因其势而）用之，无不如志，兹其（所以神也。昨）晚宿沛县，廿（六日早饭罢题。)

（第七跋）书法以用笔为上，（而结字亦须）用工，盖结字因时相（传，用笔千）古不易。右军字势，（古法一变，其雄秀）之气，出于天然，（故古今以为师法。）齐、梁间人，（结字非不古，而乏俊气，）此又存乎（其人，然古法终不可失也。）廿八日，济州南（待闸题。)

（第八跋）（廿九日至）济州，遇周景远（新除行台）监察御史，自都下来。（酌酒于驿亭。）人以纸素求书于景（远者甚众，而）乞余书者坌集，（殊不可当。急登舟）解缆，乃得休。是晚（至济州北三十里，）重展此卷，因题。

（第九跋）东坡诗云："天下几（人学杜甫，）谁得其皮与其骨？"（学《兰亭》）者亦然。黄太史（亦云："世人但学）《兰亭》面，欲（换凡骨无金丹。"）此意非学书（者不知也。十月一日。)

（第十跋）大凡石刻，虽一石而墨本辄不（同，盖纸有厚薄、）粗细、燥湿，墨有浓淡，用墨（有轻重，而刻之肥）瘦、明暗随之，故《兰亭》难辨。（然真知书法者，）一见便当了然，正不在肥（瘦、明暗之间也。十月二日，）过安山北寿张书。

（第十一跋）右军人品甚高，（故书入神品。奴）隶小夫、乳臭之子，朝（学执笔，暮）已自夸其能，薄俗（可鄙！可鄙！三日，泊）舟虎陂，待放闸书。

（第十二跋）余北行三十二日，秋冬（之间而多南）风，船窗晴暖，时对（《兰亭》，信可乐）也。七日书。

217

（第十三跋）《兰亭》与《丙（舍帖》绝相似。）

临兰亭跋

月江学士藏定武《兰亭》致佳，亲友多乞之，月江靳固不予，顾求临本于不肖，何耶？皇庆元年人日，过仆寓舍，重以此为言，不敢固辞，援笔书以为赠。

题王右军快雪时晴帖真迹

东晋至今近千年，书迹传流至今者，绝不可得。《快雪时晴帖》，王羲之书，历代宝藏者也，刻本有之，今乃得见真迹，臣不胜欣幸之至！延祐五年四月二十一日，翰林学士承旨、荣禄大夫、知制诰兼修国史，臣赵孟頫奉敕恭跋。（任道斌按：此帖今藏台北"故宫博物院"）

临右军乐毅论帖跋

临帖之法，欲肆不得肆，欲谨不得谨。然与其肆也宁谨，非善书者莫能知也。廿年前为季博临《乐毅》，殆过于谨。今目昏手弱，不能作矣，漫题其末而归其子善甫。至治改元四月十一日题。

题王大令保母碑

《保母碑》虽近出，故是大令当时所刻，较之《兰亭》，真所谓"因、应不同"。世人知爱《兰亭》，不知此也。丙戌冬，伯几得一本。继之，公谨丈得此本，令诸人赋诗，然后因识中知有此文。丁亥八月，仆自燕来还，亦得一本。又有一诗僧许仆一本，虽未得，然已可拟。世人若欲学书，不可无此。仆有此，独恨驱驰南北，不得尽古人临池之工，因公谨出示，令人重叹。孟頫。（任道斌按：此件拓本今藏故

宫博物院）

题李思训蓬山玉观图

画山水用金碧，始于李思训，秾艳中而出潇洒清远，非大手笔不能也。此幅为《蓬山玉观》，岂托兴于仙而布置，故有此奇妙耶？

题顾恺之秋嶂横云图

古人绘理无不精美，及观长康笔，而知诸家之有作为矣。此《秋嶂横云》，幽深妙微，殆不似从人间来，惟当局者知之。

题曹弗兴海戍图

曹弗兴，吴人也，夙有令名，画出于顾、陆之先，为吴中一绝。今所画《海戍图》，笔法入神，足开千百载绘事之纲领矣！

题王摩诘松岩石室图

王摩诘能诗，更能画，诗入圣而画入神。自魏晋及唐几三百年，惟君独振。至是画家蹊径陶熔洗刷，无复余蕴矣。

题郑虔画

郑虔献画于至尊，而复题诗歌于上，可见忘其贵。三绝之名，由是而起。乃知前代高人，未可以绳墨束羁也。此幅思致幽深，景物奇雅，阅之令人萧然意远。

补遗

词

巫山一段云 净坛峰

叠嶂千层碧,长江一带清。瑶坛霞冷月胧明,依枕不胜情①。
云过船窗晓,星移宿雾晴。古今离恨拨难平,惆怅峡猿声。

① "不胜",《花草粹编》及《全金元词》作"若为"。

又 登龙峰

片月生危岫,残霞拂翠桐。登龙峰下楚王宫,千古感遗踪。
柳色眉边绿,花明脸上红。欲寻灵迹阻江风,离恨转无穷①。

①"离恨转无穷",《花草粹编》及《全金元词》作"离思杳无穷"。

又 松鹤峰

松鹤堆岚霭,阳台枕水湄。风清月冷好花时,惆怅阻佳期。
别梦游蝴蝶,离歌怨竹枝。悠悠往事不胜悲,春恨入双眉。

又 上升峰

云里高唐观,江边楚客舟。上升峰月照妆楼,离愁两悠悠①。

云雨千重阻,湖山一片秋②。猿声频唱引离愁③,光景恨如流。

① "离愁",《花草粹编》及《全金元词》作"离思"。

② "一片",《花草粹编》作"一带"。

③ "猿声",《花草粹编》及《全金元词》作"歌声"。

又 朝云峰

绝顶朝云散,寒江暮雨频。楚王宫殿已成尘,过客转伤神。
月是巫娥伴,花为宋玉邻。一听歌调一含嚬,幽怨竹枝春①。

① "幽怨",《花草粹编》作"哀怨"。

又 集仙峰

雨过蘋汀远,云深水国遥。渡江齐举木兰桡①,纤细楚宫腰。
映水匀红脸,偎花整翠翘。行人倚棹正无聊,一望一魂销。

① "渡江",《花草粹编》及《全金元词》作"渡头"。

又 云霞峰

碧水鸳鸯浴,平沙豆蔻红。云霞峰翠一重重,帆卸落潮风①。
澹薄云笼月,霏微雨洒篷。孤舟晚泊浪声中,无处问音容。

① "落潮风",《全金元词》作"落花风"。

又 栖凤峰

芍药虚投赠,丁香漫结愁。凤来鸾去两悠悠①,新恨怯逢秋。
山色惊心碧,江声入梦流。何时弦管簇归舟?兰棹泊沙头。

① "凤来",《花草粹编》及《全金元词》作"凤栖"。

又 翠屏峰

碧水澄青黛，危峰耸翠屏。竹枝歌怨月三更，别是断肠声。烟外黄牛峡，云中白帝城①。扁舟清夜泊蘋汀②，倚棹不胜情。

①"云中"，《花草粹编》作"云边"。

②"蘋汀"，《花草粹编》作"蘋江"。

又 聚鹤峰

鹤信三山远，罗裙片水深。高唐春梦杳难寻，惆怅至如今。十二峰前月，三千里外心。红笺锦字信沉沉，肠断旧香衾。

又 望泉峰

晓色飘红豆①，平沙枕碧流。泉声云影弄新秋，触处是离愁。脸泪横波漫②，眉攒片月收。佳人欲笑卒难休③，半整玉搔头。

①"红豆"，《全金元词》作"红叶"。

②"横波漫"，《花草粹编》作"横波淡"。

③"欲"，《花草粹编》作"妩"。

又 起云峰

袅娜江边柳，飘飘岭上云①。卸帆回棹楚江滨，归信夜来闻。欲拂珊瑚枕，先薰翡翠裙②。江头含笑去迎君，鸾凤尽成群。

①"飘飘"，《全金元词》作"飘摇"。

②"薰"，《全金元词》作"董"。

序

宋无翠寒集序

　　吴古为都会,山水富甲东南,长材秀民间见层出,以济时需,独唐皮日休、陆鲁望隐松陵,为诗文相倡酬。故吴之山川,自西子馆娃宫,鹿游胥台,残花遗草,烟霾雨暗,悒郁千载间,皆能发而化之为诗。余先子昔处是邦,尝往来吴中,皮、陆之风,尚可想见。辛卯秋客燕,子虚与予游甚稔,每话具区山水之胜,出所为诗,风流蕴藉,脍炙可喜,皆不经人道。子虚年未艾,有能诗声,且通史,西溪王中丞以茂材举之,辞不就。余观子虚多自负,虽以时卷舒,岂若唐之皮、陆,真能隐于诗耶?使子虚仕与诗并进,大篇长什,当有写御屏者。子虚姓宋,旧以晞颜字行,世居晋陵,家值兵难,迁吴,冒朱姓云。元贞乙未中秋,吴兴赵孟𫖯子昂父序。

碑铭

大元敕赐龙兴寺大觉普慈广照无上帝师碑(胆巴碑)

　　皇帝即位之元年,有诏金刚上师胆巴赐谥大觉普慈广照无上帝师,敕臣孟𫖯为文并书,刻石大都□□寺。五年,真定路龙兴寺僧迭凡八奏,师本住其寺,乞刻石寺中。复敕臣孟𫖯为文并书。臣孟𫖯预议赐谥,大觉以言乎师之体,普慈以言乎师之用,广照以言慧光之所照临,无上以言为帝者师。既奏有旨,于义甚当。谨按师所生之地曰"突甘斯旦麻",童子出家,事圣师绰理哲哇为弟子,受名胆巴。梵言胆巴,华言微妙。先受秘密戒法,继游西天竺国,遍参高僧，受经、律、论，由是深入法海，博采道要，显密两融，空实兼照，独立三界，示众标的。至元七年，与帝师巴思八俱至中国。帝师者，乃圣师之昆弟子也。帝师告归西蕃，以教门之事属之于师，始于五台山建立道场，行秘密咒法，作诸佛事，祠祭摩诃伽剌，持戒甚严，昼夜不懈，屡彰神异，赫然流闻。自是德业隆盛，人天归敬。武宗皇帝、皇伯、晋王及今皇帝、皇太后，皆从受戒法，下至诸王将相贵人，委重宝为施身，执弟子礼，不可胜纪。龙兴寺建于隋世，寺有金铜大悲菩萨像。五代时，契丹入镇州，纵火焚寺，像毁于火，周人取其铜以铸钱。宋太祖伐河东，像已毁，为之叹息。僧可传言，寺有复兴之谶，于是为降诏复造其像，高七十三尺，建大阁三重以覆之，旁翼之两楼，壮丽奇伟，世未有也，由是龙兴遂为河朔名寺。方营，阁有美木自五台山颓龙河流出，计其长短小大多寡之数，与阁材尽合，诏取以赐，僧惠演为之记。师始来东土，寺讲主僧宣微大师普整、雄辩大师永安等，即礼请师为首住持。元贞元年正月，师忽谓众僧曰："将有圣人兴起山门。"即为梵书奏徽仁裕圣皇太后，奉今皇帝为大功德主，主其寺。复谓众僧曰："汝等继今，可日讲《妙法莲花经》，孰复相代，无有已时，用召集神灵，拥护圣躬，受无量福。香华果饵之费，皆度我私财。"且预言圣德有受命之符。至大元年，东宫既建，以旧丘田五十顷赐寺为常住业师之所。言至此皆验。大德七年，师在上都弥陁院入般涅槃，现五色宝光，获舍利无数。皇元一统天下，西蕃上师至中国不绝，操行谨严、具智慧神通无如师者。臣孟頫为之颂曰：

　　师从无始劫，学道不退转，十方诸如来，一一所受记。来世必成佛，住娑婆世界，演说无量义，身为帝王师。度脱一切众，黄金为宫殿，七宝妙庄严，种种诸珍异。供养无不备，建立大道场，邪魔及外道，破灭无踪迹。法力所护持，国土保安静，皇帝皇太后，寿命等天地。王宫诸眷属，下至于含生，归依法力故，皆证佛菩提。

成就众善果，获无量福德。臣作如是言，传布于十方，下及未来世，赞叹不可尽。

延祐三年□月立石。（墨迹原件现藏故宫博物院）

有元故奉议大夫福建闽海道肃政廉访使副仇公墓碑铭（仇锷碑）

仇氏望陈留，谱云宋大夫牧之。世入金，有更朔平、临潢二县令者，讳辅，即家临武备寺寿武库使。十五年，遂出知威州。廿年，稍迁巩昌路总管府治中，治皆有声称。廿五年，进阶州尹，未赴。遭内艰，于是御史廉得公威昌数事荐诸朝。廿七年，乃以福建闽海道提刑按察副使赴公。明年，制改廉政肃访司，即用公为副使。间岁自免去，北过高邮，乐其土风，因留居焉。大德四年八月十日，以疾卒，年五十一。自承务郎三迁官至奉议大夫，卒之日无赢囊。副褚侨家巷处之，旧聚哭一辞曰："善人亡矣！"至大四年，其子治、济、浚、洁，乃克自力奉公之丧，还卜大都宛平县西山下庄之原藏焉，窆以四月辛酉，其城距祖茔五里。公性开疏，与人交，底里倾尽。为政多本教化，而持身丝毫不敢欺。方少未仕，见白金遗道旁，初不顾，已而计曰："我幸见之，不则他人持去矣。"即俯拾俟有间。求者至，自言适贷得，将营亲葬。公询验，果然，出金还与之。在威州，民张氏兄弟讼家财，吏展转贿赂，更数岁莫能决。公召谕之曰："兄弟孰与吏亲？"民曰："兄弟同气，吏涂人耳。"公曰："弊同气以资涂人，汝何不知之甚！"即大感悟，相抱持以哭，遂为兄弟如初。时属县吏李之秀慢令当笞，公即命释缚，呼前曰："若躯长六尺，徒甘棰楚间，不知有功业可指取耶！吾与若约三日，若不力，吾将重置于罚。"后公出安西，有从骑十数西来，见公，遽下马拜曰："我当笞吏也，公向脱我罪，又勉我仕，今效节兵伍为千夫长，微公岂有今日。"在巩昌，会岁大旱，草木枯尽，僚吏请祷，公曰：

"得无以冤狱致是乎?"取某事按问得实,平反,上之,大雨三日。在闽属行省臣有以采银为利献上者,朝廷下其事,设官赋民,而地实无矿,民往往贵市入输,公急劾闻。有旨,罢其役。建宁刘氏,居麻沙村,矐中仇诬其有反状,州若县将织罗成狱,公因虑囚及之,叹曰:"有是乎!"即抵以法。公仕虽早,当官之日不多于闲放之时,故其施为注措概逸不传。今掇其士大夫口道以熟者一二志焉,虽然,犹为试用者小耳。令充周而究极之,则古循吏不足多也。公曾祖忠源仕金,为定远大将军、兰州司法。祖福,明威将军。父昌,昌平府君,讳德明,隐居教授,曰"樊川处士"者,府君自号也。以弟锐升朝恩,赠奉直大夫、飞骑尉,追封昌平县男。锐后至中贤大夫、岭南广西道肃政廉访副使。其元兄铎,亦朝列大夫、云南诸道肃政廉访副使。公先夫人郝氏,赠荣禄大夫、大司徒、蓟国公,谥孝懿,讳德义。女先十一年卒,生三子二女。后夫人粘合氏,先一年卒,生一子三女。其葬,以二夫人祔。治,高邮府兴化县尉;济,从事郎、太常太祝;浚,从事郎、大都护府照磨官;浩,晋宁路闻喜县学教谕。婿曰程博,组锦局使;吴焘,御史台椽;卢亘,翰林待制承务郎,兼国史院编修官;姚庸,承德郎、中书省检校,写其山水之清音,与余同好相善也。今年延祐六年,距公葬八年矣,而其子治丐余文,其隧上碑。不腆之言,公实知之,矧专记纂,尚何庸辞。铭曰:

蓄之涵涵,流之渐渐,莫或匪泉,筑之疏疏,构之渠渠,堂亦有焉。我观其终,有植有隆,有发之涓,谓德既仪,不卒于施,而又不年。不弥其盈,不陊于顷,以游于天,子则维宗,女则维从,其子孔延。西山之原,冈阜厚完,有封斯阡,以引其休,以质诸幽,尚考铭镌。

延祐□年□月□□日建。(墨迹原件现藏日本京都阳明文库)

题跋

题晋唐宋元绘画

题晋人顾恺之洛神赋图

顾长康画流传世间者落落如星凤矣。今日乃得见《洛神赋》真迹，喜不自胜，谨以逸少法书《陈思王赋》于后，以志敬仰云。大德三年，子昂。（现藏故宫博物院）

题唐人韩滉五牛图

余南北宦游，于好事家见韩滉画数种，集贤官画有《丰年图》《醉学士图》最神，张可与家《尧民击壤图》笔极细，鲜于伯几家《醉道士图》，与此《五牛》，皆真迹。初，田师孟以此卷示余，余甚爱之，后乃知为赵伯昂物，因托刘彦方求之。伯昂欣然辍赠，时至元廿八年七月也。明年六月携归吴兴重装。又明年，济南东仓官舍题。二月既望，赵孟頫书。

右唐韩晋公《五牛图》，神气磊落，希世名笔也。昔梁武欲用陶弘景，弘景画二牛，一以金络首，一自放于水草之际。梁武叹其高致，不复强之。此图殆写其意云。子昂重题。

此图仆旧藏，不知何时归太子书房。太子以赐唐古台平章，因得再展，抑何幸耶！延祐元年三月十三日集贤侍读学士、正奉大夫赵孟頫又题。（现藏故宫博物院）

题唐人九老图

唐《九老图》，古今盛事，展卷便觉前贤典刑，去人不远，为

之敬仰不已。大德十年五月十九日，吴兴赵孟頫观。（现藏故宫博物院）

题王子庆家藏唐人阎立本西域国图

画惟人物最难，器服、举止又为古人所特留意者。此一一备尽其妙，至于发采生动，有欲语之状，盖在虚无之间，真神品也。（见汤垕《古今画鉴》）

题唐人张璪山堂琴会图

张璪松，人间最少，此卷幽深平远，如行山阴道中，诚宝绘也。（见汤垕《古今画鉴》）

题五代周文矩子建采神图

右周文矩《子建采神图》，曾入绍兴内府。前有绍兴题识印款，傅彩温润，人物古雅，信为一种珍玩。子建舍曹氏无其人，但未详"采神"为何义？当必有说，以俟知者。大德八年春二月十四日，吴兴赵孟頫子昂。（现藏故宫博物院）

题北宋赵光甫番王礼佛图

佛法传入中国千余年，殆是家有其像，见之者悉起敬心，不当以古今画手生分别也。子昂。（现藏美国克里夫兰艺术博物馆）

题北宋武宗元朝元仙杖图

余尝见谷跋武虞部《五如来像》云："虞部笔力遒古，可追吴生，便觉石恪辈相去远甚，不可足观。"此图是虞部真迹，《宣和谱》

中所载《朝元仙仗》是也。与余所见《五如来像》用笔政同，故不敢以为吴笔。然实数百年间宝绘也。虞部名宗元，字捻之。大德甲辰八月望日，吴兴赵孟頫跋（美国王季迁先生旧藏）

题北宋郭熙树石平远图

山崎川流宇宙间，欲将水墨写应难。平生高步林泉意，苦缚微官未可攀。子昂。（现藏美国纽约大都会艺术博物馆）

题北宋赵大年江村秋晓图

大年以承平贵公子游戏笔墨，居然有江湖之趣。此卷林木苍老，渔樵萧散，洗尽软红尘土，开卷沧洲之兴浩然，诚可宝也。孟頫。（现藏故宫博物院）

题北宋徽宗竹禽图

道君聪明天纵，其于绘事尤极神妙，动、植之物，无不曲尽其性，殆若天地生成，非人力所能及。此卷不用描墨，粉彩自然，宜为世宝。然蕞尔小禽，蒙圣人所录，抑何幸耶！孟頫恭跋。（现藏故宫博物院）

题北宋人临辋川图卷

王摩诘家蓝田辋口，所为台榭亭坨合有若干处，无不入画，无不有诗以此。则摩诘之胸次潇洒，情致高远，故非尘壤中人所得仿佛也。其图亦出自摩诘点染，有高本、矮本传世，此图乃高本也，较之矮本更胜，后复系以诗题。种种神妙，世所称卷中三绝，孰有逾于此者。昔明皇见郑虔画，题为三绝，其亦未有此耳。若见此卷，其称赏又当何如耶！一日太仆危君出示于余，惜余衰迈已甚，而不能悉其旨趣，唯有击节三叹而已。延祐辛酉春三月十有一日，吴兴赵孟頫书于鸥波亭中。（现藏台北"故宫博物院"）

题南宋赵伯骕万松金阙图

宋度南后有宗室伯驹，字千里，弟伯骕，字希远，皆能绘事，尤精傅色。高宗作堂，处伯骕禁中，意所欲画者，辄传旨宣索，此《万松金阙图》即为希远所作。清润雅丽，自成一家，亦近世之奇也。孟頫跋。（现藏故宫博物院）

题南宋人寒鸦图卷

余观此图，林深雪积，寒色逼人，群鸟翔集，有饥冻哀鸣之态，亦可谓能矣。子昂。（现藏辽宁省博物馆）

题南宋马和之图月色秋声

白沙留月色，绿树助秋声。子昂。（现藏辽宁省博物馆）

题宋人猴猫图

二狸奴方雏，一为孙供奉挟，一为怖畏之态。画手能状物之情如是。上有祐陵旧题，藏者其珍袭之。子昂。（现藏台北"故宫博物院"）

题金王庭筠幽竹枯槎图

每观黄华书画，令人神清气爽。然此卷尤为卓绝。孟頫。（现日本私人藏）

题金何澄归庄图

图画总管燕人何澄,年九十作此卷,人物、树石,一一皆有趣,京师甚爱重其迹。又得承旨张公书渊明《归去来》于后,遂成二绝。延祐乙卯九月七日赵孟𫖯书。(现藏吉林省博物院)

题宋末元初钱舜举八花图

右吴兴钱舜举所画八花真迹,虽风格似近体,而傅色姿媚殊不可得。尔来此公日酣于酒,手指颤掉,难复作此。而乡里后生多仿效之,有东家捧心之弊,则此卷诚可珍也。至元廿六年九月四日,同郡赵孟𫖯。(现藏故宫博物院)

题宋末元初钱舜举来禽栀子图

来禽、栀子,生意具足。舜举丹青之妙,於斯见之。其他琐琐者,皆其徒所为也。孟𫖯。(现藏美国华盛顿弗利尔美术馆)

题元李仲宾四清图

慈竹可以厚伦纪,方竹可愧圆机士。筜有笋兮兰有芳,石秀而润树老苍。李侯平生竹成癖,渭川千亩在胸臆。笑呼墨卿为写真,与可复生无以易。吾祖爱竹世所闻,敬之不名称此君。李侯赠我有余意,要使后人继清芬。明窗无尘篆烟绿,尽日卷舒看不足。此乐令人欲忘餐,况复咨嗟菖蓿槃。仲宾为玄卿作墨竹,玄卿诗以纪之。余爱其潇洒,乃为书此诗于其后。至大元年仲春既望,吴兴赵孟𫖯书。(现藏故宫博物院)

题元李仲宾墨竹图

李侯写竹有清气,满纸墨光浮翠筠。萧郎已远丹渊死,顾写此君唯此人。孟𫖯。(现藏故宫博物院)

题元高彦敬墨竹坡石图

高侯落笔有生意,玉立两竿烟雨中。天下几人能解此,萧萧寒碧起秋风。子昂题。(现藏故宫博物院)

题元陈琳溪凫图

陈仲美戏作此图,近世画人皆不及也。子昂。(现藏台北"故宫博物院")

题黄公望快雪时晴图

快雪时晴。子昂为子久书。(现藏故宫博物院)

题晋唐五代书法

题东晋佚名楷书曹娥诔辞卷

《曹娥碑》,正书第一,欲学书者不可无一善刻,况得其真迹,又有思陵书在右乎。右之藏室中,夜有神光烛人者,非此其何物耶!吴兴赵孟𫖯书。(现藏辽宁省博物馆)

题晋王羲之兰亭序（神龙本·冯承素摹本）

定武旧帖在人间者如晨星矣，此又落落若启明者耶。元贞元年夏六月，仆将归吴兴，叔亮内翰以此卷求是正，为鉴定如右。甲寅日甲寅人赵孟頫书。（现藏故宫博物院）

题定武兰亭帖（五字已损本）

《定武兰亭》，余旧有数本，散之亲友间，久乃令人惜之。今见仲山兄所藏，与余家仅存者无毫发差也。至大二年七月廿二日，赵孟頫书。（现藏故宫博物院）

题晋王献之保母帖

吾旧藏此《保母帖》，郭右之从吾求，乃辍以与之，不意十五年后重见之也。《保母帖》虽晚出，然是大令无恙时所刻，与世所传临摹上石者万万也。至大二年七月廿日，为范乔年题，子昂。（现藏故宫博物院）

题唐欧阳询梦奠帖

欧阳信本书，清劲秀健，古今一人。米老云："庄若对越，俊若跳掷，犹似未知其神奇也。"向在都下，见《劝学》一帖，是集贤官库物，后有开元题识具全，笔意与此同，但官帖是硬黄纸为异耳。至元廿九年闰月望日，为右之兄书。吴兴赵孟頫。（现藏辽宁省博物馆）

题唐欧阳询化度寺邕禅师塔铭

唐贞观间能书者欧阳率更为最善，而《邕禅师塔铭》又其最善

者也。至大戊申七月，时中袖此刻见过，为书其后。吴兴赵孟頫。（现藏故宫博物院）

题唐陆柬之行书文赋

右唐陆柬之行书《文赋》真迹，唐初善书者称欧、虞、褚、薛，以书法论之，岂在四子下耶！然世罕有其迹，故知之者希耳。大德二年十二月六日，吴兴赵孟頫跋。（现藏台北"故宫博物院"）

题唐国诠善见律

余十年前于吴中获此卷，盖贞观间国诠书，有褚、薛遗风。后有署衔，赵模、阎立本皆在焉。皇庆二年归之兰谷，请善藏之。次年四月廿九日，子昂书。（现藏故宫博物院）

题唐怀素草书论书帖卷

怀素书所以妙者，虽率意颠逸，千变万化，终不离魏晋法度故也。后人作草，皆随俗交绕，不合古法，不识者以为奇，不满识者一笑。此卷是素师肺腑中流出，寻常所见皆不能及之也。延祐五年十月廿三日为彦清书。翰林学士承旨、荣禄大夫、知制诰兼修国史赵孟頫书。（现藏辽宁省博物馆）

题五代杨凝式夏热帖

杨景度书出于人知见之表，自非深于书者不能识也。此帖沉着而又潇洒，真奇迹可宝藏。延祐丙辰岁十一月十三日。吴兴赵孟頫题。（现藏故宫博物院）

题宋苏轼行书治平帖卷

右二帖皆东坡早年真迹,与其乡僧者也。字画风流韵胜,难与暮年同论,情文慇至,犹可想见,故是世间墨宝。孟頫。(现藏故宫博物院)

自题绘画

自题鹊华秋色图

公谨父,齐人也。余通守齐州,罢官来归,为公谨说齐之山川,独华不注最知名,见于《左氏》,而其状又峻峭特立,有足奇者,乃为作此图。其东则鹊山也,命之曰"鹊华秋色"云。元贞元年十有二月,吴兴赵孟頫制。 (现藏台北"故宫博物院")

自题秀石疏林图

子昂。

石如飞白木如籀,写竹还于八法通。若也有人能会此,方知书画本来同。子昂重题。 (现藏故宫博物院)

自题人骑图卷

人骑图。元贞丙申岁作,子昂。

吾自小年便爱画马,尔来得见韩幹真迹三卷,乃始得其意云。子昂题。

画固难,识画尤难。吾好画马,盖得之于天,故颇能尽其能事。若此图,自谓不愧唐人。世有识者,许渠具眼。大德己亥,子昂重题。 (现藏故宫博物院)

自题兰亭图

周景远藏《定武禊帖》久矣，一日请余写图并书其文，余不能辞，遂为尔尔。观者勿以效颦消也。时大德庚子三月十六日，吴兴赵孟頫书。（现藏台北"故宫博物院"）

自题水村图卷

水村图。大德六年十一月望日为钱德钧作。子昂。

后一月德钧持此图见示，则已装成轴矣。一时信手涂抹，乃过辱珍重如此，极令人惭愧。子昂题。（现藏故宫博物院）

自题红衣罗汉图卷

大德八年暮春之初吴兴赵孟頫子昂画。

余尝见卢楞伽罗汉像，最得西域人情态，故优入圣域。盖唐时京师多有西域人，耳目所接，语言相通故也。至五代王齐翰辈，虽善画，要与汉僧何异？余仕京师久，颇尝与天竺僧游，故于罗汉像自谓有得。此卷余十七年前所作，粗有古意，未知观者以为如何也。庚申岁四月一日，孟頫书。（现藏辽宁省博物馆）

自题洞庭东山图轴

洞庭波兮山嵽嵲，川可济兮不可以涉。木兰为舟兮桂为楫，渺余怀兮风一叶。子昂。（现藏上海博物馆）

自题二羊图卷

余尝画马，未尝画羊，因仲信求画，余故戏为写生，虽不能逼近古人，颇于气韵有得。子昂。（现藏美国华盛顿弗利尔美术馆）

自题兰蕙图卷

王元章吾通家子也,将之邵阳,作此《兰蕙图》以赠其行。大德八年三月廿三日,子昂。(现藏美国旧金山亚洲艺术博物馆)

自题九歌图

延祐六年四月十八日画并书,子昂。

《九歌》,屈子之所作也,忠以事君,而君或不见信,而反疏,然其忠愤有不能自已,故假神人以寓阙意。观其末章,则显然昭然矣。夏七提领有感于心,命其子德俊持此卷图其状,意恳恳也,故揆闲一一画之以酬之。然不能果中提领之目否,因重识之,是年四月晦日也。孟𫖯书于鸥波亭中。(现藏台北"故宫博物院")

自题仿赵伯驹瓮牖图

右子贡见原宪图,要见"贫无谄、富无骄"之意,乃为尽其能事耳。然二子同出夫子之门,以道德为悦,岂以贫富为嫌哉。子昂。(现藏台北"故宫博物院")

自题双松平远图卷

子昂戏作双松平远。

仆自幼小学书之余,时时戏弄小笔,然于山水独不能工。盖自唐以来,如王右丞、大小李将军、郑广文法公奇艳之迹,不能一二见。至五代荆、关、董、范辈出,皆与近世笔意辽绝。仆所作者虽未敢与古人比,然视近世画手,则自谓少异耳。因野云求画,故书其末。孟𫖯。(现藏美国纽约大都会艺术博物馆)

补遗

自题人马图卷

元贞二年正月十日作《人马图》，以奉飞卿廉访清玩。吴兴赵孟𫖯题。（现藏美国纽约大都会艺术博物馆）

自题古木散马图

大德四年十二月廿八日为彦远作《古木散马图》。子昂。（现藏台北"故宫博物院"）

题自写小像

大德己亥子昂自写小像。（现藏故宫博物院）

自题墨竹图

秀出丛林。至治元年八月十二日，松雪翁为中上人作。（现藏台北"故宫博物院"）

自题书法

自题行书姜夔禊帖源流卷

右白石先生《兰亭》一卷，予兄德枿有此真迹，野翁自江东抄得，携来京师，且以此纸要予作小楷。予自少小爱作小字，尔来宦游，无复有意兹事。兼北方多风尘，不宜笔研，而客中又乏佳几。此纸虽出高丽，亦非良品。偶今日雨后，风尘少息，拳曲土炕上，据白木小桌，聊复书此，以应野翁之命，孙过庭所谓"乖作"者也。吴兴赵孟𫖯识。

余二十年前为郎兵曹，野翁谒选都下，求余书《兰亭考》，风埃颎洞中，作字不成，然时时往来胸中不忘也。宣城张巨川自野翁处得此卷携以见过，恍然如梦。余往时作小楷，规模钟元常、萧子云，尔来自觉稍进，故见者悉以为伪，殊不知年有不同，又乖合异同也。至大二年岁在己酉十二月廿四日，孟𫖯书。

孟𫖯适承惠顾，甚感。《兰亭考》已写毕，敬此奉纳，殊不佳也。孟𫖯顿首，野翁教授足下。

余今日见此简，真足惭惶杀人也。子昂。（现藏台北"故宫博物院"）

自题行书杜甫秋兴诗

右少陵《秋兴》八首，盖古今绝唱也。沈君以此纸求书，因为书此。纸短，仅得其四耳。子昂题。

此诗是吾四十年前所书，今人观之未必以为吾书也。子昂重题，至治二年正月十七日。（现藏上海博物馆）

自题草书千字文

吾甥张景亮以此纸求书《千文》，属吾有京师之行，趣迎上道，不能作楷，乃为书行草二本，时至元丙戌十二月也。次年三月，驰驿至崇德，陈君养民持以见示，始知景亮盖为陈君求也。陈君又必欲书识其后，就馆中借笔墨记而归之。开封赵孟𫖯题。（现藏上海博物馆）

自题行书陶潜归去来辞并序

大德元年十二月五日，受益检校过仆松雪斋，天大寒，以火炙研，为书此文。孟俯。（现藏上海博物馆）

自题行书司马相如雪赋

大德二年日短至，写与班彦功。子昂。（现藏山东省博物馆）

自题行书曹植洛神赋

大德四年四月廿五日，为盛逸民书。子昂。（现藏天津博物馆）

自题行楷书苏轼赤壁二赋册

大德辛丑正月八日，明远弟以此纸求书二赋，为书于松雪斋，并作东坡像于卷首。子昂。（现藏台北"故宫博物院"）

自题行楷书曹植洛神赋

大德五年岁在辛丑十一月甲子，快雪时晴，书于松雪斋。子昂。（见《筠清馆法帖》，现藏中国国家图书馆）

自题行书吴兴赋

吾年廿余作此赋，今四十有九矣，学无日益之功，援笔之余，深以自愧而已。大德六年二月廿三日，子昂记。（现藏浙江省博物馆）

自题行书周易系辞

大德九年十月十一日，谒介真馆，为南谷尊师书此章。弟子赵孟頫。（现藏故宫博物院）

自题行书玄都坛歌

大德十年正月十八日,南谷尊师过我车桥之馆,要写古诗,乃书此篇。弟子吴兴松雪道人赵孟頫书。 (现藏故宫博物院)

自题行书苏轼古诗卷

大德十年十月初,余谒中峰老师,适它出,与我月林上人话及东坡《次韵潜师》之语,出纸墨索书一通,以为禅房清供。呵呵。三教弟子赵孟頫记。 (现藏台北"故宫博物院")

自题行书天冠山诗帖(拓本)册

道士祝丹示余《天冠山图》,求赋诗,将刻石山中,为作此廿八首。延祐二年十月廿四月。松雪道人。 (师西敦室石刻)

自题老子像及楷书道德经

延祐三年岁在丙辰三月廿四、五日,为进之高士书于松雪斋。(现藏故宫博物院)

自题行书归去来辞卷

延祐五年二月廿八日为云山书,子昂。 (现藏浙江省湖州博物馆)

自题行书五律寄题杜尊师白云庵琼秀亭

吾昔年为先师杜真人赋此二诗,今其弟子袁安道来索书,因写与使藏之。延祐六年十二月廿九日松雪斋书。子昂。

前诗似更有二句,然老昏忘之矣。 (现藏故宫博物院)

自题楷书汲黯传册

延祐柒年九月十三日,吴兴赵孟頫手抄此传於松雪斋。此刻有唐人之遗风,余仿佛得其笔意如此。 (现藏日本东京永青文库)

自题行书苏轼西湖诗卷

延祐七年秋,与明远游西湖诸名刹,见东坡数作,併录一过。子昂。 (现藏台北"故宫博物院")

自题行楷书道经生神章卷

延祐七年十月,前翰林学士承旨、荣禄大夫、知制诰兼修国史赵孟頫,为隐真庵开山道士何道坚书。 (现藏故宫博物院)

自题行书七律趵突泉

君二题均济南近郭佳处,公谨家故齐也,遂为书此。孟頫。 (现藏台北"故宫博物院")

自题行书二赞二图诗卷

《太湖石》赞:猗拳石,来震泽。莽荡荡,太古色。玄云兴,黝如墨。冒八荒,雨万物。卷之怀,不盈尺。

《萧子中真赞》:朧朧萧子,乃我世交。有之似之,德音孔胶。环堵之宫,啸歌其中。相彼逸民,可与同风。

《题董元溪岸图》:石林何苍苍,油云出其下。山高蔽白日,阴晦复多雨。窈窕溪谷中,遭回入洲潊。冥冥猿又居,漠漠凫雁聚。幽居彼谁子,孰与玩芳草。因之发长谣,商声动林莽。

《题洗马图》:啮膝騕褭谁能御,驽骞纷纷何足顾。青丝络首锦障泥，鞭棰空劳怨长路。明窗戏写乘黄诗，洗刷归来气如怒。不须对此苦怨嗟，男儿自昔多徒步。

湖州观堂与受益外郎饮酒，一杯之余，便觉醉意横生。戏书此卷，为他日一笑之资。孟𫖯。（现藏故宫博物院）

（任道斌按：《题董元溪岸图》本书卷二有载，文字略有不同；《题洗马图》本书卷三作《戏题出洗马》，文字亦略有不同，故著录备存。）

自题行书道场何山诗帖页

吾长兄之孙颇好学，性亦驯谨，时时来从吾求书，意甚嘉之。因其求写此篇，遂书与之。子昂。（现藏故宫博物院）

自题小楷书临黄庭经

大德六年十一月三日，吴兴赵孟𫖯为束季博临。

临帖之法，欲肆不得肆，欲谨不得谨。然与其肆也，宁谨，非善书者莫能知也。廿年前为季博临《黄庭》，殆过于谨。今目昏手弱，不能作矣，漫题其末而归其子善甫。至治二年四月八日，孟𫖯题。（日本长尾甲先生旧藏）

信札

十札卷（现藏上海博物馆）

致石岩（许惠碧盏札）

记事顿首再拜，民瞻宰公仁弟足下，孟𫖯谨封。

孟頫顿首再拜,民瞻宰公仁弟足下,顷闻旆从一再过吴,何不蒙见过耶。孟頫滞留于此,未得至杭,想彼中事已定。昨承许惠碧盏,至今未拜赐,岂有所待耶?兹因仁卿来,草草数字附问。旦夕到杭,又有承教之便也。不宣。孟頫顿首再拜。十二月廿七日。

致石岩(不闻动静札)

孟頫再拜,民瞻宰公仁弟足下:孟頫去年一月间到城中,知旆从荣满后便还镇江,自后便不闻动静,欲遣一书承候,又无便可寄,唯有翘伫而已。新春伏计体中安胜,眷辑悉佳,孟頫只留德清山中,终日与松竹为伍,无复一豪荣进之意。若民瞻来杭州,能辍半日暇,便可来小斋一游观也。向蒙许惠碧盏,何尚未践言耶!因便草草具记。拙妇附承婶子夫人动静。不宣。人日,孟頫再拜。

致石岩(雨中闷坐札)

孟頫方雨中闷坐,忽得惠字,乃知为雨小留,同此无赖。承示画梅及观音像,一如来意,题数字其上,却用奉纳,冀目入行潦满道,不敢奉屈,临纸驰情。不宣。孟頫再拜,民瞻宰公弟侍史。

致石岩(雨中札)

孟頫再拜,民瞻宰公老弟足下:雨中想无他出,能过此谈半日否?不别作仁卿弟简,同此拳拳。不宣。孟頫再拜。十七日,仁卿肯过此,当遣马去也。

致石岩(令弟文书札)

记事顿首复,民瞻宰公老弟足下。寓杭赵孟頫就封。七月廿七日。
孟頫顿首再拜,民瞻宰公老弟足下:孟頫奉别甚久,倾仰情深,人至，得所惠书，就审即日雅候胜常，慰不可言，承喻令弟文书，即已完备，付去人送纳外，蒙远寄碧盏，不敢拜赐，并付去人归璧，乞示至镜子，谨已祗领，感激，感激！草草具答，附此致意。令亲仁卿想安好。不宣。七月六日，孟𫖯记事再拜。

致石岩（厚贶札）

顿首再拜，民瞻公阁下。孟𫖯谨封。

孟𫖯顿首再拜，民瞻宰公老弟足下：适方走谒，不遇而归，兹枉简教，重以贱生，特贻厚贶，本不敢拜辞，又惧于得罪，强颜祗领，感愧难言。草草奉复，当图面谢。不宣。孟𫖯顿首再拜。

致石岩（炀发于鬓札）

孟𫖯再拜，民瞻宰公弟足下：别久不胜驰想。近京口客足来，所惠书，就审履候清佳。八月晦日又得书，尤以为慰。不肖自夏秋来，炀发于鬓，痛楚不可言！今五十余日，而创尚未□，盖濒死而幸存耳。想民瞻闻之，亦必□□也。承示以《墨竹》，大有佳趣，辄书数语其上，浼损卷轴，深知罪戾，不知民瞻见恕否。寄惠沉香、香环，领□感慈，未有一物奉报，想不讶也。老妇附致意阃政夫人。寒近，要鹿肉，千万勿忘。余冀尽珍重理。不宣。即日，孟𫖯再拜。

致石岩（远寄鹿肉札）

仰人至，得所惠书，就审履候胜常，深以为慰。不肖远藉庇休，苟且如昨。承远寄鹿肉，领次至以为感。但家人辈尚以为少，不审能重寄否？付至界行绢素，已如来命，写《兰亭》一过奉纳，试过目以为然乎，不然乎？紫芝有书今附来使，以书复之，冀转达拜意。仁卿弟堂上太夫人即日尊候安康，拙妇同此上问。不宣。正月廿四日，孟頫再拜。

致石岩（便过德清札）

孟頫顿首再拜，民瞻宰公仁弟足下：孟頫自去岁过德清，盖三间小屋，滞留者三月。十一日归吴兴，闻骑气已还京口，十三日钱令史来，得所惠书，审动履之祥，极慰下情，相别动是数月，满谓可以一见，不意差池，倾谒之怀，临风难写。或旆从过杭，千万一到龟溪为望，附此拜意仁卿令亲，闻携研见过，此意甚厚，何时重来，以慰翘想耶！因钱令史还桐川，作此附便奉闻，草草。不宣。孟頫再拜。

致高仁卿（翡翠石札）

孟頫再拜，仁卿学士老弟坐右：顷闻旆从到桐川，相望甚迩，何不一过我？殊恨恨也。尔来想动履胜常，闻吾弟有翡翠石，蒙爱若此，能举以见惠否？不然，当奉价拜还，唯慨然至幸！因盛季高便，草具状，未能及其他。不宣。九月廿五日，孟頫再拜。

七札册（现藏台北"故宫博物院"）

致野堂（不望风采札）

孟頫再拜，野堂提举友旧执事：孟頫不望风采，恍不记时。僧来，得所惠书，道旧如梦，其慰何可胜言！且承谆谕，俾书先安人墓石，极仞不鄙，既严命所临，又有景亮之嘱，即已如戒写付去僧。但恐笔札荒芜，恐不可用以上石。然景远学士之文自可传远也。外承润笔之惠，尤佩厚意，感激、感激！草率具答。不宣。孟頫顿首再拜。

致崔晋(去家札)

孟頫再拜,进之提举有爱执事:孟頫去家八年,得旨暂还,何图酷祸,夫人奄弃,触热长途护柩南归,哀痛之极,几欲无生!忧患之余,两目昏暗,寻丈间不辨人物,足胫瘦瘁,行步艰难,亦非久于人间者。承专价惠书,远贻厚奠,即白灵几,存没哀感。托交廿年余,蒙爱至厚,甚望吾友一来,以叙情苦,而又不至,悬想之情,临纸哽塞。不具。七月四日,孟頫再拜,进之提举友爱执事。

致晋之(数日札)

孟頫顿首,晋之足下:数日来心腹之疾大作,作恶殊甚。令亲至,得所惠书,知安善,为慰不可言。付至西洋布及报惠诸物,一一拜领,感激无喻。员印冀用情,昨仲美以为必可得,望以下意祝仲美委曲成就为佳。沈领提处绫亦望催促。令亲带来纸素,缘情绪不佳,不能尽如来戒,千万勿讶。人还,草草具答。余唯珍爱。不宣。十一日,孟頫再拜。

致季统(付至纸素札)

付至纸素,索及恶书,适有小干过吴门,未暇写,须俟吴门还,乃可奉命。却当寄僧判处附去。既而思之,恐孤来意,先作大字、兰竹等奉纳。外蒙口味之惠,一皆珍物,其余笺纸皆不佳,兰亭绢亦不佳。非厚意何以得此,只领感激无已。英公惠椒,深用佩戢,会间冀道谢,先此奉复,余俟后书。新春唯加爱,不宣。十二月廿八日,孟頫再拜。季统山长秘书足下。□□孟頫谨封。

致段辅（奉答札）

德辅教谕友爱足下，孟頫顿首谨封。

孟頫，德辅教谕友爱足下：自盛仆回奉答字后，至今未得书，想即日体候安胜，所发去物不审已得脱手未耶？急欲得钞为用，望即发至为荷、为荷，专等、专等。又不知何日入京，或且少迟留为佳。庆长老庵屋，今已有人（陈提领）成交，但珍和不令庆长老知会。今庆长老遣小徐去，中间或有争讼，望德辅添力为地。切祝、切祝。专此不具。四月十一日，孟頫。

致段辅（李长札）

顿首奉记，德辅教授友爱足下，孟頫就封。

孟頫顿首奉记，德辅教授仁弟足下：孟頫、李长去后，至今不得答书，中间亦尝具记，不审得达否？发去物想已脱手，望疾为催促，并前项余钞付下为感！乡间大水可畏，虽水来稍早，未知可救否？米又大贵，未知何以卒岁。因便略此，专俟报音。不宣。孟頫顿首奉记。

致陆垕（乡人札）

孟頫记事，顿首再拜，廉访监司相公兄阁下：孟頫近拜答后，伏想日来体候胜常。孟頫托赖亲爱，僭越有禀：乡人莘升，昨因事革闲，今欲援再叙例告状，望吾兄以孟頫之故，特与主张改正，如小弟受赐也。比由会晤，善保尊重。不宣。九月十五日，孟頫记事顿首再拜廉访监司相公兄阁下。

致中峰六札(现藏日本)

致中峰(承教札)

孟頫和南上复,中峰和上吾师侍者:俊兄来,得所惠书,审即日道体安隐,深慰下情。承教"若人识得心,大地无寸土"之说,无他,只是一个无是无非,无管无不管,没义味之极,当自有得。一切葛藤、一切公案,皆是系驴橛的样子耳。和上大慈悲,而弟子日堕在尘埃中,孤负提警之意,面发赤,背汗下。因俊兄还山,草率且复来书。老妻附致顶问之意,不宣。二月九日,孟頫和南呈。《师子院记》留在杭州,他日寻检上纳中峰和上吾师。孟頫和南呈谨封。

致中峰(长儿札)

弟子赵孟頫和南再拜,本师中峰和上座前:孟頫去岁九月离吴兴。十月十九日到大都,蒙恩除翰林侍读学士。廿一日礼上,虚名所累至此。十二月间,长儿得嗽疾寒热,二月十三日竟成长往。六十之年,数千里之外,罹此荼毒,哀痛难胜。虽明知幻起幻灭,不足深悲,然见道未澈,念起便哀,哭泣之余,目为之昏。吾师闻之,政堪一笑耳。今专为写得《金刚经》一卷,附便寄上(今先发其柩归湖州)。伏望慈悲与之说法转经,使得证菩提,不胜大愿。此子临终,其心不乱,念"阿弥陀佛"而逝。若以佛语证之,或可得往生也。老妻附问信,不宣。弟子赵孟頫和南拜上。二月廿七日。

致中峰(暂还札)

孟頫和南拜复,中峰和上吾师:孟頫自四月间得旨暂还,为先祖考立碑,五月间离都,触暑远涉,虽幸而孟頫与老妻、小儿皆善达,而童仆多病,死者三四人,其况可想。六月廿日到家,继而月师过访，备知吾师住六安山中，道体安隐，甚善。但俗境相驱迫，固不得不尔。然佛、菩萨用心，恐未必如此逃避也。世事如云，可拨遣即拨遣，不可拨遣亦随缘而已，何必尔耶！此亦吾师所了，殆是代吾师自说法耳。故愚见以为不如且还浙间，亦省事清心之一端，尊见以为如何？孟頫世缘缠绕，未易得脱，蒙圣上深眷，田里恐难久住。甚迟吾师来归，相见一言乃至望也。因用兄行，草草作此，老妻附此问信，不宣。一月十一日，弟子赵孟頫拜复。

致中峰（幼女夭亡札）

孟頫和南再拜，中峰和上吾师侍者：俊兄来，蒙赐书，就审即日道体安隐，深慰下情。孟頫不幸，正月廿日幼女夭亡，哀怀伤切，情无有已。虽知死生分定，去来常事，然每一念之，悲不能胜。兼老妇钟爱此女，一旦哭之，哀号度日，所不忍闻。近写《金刚经》一卷，却欲寻便上纳。今得俊兄来，就浼其持去，望师父于冥冥中提诲此女，使之不昧明灵，早生人天，弟子不胜悲泣愿望之至！《法华经》已僭越题跋，承惠柳文，感佩尊意。老妇附此上谢（摩姑一裹，聊充供养）。甚望师父一来，为亡女说法，使之超脱。伏惟仁者慈悲，惠然肯临，幸甚！不宣。弟子孟頫和南再拜。（现藏日本东京静嘉堂文库美术馆）

致中峰（佛法札）

孟頫和南拜复，中峰和上吾师侍者：孟頫平生承祖父之荫，无饥寒之窘，读书不敢谓博，然亦粗解大意，其于佛法，十二时间时时向前，时时退后，见人说东道西，亦复随喜。然自今者一瞻顶相，蒙训诲之后，方知前者真是口头眼前无益之语，深自悔恨千过，五十年无有是处。三要之说谨当铭心，以为精进之阶。闻杖锡入山，瞻恋无喻彰，侍者索回书，草草具答，书不尽言。唯吾师慈悲，时时寄声提警，乃所至愿。不宣。四月四日，弟子孟頫和南中峰和上吾师。赵孟頫和南复谨封。（现藏日本东京静嘉堂文库美术馆）

致中峰（亡女札）

孟頫和南拜复，中峰和上禅师坐前：孟頫自结夏后便望杖锡之临，师非忘吾者，当必以缘事不可来耳。亡女蒙吾师资荐，决定往生，亦是此女与吾师缘熟故耶。今岁贱体虽托道庇苟安，老妻以忆女故，殊黄瘦。下次婢仆辈多病患，死者二人，极不能为怀。虽时蒙提诲，以道消息，然学道未有所见，亦未能释然，要亦念起便消，皆吾师之赐也。秋间专伺尊临，或孟頫往杭州，又得相报也。毒热，想山中清凉，道体安隐。不宣。六月廿五日，孟頫拜复和南呈，吾师中峰和上，弟子赵孟頫谨封。（现藏日本东京静嘉堂文库美术馆）

致中峰和上札卷一札（现藏故宫博物院）

致中峰（叨位札）

手书和南上，中峰和上吾师侍者，弟子赵孟頫谨封。

弟子赵孟頫和南上记，中峰和上吾师侍者：孟頫窃禄叨位，日逐尘缘，欲归未能，南望驰企。以中来，得所惠书，审道体安隐，深慰下情。远寄沈速香，极仞至意，拜领，感激难胜！以中后得报，知吾师颇苦渴疾，欲挽以中过腊，坚不可留，谨发其回。今想以平复。圣旨已得，碑文都已圆备，就有人参一斤、五味一斤拜纳。何时南还，临纸驰情！老妻自有书。不宣。弟子赵孟頫和南上记中峰和上吾师侍者。

致中峰十一札（现藏台北"故宫博物院"）

致中峰（吴门札）

中峰和上吾师侍者，孟𫖯和南谨封。

孟𫖯和南拜复，中峰和上吾师侍者：孟𫖯归自吴门，得所惠字，审道体安隐，深慰下情。示谕《陈公墓志》，即如来命，写付月师矣。送至润笔，亦已祗领。外蒙诲以法语，尤见爱念，即与老妻同看，唯有顶戴而已。此番杖锡恐可还山中？瞻望白毫，不胜翘想！不宣。弟子赵孟𫖯和南拜。

月师云，吾师近到弊舍，而弟子偶过吴门，不得一见，不胜怅然！

致中峰（俗尘札）

中峰和上老师侍者，弟子赵孟𫖯再拜谨封。

孟𫖯和南再拜，中峰和上老师侍者：孟𫖯汩汩俗尘中，每蒙尊者不弃，时时赐问，顾惟何者，乃辱过爱如此，当亦是前世有缘故耶！近一病两月，几至不起，得鲍君调理，方似小差。然眠食未复，常气力惙惙，忧之深。至于死生之说，师所谓委顺者，固已知之矣。感师提诲，情何敢忘。蒙寄惠酒豉，粒粒皆是禅味，敬领，莫知所报。阿孙回，草草道谢。春深犹寒，山中当益甚，唯珍重、珍重。不宣。孟𫖯和南再拜，廿四日。至侍者前蒙惠药，甚济所乏，冀为道谢。

致中峰（南还札）

中峰和上老师，弟子赵孟𫖯和南再拜谨封。

弟子赵孟𫖯和南上记，中峰和上老师侍者：孟𫖯得旨南还，何图病妻道卒，哀痛之极，不如无生。酷暑长途三千里，护柩来归，与死为邻。年过耳顺,罹此荼毒,唯吾师慈悲,必当哀悯,蒙遣以中致名香之奠,不胜感激。但老妻无恙时曾有普度之愿,吾师亦已允许,孟頫欲因此缘事以资超度,不审尊意以为如何?又闻道体颇苦渴疾,不知能为孟頫一下山否?若仁者肯为一来,存殁拜德,不可思议。以中还,谨具拜复,哀感不能详悉,并祈师照。不宣。弟子赵孟頫和南上记,六月十二日。

致中峰(醉梦札)

和南拜复,中峰大和尚师父侍前,弟子赵孟頫谨封。弟子赵孟頫和南拜复,中峰和上师父侍者:孟頫自老妻之亡,伤悼痛切,如在醉梦。当是诸幻未离,理自应尔。虽畴昔蒙师教诲,到此亦打不过,盖是平生得老妻之助整卅年,一旦哭之,岂特失左右而已耶!哀痛之极,如何可言!过蒙和上深念,远遣师德,赐以法语,又重以悼章,又加以祭文。亡者得此,固当超然于生死之涂,决定无疑。至于祭馔之精,又极人间盛礼,尤非所宜。蒙殁存感戢,不知将何上报师恩。虽亡者妄身已灭,然我师精神之所感通,尚不能无望于慈悲拯拔,俾证菩提,此则区区大愿。因俊兄还山,谨此具复。临纸哽塞,不知所云。六月廿八日,弟子赵孟頫和南拜复,中峰大和上师父侍前。

致中峰(还山札)

中峰大和上老师,弟子赵孟頫和南拜上谨封。

弟子赵孟頫和南再拜,中峰大和上老师侍者:昨以中还山,草草具字,陈叙下情,兹承嘉上人下访,特蒙惠书,审即日道体胜常,深用为慰。又知以中十七日方登天目,所谓普度功德,此乃先妻愿心,必须为之。但日期未敢定,临时又当上禀耳。海印虽有登山之约,然亦未可,必外承指示。卅年陈迹,宛若梦幻,此理昭然,夫复何言!

但幻心未灭，随灭随起，有不能自己者，此则钝根所障，亦冀以渐消散耳。《圆觉经》尚有三章未毕，一得断手，便当寄上。又恐字画拙恶，不堪入板，然惟师意。秋暑，不欲久滞嘉兄，恳此具复，余唯尽珍重理。不宣。孟頫和南再拜，中峰大和上老师侍者。廿三日。

致中峰（丹药札）

中峰大和上师父尊者，弟子赵孟頫和南拜复谨封。

弟子赵孟頫和南拜复，中峰大和上尊者尊前：孟頫近者拜书，谢丹药之惠，言不尽意，想蒙深察。雨后渐凉，山中气当已寒，伏惟道体安隐。孟頫自先妻云亡，凡事罔知所措，奉得雍子种种用力，稍宽焦烦。两日来觉眠食粗佳，但衰年无绪，终是苦恼。小儿时去东衡，营治葬事，略有次第。择九月初四安厝，势在朔旦日起灵，区区欲躬诣丈室，拜屈尊者为先妻起灵掩土，亦想师父寻常爱念之笃，勤勤授记。先妻于师父所言、所惠字、所付话头，未尝顷刻忘。今日至此，实是可怜！师父无奈何，只得特为力疾出山，庶见三生结集，非一时偶然会合之薄缘耳。弟子本当亲自礼拜，而老病不可去。欲令小儿去，又以丧事繁萃于此子，又去不得，故专俛月师兄代陈下情，唯师父慈悲，必肯为弟子一来。若蒙以他故见拒，则是师父于亡妻不复有慈悲之念，而有生死之异也。孟頫复何言哉！临纸不胜哀痛涕泣徯望之至。不备。八月廿二日，弟子孟頫和南拜复，中峰大和上尊者尊前。

致中峰（两书札）

和南复书，中峰和上老师侍者，弟子赵孟頫谨封。

弟子赵孟頫和南再拜，中峰和上老师侍者：以中来，得两书，披读如对顶相，感激兹念，不觉泪流。盖孟頫与老妻不知前世作何因缘，今世遂成三十年夫妇；又不知因缘如何差别，遂先弃而去，使孟𫖯栖栖然无所依。今既将半载，痛犹未定，所以拳拳，欲得师父一临，以慰存没之心耳。今蒙谕，以病恼之故，弟子岂敢复有所请。赐教普度榜文情旨，仰见慈悲，此事度葬事以前必不能办，一则事绪纷忙，二则气力难办，已与以中仔细商量，直伺东衡房屋完备，就彼修设，庶望山灵川祇、方偶禁忌、亡者神识、冤亲之等，皆沾福利耳。想老师亦必以为然也。闻老师有疝气之疾，已写方与以中，恐可服也。谨此拜复。《圆觉》俟再写纳，并乞清照。弟子赵孟𫖯和南再拜，中峰和上老师侍者。

致中峰（入城札）

中峰和上老师侍者，弟子赵孟𫖯和南拜上谨封。

孟𫖯和南拜复，中峰和上老师侍者：孟𫖯、千江入城得诲帖，知杖锡以篮舆入山，盖深闻之，甚为惊叹。顷时时有人持法语见过，每以人不识好恶，与从孟𫖯求书者无异，是与不是，必要满幅盈卷。问其所以，莫知好处安在，徒使人终日应酬，体疲眼暗，无策可免。虽吾师道大语妙，不可以此为比，然其疲于应接，亦岂不然耶！和上既已入山，在孟𫖯辈便未有望见顶相之期，为之怅然，殆不容说。又，先妻无恙时曾有普度之愿，满拟和上一到东衡，为了此缘。今既不然，只得请千江主其事。若其他人，孟𫖯殊不委信，想和上亦以为然也。闻有便，草草具复，临纸不胜驰情之至。山深林密，地多阴湿，唯冀珍重、珍重。不宣。弟子赵孟𫖯和南拜复。四月十二日。

致中峰（尘事札）

中峰和上老师侍者，弟子赵孟𫖯和南谨封。

孟𫖯和南上复，中峰和上老师侍者：孟𫖯纷纷尘事中，不得以时上状，惟极驰向。渐热，伏计道体安隐。五月十日，老妻忌辰，一如前议，命千江庵主主持，了普度一事，只作一昼夜，日诵《法华》，夜施十灯十斛，兼三时宣礼《法华》忏法，区区不敢祗屈尊重。敢乞慈悲，就山中默加观想，庶使无情、有情及亡者俱获超度。孟𫖯拜德，岂有已哉。因幻住道者上山，谨附短状，余唯珍重、珍重。不宣。大拙、以中来侍，并冀道及下意。四月廿六日，弟子赵孟𫖯和南，中峰和上老师侍者。

致中峰（山上札）

手书和南拜上，中峰和上老师侍者，弟子赵孟𫖯谨封。

弟子赵孟𫖯和南拜复，中峰和上老师侍者：近数有人自山上来，知道体安隐，慰不可言。兹有少禀渎，杭州报国寺在旧内中，栋宇极大，去岁九月火灾，止存三门，犹足称雄于诸寺上。笑隐䜣老住持，欲求大和上信笔草一疏，渠欲持以为兴复之计。弟子与䜣老有文字之交，故敢干聒。方盛暑中，求法语者无数，度老师必大厌之，而孟𫖯又复有请，亦恃慈悲故耳。唯恕之而曲从之，幸甚，感甚！余唯珍重、珍重。不备。弟子赵孟𫖯和南，六月廿一日。

致中峰（疮痍札）

和南再拜，中峰和上老师侍者，弟子赵孟𫖯谨封。

弟子赵孟𫖯和南再拜，中峰和上老师侍者：孟𫖯政以久不上状，侧闻苦疮痍之疾，深助耿耿，而贱体亦为老病所缠，眠食日减，略无佳况。大拙来，收两书，第二书报以中示寂，不觉失声！盖平生荷以中至为相爱，今其长往，固是无可深悲，但人情世谛，自不能已耳！和上年来多病，恐亦不必深恼。人谁无死，如空华然，此不待弟子言也。惠茶，领次知感，因大拙还，草草具答。时中惟珍重之祝。不宣。弟子赵孟𫖯和南再拜，闰月廿日。

赵氏一门合札二札

（现藏美国普林斯顿大学美术馆）

致中峰（先妻札）

孟𫖯和南拜复，中峰和上老师侍者：孟𫖯近为先妻再期，托千江达下意于尊前，伏蒙慈悲，俾千江代作佛事。既而以中奉命远访，过蒙香奠，既已白之神主前矣。所有斋仪之惠，孟𫖯寻常蒙老师哀怜，拜赐不一而足。今若又拜受，实是惶愧，谨附以中归纳，切告矜察。此番幸得缘事周圆，愿心不负，又谢老师特为修设，佛无妄语，先妻必然有超度之望，无非皆出老师之恩。孟𫖯伏楮，不胜悲感之极！百冗作字，不谨。时暑，惟冀珍重。不宣。弟子赵孟𫖯和南拜复，五月十一日。

中峰和上老师，弟子赵孟𫖯和南拜复谨封。

致束季博（草率札）

孟𫖯顿首再拜，季博提举相公尊亲家阁下：孟𫖯顷草率奉记，随蒙赐答，极慰倾驰之情。兹承惠书，知体中小不安，不审所苦者何？今进何药？堂上尊夫人想日来履候康和，欲得令弟暂还，今发一文字去，如此即可归也。人回，谨此具复。炎暑，唯厚加珍爱之祷。不宣。赵孟𫖯顿首再拜。记事顿首再拜，季博提举相公尊亲家，忝眷赵孟𫖯谨封。

尺牍二帖册二札（现藏台北"故宫博物院"）

致丈人节干（除授未定札）

孟𫖯上复，大人节干、丈母县君：孟𫖯一节不得来书，每与二姐在此悬思而已，伏想各各安佳。孟𫖯寓此无事，不烦忧念，但除授未定，卒难动身，恐二老无人侍奉，秋间先发二姐与阿彪归去。几时若得外任，便去取也。今因便专此上复。闻乡里水涝，想盘缠生受，未有一物相寄，二姐归日，自得整理。一书与郑月窗，望送达。不宣。六月廿六日，孟𫖯上复。

致郑月窗（倏尔两岁札）

孟𫖯顿首，希魏判簿乡兄足下：孟𫖯奉别诲言，倏尔两岁，追惟从游之乐，丹青之赠，南望怀感，未知所报。惟是官曹虽闲，而应酬少暇，以故欲作数字道区区之情而不可得。希魏爱我甚至，当不以为谴也。即日毒热，伏想水晶宫中夷犹自得，履候安胜，孟𫖯赖庇如昨。秋间欲发拙妇与小儿南归，以慰二老之思。时是又当致书，并以谬画为献也。家间凡百，悉望照拂，因便奉状。不宣。六月廿六日，孟𫖯再拜。

致鲜于枢三札（现藏台北"故宫博物院"）

致鲜于枢（笔意清峭札）

（常）州张治中有虞永兴《枕卧帖》，笔意清峭，绍兴府内故物，足为希代之宝，吾兄伯几不可不知也。首云"枕卧来七、八日"，末云"世南呈"，凡十余行。倾都下四次借阅，因不肖嗟赏，遂尔宝秘。不尔，亦不甚爱，可惜，可惜！有建业文房之印、绍兴小玺，平生谨见此一种虞书耳。世南字漫本不知为何人书？苦苦相问，不能固拒，遂道与之，由是遂不复出。

致鲜于枢(绢素诏写札)

裴行俭工草、隶名家,帝尝以绢素诏写《文选》,览之,秘爱其法,赍物良厚。行俭每曰:"褚遂良非精笔佳墨未尝辄书。不择笔墨而妍捷者,余与虞世南耳。"所撰《选谱》《草字杂体》数万言,又为"营陈、部伍、料胜负、别器能"等《四十六诀》,武后使武承嗣就第取去,不复传。

致鲜于枢(论古人画迹札)

(任道斌注:前残一行整)陆沉于尘土之中,不得致书,悬仰之怀,何可云喻。即日伏惟动静胜常。昨见教化公,言有铜器见赠,留足下处,望附良便,发与湖州舍下为感。都下绝不见古器物,书画却时得见之。多绝品,至有不可名状者。有晋人谢稚《三牛图》,妙入神,非牛非麟,古不可言。近见双幅董元著色大青绿,真神品也!韩幹《明皇试马》、张萱《日本女骑》,皆真迹。若以人拟之,是一个无拘管放泼底李思训也。上际山、下际幅,皆细描浪纹,中作小江船,何可当也。又两轴《屈原渔父》,又一轴《江乡渔父》,皆董元绝品,并双幅,不得不报耳。鲁公自书《太子少师告》《朝回马病帖》《乞米帖》,怀素《客舍》等帖,伯时《天神鬼马》,妙。又《驴鸣马惊图》。因赵彦伯侍郎南去,辄附片纸。近有新收,不惜报示也。正远,唯善护兴息。不宣。四月廿四日,孟𫖯再拜。

伯几想安胜,便中冀为道意。

致季渊二札(现藏故宫博物院)

致季渊(度日札)

宗源总管相公尊亲家阁下:孟𫖯近附便上候,当以达听。即日春气向暄，伏惟尊履佳胜。（以上四行明嘉靖间按《宗乘》填补）。春学□□孟頫□□□此□□度日，已及瓜而未代，见星而出，戴星而归，簿书期会，埋头其间，况味可想。复欲戏弄笔研，如在江左时，绝不可得。凡此皆三哥在此所见，当能一一为尊亲家道，故不敢缕陈耳。三哥随不肖来，甚知相累。不肖受此苦恼，乃命所当然。而三哥因不肖故，亦复如是，负愧无可言者。久留于此，觉甚不便，今附因长老小归便，发其归家。唯是贪者，无以为厚贶，极不安耳。因其得行，谨此拜复。拙妇附此起居。诸位夫人。不宣。二月廿六日，眷末赵孟頫拜复。

致季渊（近见札）

二月廿六日，眷末赵孟頫拜复：近见张萱《横笛士女》，金御府题，凡五人，精神明润，远在乔仲山《鼓琴士女》上。又，李昭道《摘瓜图》，思陵题，真迹神品，绢素百破碎，山头、水纹用笔圆劲，树木皆古妙，人物面如渥丹，马绝骏伟，世间神物也。破处皆绍兴间填补。又，董元《江村春日》卷子，思陵题，青绿，微脱落，山头皆不描，但描浪纹、树石、屋木而已，虽较唐画差少古意，而幽深平旷，兴趣无穷，亦妙品。闻有宣和题韩幹《黄马》一匹，未见，并此报知。

赵管尺牍合璧卷二札（现藏故宫博物院）

致任吉卿（前岁到杭札）

记事再拜，吉卿郎中阁下，赵孟頫谨封。

孟頫记事再拜，吉卿郎中阁下：孟頫前岁到杭，多有溷扰，杜门卧病，缺然拜谢，唯有倾仰而已。兹托过爱，有所禀恳，其详悉托进之提点，备细陈渎，切望以孟頫故，力赐宛转，早得完备，拜赐非浅、非浅也。未由承教，唯珍重、珍重。不宣。孟𫖯记事再拜，二月十四日。

致崔晋（病来月余札）

家书再拜，进之提点真人亲家，赵孟𫖯谨封。

孟𫖯稽首再拜，进之提点真人亲家：□□□病来月余，眠食都废，憔悴瘦剧，极无聊赖。春寒，计惟道体请安。孟𫖯昨为女婿处张人事，曾转烦于耶律处致辞。今耶律已满，欲烦任吉卿于金郎中处宛转一言，但得照元委官徐推所问，断绝其事，幸甚。仆已作吉卿书，其事之详委，全在进之备说，乃所望也。专此干烦，千万用情为恳。不宣。孟𫖯稽首再拜，进之提点真人亲家座右。

六帖册四札（现藏台湾陈氏）

致崔晋（乍凉札）

孟𫖯顿首，进之足下：连日不得书，乍凉计，惟雅候清胜。当时遣舍侄去，本欲令其诸处投抹子，不谓其滞留不归，并无分晓回报。近闻塘门侄女自平江来，此约在中旬必到，望进之遣舍侄速归为妙。恐路上相差，不作舍侄书也。官人身起安乐，闻将北去，不审果否？望与一初商量。不肖当在几日到杭面谢，冀赐报右丞处，不知曾说得透否？望再托王成之转浼赵公，于右丞处说，如何？皂斜皮靴若已办，乞令万八送至为感。孟𫖯顿首。

致吴森（经率札）

孟𫖯顿首再拜，静心相干心契足下：孟𫖯经率有白，令遣小计去，望收留之，切告，勿令此间觉可也。专此数字，唯加察，不宣。孟𫖯顿首再拜。记事顿首再拜静心相干足下,赵孟頫谨封。

致明远(惠竹札)

孟頫顿首,明远提举贤弟:达观来,得所惠书,承惠竹,甚济所乏,知感、知感!香炉既不可得,且当置之,草草数字,具复,未既欲言,不宣。三月八日,孟頫上复。

致次山(窃禄札)

孟頫再拜,次山总管仁弟足下:别来倏已二载,日坐扰扰,不得时奉书,伏想履候清佳。不肖窃禄于此,欲归而未可得,此心殊摇摇也。因十哥还,见中援笔具字,极草草,余唯善护。老妻致意间政夫人。不宣。正月十九日,孟頫再拜。皮帽一枚同往。记事再拜次山总管仁弟足下,孟頫谨封。

赵孟頫集册四札(现藏故宫博物院)

致彦明(宗阳宫札)

孟頫记事再拜,彦明郎中乡弟足下:前言所言,宗阳宫借房,请任先生开讲,今已借得门西屋两间。彦明疾早择日收拾生徒为佳,想吾弟必不迟耳也。专此。不宣。十月十三日,孟頫再拜。

致赵孟顾(违远札)

孟頫拜复,兄长教授学士尊前:孟頫违远,已复兼旬,不胜尊仰。近闻回自鄀南,甚望尊斾过此一番。如蒙惠然贲临,深慰下情。因五兄便,草草拜复,颙俟之至。不备。十二日,孟頫拜复。

致段辅 (近来吴门札)

孟頫纪事顿首，德辅教谕仁侄足下：近来吴门，曾附便寄书与德俊令弟，不见回报，不审前书得达否？昨令弟求书《老子》，今已书毕，带在此，可疾忙报令弟来取。长兴刘九舍亦在此，德辅可来嬉。数日前，发至观音，已专人纳还宅上，至今不蒙遣还余钱，千万付下以应用。颙俟、颙俟。老妇附致意堂上安人。不宣。十四日，孟頫记事顿首。

致赵总管 (过蒙札)

孟頫记事顿首再拜，总管相公宗兄阁下：孟頫前者家兄过蒙照管，此者吾兄以孟頫之故，感激难胜。即日炎热，伏惟尊候胜常。学寅康振孙旧在常学有俸，其人至贫，借此以活。而近乃有住支之行，望吾兄怜其寒素，特与放支，岂胜幸甚！未由侍教，伏乞倍保尊重。不宣。孟頫顿首再拜。

三元人合卷一札（现藏故宫博物院）

致王利用 (入城札)

孟頫顿首，国宾山长学士友爱足下：孟頫自顷得答字，云行当入城，日望文斾之来，而岁事更新已复一月，其悬想之意殊拳拳也！人至，得所惠字，乃知疾患渐安，极用为慰。户役造船之扰，虽不能不动心，然要当善处，恐来可缘此便为释老之归。释老二家，又岂能尽无事耶！此却非细事，更须详思，切祝、切祝。承索先人《墓表》，谨以一本上纳，盖先子没四十余年，而墓石未建，念之痛心，故勉强为之。才薄劣不能制奇文，力薄不能立丰碑，此皆可深恨者！

非国宾相知，不敢及此。名印当刻去奉进。承别纸惠画绢、茶，与鹿鸠、鱼干、乌鸡、新笋，荷意其厚，一一祗领，不胜感激！偶有上党紫团参一本，恐可入喘药，附去人奉纳，冀留顿。未承教问，唯厚自爱。老妇附承堂上安人动履。不宣。闰月一日，孟𫖯再拜。

乌鸡不阉者求一二对作种，无则已之。

手书再拜复，国宾山长友爱足下，赵孟𫖯谨封。

十二尺牍卷一札（现藏上海博物馆）

致杜道坚（腹疾札）

孟𫖯稽首再拜，南谷真人尊师侍者：数日来苦腹疾，不果诣前问候，不胜驰仰。兹被诲帖，惠以新冠，领次感激无喻。叔实不幸长逝，昨日闻之，为之痛伤。惜哉薄命，乃至是耶！恨客囊萧索，无以为助，聊以十两奉之，冀为转达。今晚还吴兴，不能诣别，唯善保道体，不宣。孟𫖯再拜，南谷真人尊师侍者。

元贤词翰册一札（现藏故宫博物院）

致达观（惠书札）

达观长老禅师，孟𫖯和南上记谨封。来人钞一两。

孟𫖯和南上复，达观长老禅师道契：孟𫖯政此驰仰，忽承惠书，深切欣浣。凉笋之饷，尤见厚意，领次感激！所索书已与施老言之，不复赘及。田提领记事，敬此奉纳，余唯早还。不宣。孟𫖯和南上复。

尺牍诗翰一札（现藏台北"故宫博物院"）

致明远（柔毛札）

孟𫖯书致明远提举贤弟坐右：孟𫖯别来每切怀想。极寒，计惟动履胜常。兹有柔毛一牵、年粉十封、朱橘一拌、蜜果十桶，专仆驰纳，聊见微意，一笑留之，幸甚！不宣。

东衡帖卷一札（现藏吉林省博物院）

致园中（种松札）

孟𫖯记事，园中□□□。

□□提举足下：自来奉字，每深驰想。家间两次发到所寄书及田上帐，已收。龙洞并一应山，望都与遍种松，切祝、切祝。东衡穴边地，望都与买了，价钞可于舍侄处取。此间勾当，非不在心，但机会少，法度密，费用大，心逮而力不逮也。徐庭玉备知艰难，他日必能详言。如欲之，可遣人来为佳。因便奉记，莫尽欲言。不宣。

闰月十日，孟𫖯记事致。

赵书真行二体千字文卷
附尺牍一札（现藏故宫博物院）

致崔晋（不蒙惠字札）

孟𫖯顿首启事，进之提举友爱足下：久不蒙惠字，想为况情适。

不肖托庇，平平无足道者。前者发来丝栏绢，今写真草《千文》奉还，冀示至。因便率尔数字。不宣。十一月二十九日，孟𬭬顿首。

致张景亮书札册一札（现藏中国国家博物馆）

致张采（荣上札）

孟𬭬致书，景亮县尹贤甥坐右：别去来久，已深驰想。伏计荣上之后，吏敬民爱，伫听政声，以慰老怀。语溪濮慰润，遣人来为其小令嗣求令女秀姐，其意勤勤恳恳，前者以其长子年长，今则小男年既相若，于理亦可许之，托老夫致此意。兼已曾令福寿长老达意于嫂，嫂云："一从景亮言语。"用敢再以为请。今令人去，如蒙允可，望付下草帖，濮家自来起细帖。专此奉字。不具。孟𬭬书致，十一月二日。

杂书四帖二札（现藏故宫博物院）

致牟应龙（旬日札）

再拜，成甫宰公致政老兄，孟𬭬谨封。孟𬭬旬日不面，仰驰如渴，得示，承体候无恙，深以为慰！仆病体两日来稍似小减，然亦未见其复常之渐，心甚忧之。但得脚肿小退，气不滞急，知饮食之味，已为幸矣。天日晴暖，不妨略过作半日谈，甚望公来也。孟𬭬再拜。成甫宰公致政老兄阁下。闰月七日。

为牟应龙（乞米札）

友人牟成甫之贫，香严所谓"锥也无"者。丰年犹啼饥，况此荒歉，将何以望其腹，而赡其老稚！渊明乞食、鲁公乞米，赖多古贤，可为口实。仁人义士有能捐鲁肃之困，而实莱芜之甑者乎？吴兴赵孟𫖯白。

元乐善堂四札（现藏中国国家图书馆）

致顾信（骑从南还札）

孟𫖯顿首记事，善夫提举相公执事：孟𫖯近以骑从南还，深以为喜。即日春深尚寒凉，惟雅候安胜。孟𫖯自新正以来一病几死，今方小恙。然眠食尚未复常，气力惙惙。湖州杂造局沈升解纳附余钱物前去，如达，望照觑是幸。专此奉记，余唯自爱，不宣。十六日。孟𫖯顿首记事，善夫提举相公执事。

致顾信（政此驰想札）

孟𫖯记事顿首，善夫副使友爱足下：政此驰想，真空来，得所寄书并惠捣光纸，知感、知感！就审雅候胜常，尤用为望。承发至素扇及纸，索及恶书，一如来意，写付真空，附纳善视。至闻颇有过此之意，果否？万万具复。时中自爱，不宣。四月五日，孟𫖯顿首。

记事顿首，顾善夫副使友爱足下，孟𫖯就封。

致顾信（吴中札）

孟𫖯顿首奉复善夫副使足下：初六日到吴中，寻足下不见，极用怅然。初八日人至，乃得所惠书，知中秋曾到此，以眷鞘渐迄而还，殊以为感。发至碑文已一一如来命补写奉纳外,蒙海带之寄,尤仞厚意,领次感愧、感愧!今当记事奉复。赵孟𫖯谨封顾善夫副使足下。

北行渐远,唯加爱,不宣。九月八日,孟𫖯顿首。

致顾信(人至得书札)

孟𫖯记事顿首,善夫提举友爱足下:人至得书,蒙惠大笔,甚感。尔来神情惓惓,于书画大是无兴,以故都不曾作。方命皇恐,想不怪也。朱仲深帧子亦不曾画得,旦夕当奉纳也。人欲还,草草数字奉复。时中自爱,不宣。六日,孟𫖯顿首,记事奉复。孟𫖯就封,善夫提举友爱。

四札卷(现藏上海博物馆)

致子明经历郎中尺牍卷

孟𫖯顿首再拜,子明经历郎中契友阁下:孟𫖯别去未久,其为倾渴如隔岁年。兹承专价惠书,就审即日文候胜常,慰不可言。贱体自新年来便苦喘急,今方小差,而眠食犹未复常。以故所索恶书不能即时奉命,留滞来人,极是惶恐,千万勿罪。外陆大使事,知己荷完备,感激、感激!未承教间,唯善保。不宣。孟𫖯顿首再拜。三月望日。

顿首再拜复书,子明经历郎中契友阁下。赵孟𫖯谨封。

致直夫提举姨丈(近得札)

孟𫖯再拜,直夫提举姨丈坐前:孟𫖯近得所闻,令嗣七哥遽尔仙去,不胜惊悼。谅惟贤夫妇情爱所钟,何以堪忍!然修短有数,非人力能为。切冀以理自宽,乃所至望。辄有香烛等薄奠,专人持纳,得为香白为幸。薄冷,万万宽譬自爱。老妇不及作姨姨安人书,同此拳拳。不宣。

九月十八日，孟𫖯再拜。

安家书付三哥尺牍卷

赵子昂安书付三哥收十二（画押）封。

父书致三哥。吾儿连收五四哥三书，两是林断事，官处便人。一是小高书中言，曾发书物并箱一只，寄沈公船来，至今不到，不知箱中所盛何物，只恐官司舒回行省。可报箱中所有何物，寻速便报来。张景亮处恐有便。近有惠宣使去，曾附书去，远大□水线已收。大官人书来说，路中官司可分付五四哥等，切不可与他使钞，恐分司来时惹事。我家只宜守分安静，切不可闲管，自取多事。费宅取来米发去，甚好，但至今未到，颇忧悬。食笋若办，可附林姨夫来。食笋内可一沓做四个小竹丝暖合儿来。分付胡漆匠做，须十分好样坚漆。藕褐、糖褐、百花尅丝各买十疋，若无钞，可问林姨夫借钞。若讨得普明欠钱，休问林姨夫借。于许姨妈处买了纸被包了，夹板夹着寄来，仍写钞数。此问自还林姨夫也。刘亲家敕日近恐有一受，得便令沈二哥送去，可报知毗山田主赵舍，若欠他钞，可早还之。此项莫问端僧判借，只讨普明欠钱还。绵要四把，早买来，只依李提领送来者最好。轻生绢，买十匹，六两重者亦要二匹。妈妈不别作书，传语五四哥、四二哥、六乙哥、大乙哥，不一一。

四月十三日（画押）书付。

致大兄长路教尺牍卷

孟𫖯拜复，大兄长路教尊前：前日航便，上状报书斋已到，想已达。次日却领尊赐，书报五位诸小欲买景坡庵前沈山主山作葬地，兄长主得极是。今专作沈山主书去切责之，望兄长便于令项钱内回买此山，庶不致差池也。疏斋恐有数日留，孟𫖯已尝将尊意复知，其意以为不曾与人捎常解由文字，恐有外议。孟𫖯再三恳之，乃云若兰聿者则不妨也。亦尝言兄长当自来，云甚好、甚好。今成服已毕，名得兄长一来面祝之，尤佳也。专此拜复。所苦肿，想不为大害耳，余冀慎热善保。尊重。不备。新妇附伸问礼。孟𫖯拜复。

一札卷（现藏台北"故宫博物院"）

致野翁教授《跋书兰亭考帖》卷

孟𫖯适承惠顾，甚感。《兰亭考》已写毕，敬此奉纳。殊不佳也。孟𫖯顿首，野翁教授足下。

余今日见此简，真是惭惶杀人也。子昂。（任道斌按：此行为后来自题）

一札卷（现藏日本东京国立博物馆）

致林道人尺牍页

昨留波中，口口烦浼，无以相同。铜鼓价钞一定就此奉寄，可即还之。李三处背佛画，冀时时照管催促，不致迟延为佳。传语陈居士，有好画与收一二种，亦所望也。不一一。赵子昂书致林道人。

附：代管道升三札

致婶婶（秋深札，见《元名家尺牍》，现藏故宫博物院）

道升跪复，婶婶夫人妆前：道升久不奉字，不胜驰想，秋深渐寒，计惟淑履清安。近尊堂太夫人与令侄吉师父，皆在此一再相会，想婶婶亦已知之。兹有蜜果四盌、糖霜饼四包、郎君鲞廿尾、柏烛百条拜纳，聊见微意，辱略物领，诚感当何如。未会晤间，冀对时珍爱，官人不别作书，附此致意。三总管想即日安胜，郎娘悉佳。不宣。九月廿日，道升跪复。

致亲家太夫人 (二哥久出札，见《赵氏一门合札》，现藏美国普林斯顿大学美术馆)

安书拜上，尊亲家太夫人妆前，道升谨封。

道升跪复，尊亲家太夫人妆前：道升久不上记，伏想淑候清安。二哥久出，兹喜锦还，计惟尊亲家均此欣慰。兹因遣人到宅上，漫有紫栗十斤、冬笋十斤、宽椒饼百枚、白菜三百棵，拜纳。乡里荒凉，无佳物可以寄意，辱一笑，幸甚！正寒，伏冀保爱。不宣。道升跪复。

致亲家太夫人 (久疏上状札，见《赵孟頫管道升尺牍合璧卷》，现藏故宫博物院)

家书拜上，亲家太夫人，道升谨封。来人廿两。

道升跪复亲家太夫人尊前：道升久疏上状，不任驰仰。二哥来，得书，审即日履候安裕，深用为慰。且蒙眷记，以道升将有大都之行，特有白番布之惠，祗拜厚意，感激无已。旦夕即行，相去益远，临纸驰恋，余唯加餐善保。不宣。道升跪复。

附录

何贞立序 元至元后五年

右内翰文敏赵公文集若干卷,乃其子雍所编类者也。仆年十四五时,已知世有松雪翁,而未遂一拜床下。至治初元,会试京师,则公已归湖。明年而公捐馆。又十五年,仆来官是州,而墓木已拱矣。平生愿见,卒不可得,仅及识公二子。因从假是集观之,若制诰,若碑志、记序、铭赞,若诗,若乐府,与它杂著,皆读之一再过,益信公为世所称慕者,名非虚也。然犹惜今人徒称公书法妙绝当世,而未知公学问之博、识趣之深、词章之盛,乃以其游艺之末盖其所长,是固不得为知公也。抑仆又尝见公所著书《古今文集注》,皆其盛年手所自写,此又集外之文,人尤未知之耳。公声名动当时,故虽海外遐邦,得公一言一字,靡不贵重,况得全集而观之乎!又况得亲炙之者乎!仆既以是集归之,而仲穆复俾序其首。仆谢不敢,而穆屡言之,因念仆自幼早闻公名,及长而每以不识公为恨。今虽窃禄公之乡,而九原不可作,欲执鞭而何从?使得托名集中,岂非至幸!顾戴帅初与公同时而相知者,既已序于前矣,仆何敢复僭,而亦何敢评公之文?既亟让不获,则书其集后,以致平生向慕之私而已。仲穆,其子雍字也。至元后己卯春三月朔,长沙何贞立谨书。

沈伯玉记 元至元后五年

松雪翁词翰妙天下,片言只字,人辄传玩。公薨几二十年矣,而平生所为诗文，犹未镂板。今从公子仲穆求假全集，与友原诚郑君再加校正，凡得赋五，古诗一百八十四，律诗一百五十，绝句一百四十，杂著五，序二十，记十二，碑制廿六，制诰、策题、批答廿五，赞十，铭一，题跋五，乐府二十，总五百三十四，并公《行状》《谥文》一卷，《目录》一卷，合为一十二卷，亟锓诸梓，识者得共观焉。至元后己卯良月十日，花溪沈璜伯玉书。

曹培廉记　清康熙五十二年

元赵文敏公《松雪斋集》十卷，公子仲穆所编次，至元间刊于花溪沈氏。《外集》一卷，亦沈氏家塾所刊也。家大人旧有抄本，近从长洲友人家获借先朝文博士寿承所藏原刻本，校正其讹缺，复裒他书及石刻所载，合之家藏墨迹，为《续集》一卷。其《行状》《谥文》仍列卷末，而弁《元史》本传于集首，以备参考云。世所称"元四家"，曰虞、杨、范、揭，而不及文敏，向颇疑之。及读《南村辍耕录》，述虞伯生先生尝以所作诣公，有句云："山连阁道晨留辇，野散周庐夜属橐。"公曰："美则美矣，若改'山'为'天'，'野'为'星'，则尤美。"虞先生深服之，故国朝之诗称虞、赵、杨、范、揭焉。九成先生为赵氏之甥，其考据固与耳食者异。又述伯生尝评三公诗，而自负为汉廷老吏，窃意"四家"之称，实沿于此。而杨公仲弘所作公《行状》，自言"受业于门者垂二十年"。虞公诗法又自杨公启之，于文敏皆为代兴。故或人所叩击伯生所评论，第及其同时才名相雄长之人而止，而世遂沿之，曰"四家"云尔。若以有元一代之诗论之，当自文敏公始，无疑也。又尝考《宋潜溪先生集》，称有元盛时，以文章名天下者，曰虞、欧、范、揭。其所举四家，与世所称者又异，盖特指荆楚之士言耳。他日作公《像赞》，乃云："文运中微，颓波日靡。公起东南，作天一柱。"又云：

"三百年间,西东万里。雄鸣一代,如公者几?公貌如玉,公文如金。变化莫测,照耀古今。"潜溪手定《元史》,于中原文献之传至悉,而敛衽于公若此,则公文实为有元一代作者之倡,又无疑也。公书、画并造神境,家大人尝教廉:"学书从松雪入有规矩可守,然后徐议晋、唐耳。"又曰:"须得公笔力。逐貌失神,流于姿媚,昔人所谓奴书也。"廉退而临摹,愧未肖公一二,读公遗文,益切向往。今世松雪翁帖,家置一本,而是集未获流布,深为艺林憾事,因鸠工重锓,以广其传。其他碑板文字为集中所未载者多有,不敢辄为增入,以失当时决择之意;独诗与题跋,虽公不经意处,皆可玩味,别加编辑,以续于后。若见闻所未及,则以俟博雅君子。康熙癸巳九月重阳前一日,海上后学曹培廉拜题于城书室。

谥文

初,世祖皇帝以雄才大略混一区宇,武功既成,思得通今学古之士,以弼成文治,乃遣使四出,搜访遗才。故翰林学士承旨赵公,用台臣言,首膺是选。公宋宗室子也,风采凝峻,入见世皇,上奇之,谓神仙中人。自是大加任用,扬历馆阁,荐登华显。公于诸经无所不通,而尤邃于《书》,尝作传注,以发其微。律吕之学,得不传之妙。辨郊祀配位之礼,定光天门扁之名,条分缕析,皆有根据。兹非公学问之可师者欤?素有志节,遇事敢言,议法刑曹,一去深文之弊;条事政府,屡犯权臣之威。佐郡治则平反役卒之冤,兴学校则奖励勤苦之士。兹非公政事之可法者欤?发为词章,雄深高古。柄文衡,掌帝制,有古作者之风,兹非公文章之可宗者欤?官登一品,名高四海,而处之恬然若寒素,未尝有矜己骄人之色,兹非公德行之可尊者欤?而又善书绝伦,篆、隶、行、楷,各臻其极。缝掖之士,皆祖而习之;海外之国知公名,得其书,褪袭珍藏,如获重宝。鉴品古器、玩物、法书、名画，一经目，辄能识其年代之久近、制作之工拙，此又公学问文章之绪余也。宜乎弼亮五朝，宠数优渥，而非他词臣之可比。呜呼！非世皇有公平广大之度，则无以网罗胜国之贤；非公有博雅渊深之学，则不能藻饰太平之美。君圣臣良，可谓无愧于前古者矣！谨按谥法，德美才秀曰文，好古不怠曰敏，谥曰文敏，克称其情。

封赠宣命　元至顺三年

上天眷命皇帝圣旨：翰林学士承旨、荣禄大夫，知制诰兼修国史赵孟𫖯，可赠荣禄大夫、江浙等处行中书省平章政事，追封魏国公，谥文敏，宜令准此。至顺三年三月□□日。

大元故翰林学士承旨荣禄大夫知制诰兼修国史赵公行状　元至治二年

曾祖考师垂，故宋定江军节度使、开府仪同三司、万寿观使，累赠太师，追封新兴郡王，谥恭襄。大元赠集贤侍读学士、中奉大夫、护军，追封吴兴郡公。妣卫国夫人庄氏，追封吴兴郡夫人。

祖考希永，故宋朝奉大夫、直华文阁，致仕。累赠通议大夫。大元赠资善大夫、太常礼仪院使、上护军，追封吴兴郡公。妣硕人郑氏，追封吴兴郡夫人。

考与訔，故宋正议大夫、尚书，户部侍郎兼知临安府、浙西安抚使，归安县开国子，累赠银青光禄大夫。大元累赠集贤大学士、荣禄大夫、柱国，追封魏国公。妣硕人李氏，生母丘氏，并追封魏国夫人。

公讳孟𬴊，字子昂，姓赵氏。宋太祖子秦王德芳之后。五世祖秀安僖王子偁，实生孝宗，始赐第居湖州，故公为湖州人。祖考太常府君，早卒，无子。祖妣夫人郑氏，选同宗子为之后。魏公本出兰溪房，时侍兄殿撰与詹倅湖州，夫人一见，爱其凝重，曰："是真吾子，况昭穆又相当乎！"遂以上闻，内降许之。公魏公第七子也，魏公薨，公始十一岁。生母丘夫人董公使为学曰："汝幼孤，不能自强于学问，终无以觊成人，吾世则亦已矣！"语已，泣下沾襟。公由是刻厉，昼夜不休。性通敏，书一目辄成诵。未冠试，中国子监，注真州司户参军。皇元混一后，闲居里中。丘夫人语公曰："圣朝必收江南才能之士而用之。汝非多读书，何以异于常人？"公益自力于学，时从老儒敖继公质问疑义，经明行修，声闻涌溢，达于朝廷。吏部尚书夹谷公奇之，举翰林国史院编修官，辞。至元丙戌十一月，行台治书侍御史程公钜夫奉诏搜访江南遗佚，得廿余人，公居首选，又独引公入见。公神采秀异，珠明玉润，照耀殿庭。世祖皇帝一见称之，以为神仙中人，使坐于右丞叶公之上。耶律中丞言："赵某乃故宋宗室子，不宜荐之，使近之左右。"程公奏曰："立贤无方，陛下盛德。今耶律乃以此劾臣，将陷臣于不测。"上曰："彼竖子何知！"顾遣侍臣传旨："立逐使出台，毋过今日。"立尚书省，命公草诏书，挥笔立成。上问知其大旨，喜曰："卿得之矣，皆朕心所欲言者。"诏集百官于刑部议法，公适侍立左右，上命公往共议。众欲以至元钞二百贯赃满处死。公曰："始造钞时，以银为本，虚实相权。今廿余年间，轻重相去至数十倍。虽改中统为至元，历廿年后，则至元必复如中统。使民计钞抵法，疑于太重。古者以米、绢二物及民生所须，谓之二实。银、钱与二物相权，谓之二虚。四者为直，虽升降有时，终不大相远。以绢计赃，最为适中。况钞乃宋人所造，施于边檄，金人袭而用之，皆出于不得已。又欲以此断人死命，似不足深取。"或者以公为宋宗室少年，初自

附录

南方来，诋金法不便，意颇不平。刑部郎中杨某作色而起，让公曰："今朝廷行至元钞，故犯法者以之计赃。公以为非是，岂欲沮至元钞耶？昔金人定法，亦与大儒共议，岂遽无如公者！"公曰："法者人之命，议有重轻，则不得其死。某奉诏预议，心有所不可，不敢不言。中统钞虚，改至元钞，谓至元钞终无虚时，岂有是理哉！君言不揆于理，徒欲以势相陵，何也？"杨有愧色，既出，谢曰："某之失在于不学，公之言是也。"上命时宰位置公，初拟尚书吏部侍郎，参议高明持不可。丁亥六月，授奉训大夫、兵部郎中。公总天下驿置，使客饮食之费，一岁之中，不过中统钞二千锭。此数乃至元十三年所定，计今物值高下，与是时相去几十余倍，使者征发、有司请事及外国贡献非时往来，亦日以加多。吏无以给之，强取于民。僻县小市，卖衒殆绝，旦暮喧争，不胜其扰。请于中书，增至二万锭。至元钞法滞涩不行，遣尚书刘公宣与公乘传至江南，问行省丞相慢令之罪，左右司及诸路官则径笞之。公深以为衣冠之辱，力辞。桑哥以威逼，公不得已受命，虽遍历诸郡，未尝笞一人。还朝，桑哥大以谴公，然士大夫莫不诵公之厚德。王虎臣言平江路总管赵全所为不法，诏遣虎臣按问。叶右丞执奏以为不可，不听。公进曰："赵全在平江，为政贪暴，固当治。然虎臣前守此郡，多强买人田，纵宾客为奸利，全数与之争，结怨至深。虎臣罪幸在赦前，若遣之即讯，必假公法以报私仇，甘心于全。所问纵实，人将疑其不然。"上悟，乃遣他使。桑哥为丞相，钟初鸣即坐尚书听事，六曹官后至者笞。公偶后至，断事官引公受笞，公突入都堂诉之，叶右丞大怒，责桑哥曰："古者刑不上大夫，所以养之以廉耻，教之以节义。且辱士大夫，是辱朝廷也。"桑哥惭，慰遣公，使出，自是所笞者唯曹史以下。上闻公贫，赐中统钞五十锭。庚寅五月，拜集贤直学士、奉议大夫。是岁地震，北京尤甚。地陷，黑砂水涌出，死伤者数万人，上深忧之。时驾至龙虎台，遣平章阿剌浑撒里公驰还京师，召问集贤、翰林两院官致灾之由，戒毋令桑哥知。诸公畏桑哥，终不敢言及时事，徒泛引经传，以为天道幽远，五行灾异之言多出于附会，唯慎修人事以应之而已。先是，桑哥建议遣忻都、王济等理算天下钱粮，已征数百万，未征犹数千万。州县别置牢狱，逮捕人，昼夜鞭笞，械系者相属于道，大家巨室无虑悉破坏，甚至逼人妻女为娼，风俗为之大变。一时诸使所至，征取尤甚。富人逃入山林，发兵捕之，率众拒捕，则又疑其窃发。两河之间，群盗数万人。名为理算，其实皆无名横敛，强夺于民，势焰熏灼，无敢沮其事者。公素与阿剌浑撒里公善，密告之曰："今理算钱粮，民不聊生，地震之变，实由于此。宜引唐太宗故事，大赦天下，尽与蠲除，庶几天变可弭。"阿剌浑撒里公奏如公言，上悦，从之。诏具，桑哥会两院诸公于都堂，举目圜视，诸公辟易屏息，不敢出气。公前读诏书，阿剌浑撒里公为译者，读至除免逋欠，桑哥怒，摇手以为不可，且谓必非上意。公曰："凡钱粮未征者，皆无用虚数，其人死亡已尽，何所于取？非及是时因诏书除免，它日言事者倘谓尚书省界失陷钱粮数千万，丞相何以自解，讵不为己深累耶？"桑哥悟，乃曰："吾初不知其意如此。"诏下之日，万姓大悦，有苏息之望焉。上问："留尚书、叶右丞二人优劣何如？"公对曰："梦炎向与臣父同在宋朝，是时臣甫数岁，其或忠或佞，臣所不能知。今幸得与梦炎同事天朝，梦炎为人性重厚，笃于自信，思虑甚远，善断国事，有大臣之器。李所读之书，即臣所读之书，李所知所能，臣亦无不知无不能。"上曰："卿意岂以梦炎贤于李哉！梦炎在宋，状元及第，位至丞相。贾似道怀谖误国，罔上不道，梦炎徒依阿取容，曾无一言以悟主听。李布衣之士，乃能伏阙门上书，请斩似道。是李贤于梦炎，明矣。李论事厉声色，盛气凌人，若好已胜者，刚直太过，故人多怨焉。卿以梦炎父执友，故不敢斥言其非。今朕既得卿之情，可为朕赋诗以讥刺梦炎。"公赋诗曰："状元曾受宋家恩，国困臣强不尽言。

往事已非那可说，且将忠直报皇元。"上善卒章之意，叹赏不已。公出，见彻理奉御在帐殿侧，告之曰："上论贾似道误国之罪，责留梦炎不能言之。桑哥误国之罪，甚于似道，我辈不能言，他日何以免责？第我疏远之臣，言必不听。观侍臣中读书知义理、慷慨有大节，又为上所亲信，无逾公者。夫捐一旦之命，为万姓除去残贼，此仁人之事也，公必勉之。"彻理公曰："今灾变屡见，民多流亡，盗贼遍海内，皆桑哥聚敛所致，此吾所为日夜切齿腐心者。公幸教我以有机可乘，殆天为之。"遂径至上前，极数桑哥之恶，百倍似道，不亟诛之，必乱天下。上大怒，命卫士批其颊，口鼻流血，委顿于地。少间，复呼而问之，其对如初。已而，大臣亦有继进而言者，上大悟，遂按诛桑哥。他日彻理公与公论及此事，叹曰："使我有万世名，公之力也。"尚书省罢，大臣多以罪去。中书参政贺伯颜奏："臣不通文字，大事不敢专决。今案牍盈积，四方奏请或利害所系，不以时报。臣愚，常恐得罪不久，愿陛下早择辅相，以幸天下。"上周视左右，乃属目于公曰："卿宜亟至中书，参决庶政，以分朕忧。"公辞，上慰勉再三，公终辞不拜。上问："翰林学士阎复、集贤学士宋渤二人如何？"公对曰："皆非相才也。"是日，京师传公已入中书，暮归，贺客塞门，公谢遣之，乃稍稍引去。有旨，许公出入宫门无间。每见，公语必从容久之，或至夜分乃罢。上谓公聪明绝人，刚正有守，敢为直言，数有意大用。公自惟若进处要地，必为人所忌，故辄逊辞，然侍上言于天下之事，无所不及。上尝问公曰："卿赵太祖孙耶？太宗孙耶？"公对曰："臣赵太祖十一世孙。"上曰："赵太祖真英主，其行事卿知之乎？"公对曰："臣蚤失所怙，长老不以语臣，臣不能知。"上曰："赵太祖行事多可法者，朕皆知之，暇日当以谕卿。"又尝谕公曰："朕年老，聪明有所不逮，大臣奏事，卿必与俱入。或行事过差，或意涉欺罔，卿悉为朕言之，朕方假卿自助，卿必尽力。"公谢不对，自是稀入宫中，力请补外。

壬辰正月，进朝列大夫、同知济南路总管府事，兼管本路诸军奥鲁。总管阙官，公独署府事，随事决遣，轻则谕解，讼者稀少，府事清简，或经月无系囚。有元掀儿者，役于盐官，不堪作苦，窃逃之旁郡，其父疑共役者杀之。荒泽之间，得遗骸焉，刀斧之余，唯存肩背之偏，以为子尸。逮治同役者，不胜棰楚，自诬服。公疑其冤，留之逾月，掀儿果归，府中称为神明。公之为政，每以兴学校为先务。城东有田八顷，皆膏腴地，两家争之，数十年不决。责其券，则曰："亡之于兵间。"公曰："大兵后执券以相治，犹恐不得直，况无券乎？"遂以为赡学田，繇是饩廪充羡，生徒来集。夜出巡逻，闻读书声，辄削其柱以记之，翼日，使人馈酒以劳其勤。能为辞章者，必加褒美，与之声誉，或授以法度，使慕高古。至今三十年，俊乂之士，遂为天下冠。旱，祷龙洞山，有云如车盖，随马而行，顷之，大雨骤至。逾月，复旱，东门外有龙潭，潭上有庙，公为文以责之，是夜雷雨大作，槁苗复苏。白直数人共盗米，其徒自首，公曰："若置之于法，将终身以累废。"乃尽舍之。比解官，数人者送至京师，号哭不能去。强盗刺面，必自临视，戒吏细书，曰："此岂欲为盗者，或迫于饥寒，或为人诖误，是以至此。"其人感泣曰："公仁人也。"转相告语，盗为衰息。成宗皇帝以修《世祖皇帝实录》召至京师。未几，归里。大德丁酉，除太原路汾州知州，兼管本州诸军奥鲁、劝农事，未上。召金书《藏经》，许举能书者自随。书毕，所举廿余人，皆受赐得官。执政将留公入翰苑，公力请归。己亥八月，改集贤直学士、行江浙等处儒学提举。秩满，至大己酉七月，升中顺大夫、扬州路泰州尹兼劝农事，未上。仁宗皇帝在东宫，收用文、武才士，素知公贤，遣使者召。庚戌十月，拜翰林侍读学士、知制诰、同修国史。及即位，辛亥五月，升集贤侍讲学士、中奉大夫。用从二品例，推恩二代。祖考赠嘉议大夫、太常卿、上轻车都尉，追封吴兴郡侯。祖妣吴兴郡夫人。考赠昭文馆大学士、中奉大夫、护军，追封吴兴郡公。妣及生母皆吴兴郡夫人。尝谒告上冢归，及半岁，复召。皇庆癸丑六月，改翰林侍讲学士、知制诰，同修国史。十一月，转集贤侍读学士、正奉大夫。延祐甲寅十二月，升集贤学士、资德大夫。丙辰七月，进拜翰林学士承旨、荣禄大夫、知制诰兼修国史。用一品例，推恩三代。曾祖考赠集贤侍读学士、中奉大夫、护军，追封吴兴郡公。曾祖妣吴兴郡夫人。祖考加赠资善大夫、太常礼仪院使、上护军，加封吴兴郡公。祖妣吴兴郡夫人。考加赠集贤大学士、荣禄大夫、柱国，加封魏国公。妣及生母皆赠魏国夫人。妻管氏，累赠魏国夫人。仁宗圣眷甚隆，字而不名，尝诏侍臣曰："文学之士，世所难得，如唐李太白、宋苏子瞻，姓名彰彰然，常在人耳目。今朕有赵子昂，与古人何异！"有所撰述，辄传密旨，独使公为之。闻与左右论公，人所不及者数事：帝王苗裔，一也；状貌昳丽，二也；博学多闻知，三也；操履纯正，四也；文词高古，五也；书画绝伦，六也；旁通佛老之旨，造诣玄微，七也。有不悦公者，间言公乃赵太祖子孙，上初若不闻，其人游辞不已，上作色以视之曰："汝言赵子昂乃赵太祖子孙，岂家世不汝若耶？"其人惶惧趋出。又有上书称，国史所载，多兵谋战策，不宜使公与闻。上大怒曰："赵子昂，世祖皇帝所简拔，以为帷幄之臣，朕悯其年老，特优以礼貌，置之于馆阁之间，使之讨论古义，典司述作，传之后世，亦足以增重国家，此属呶呶者何也？非加罪一二，无以戒来者！"于是谤者始息。上赐中统钞五百锭，谓侍臣曰："中书尝称国用不足，此必持而不与，以普庆寺别贮钞给之。"公尝累日不至宫中，上以问左右，对曰："子昂年老，畏寒不出。"遽敕御府赐貂鼠翻披。它学士撰郊天祝文，有曰："虽亥、章复生，不足以步有元之幅员。"及"谨以太祖圣武皇帝正东向之位"。公曰：

"子以其富夸之于父,可乎?公不为礼乎?大祫之制,太祖东向居中;子孙在南向,故称昭;在右者北向,故称穆。若南郊之位,上帝南面,太祖皇帝自宜西向。故事祝文,第称配天作主,公不用何也?"其人谢服,悉从公所改定。皇太后有旨,议改隆福宫名。它学士拟"光被",公拟"光天"。它学士曰:"'光天'二字出陈后主诗,不祥。"公曰:"帝光天之下,出《虞书》,何名不详!"于是各书所拟以进,卒用"光天"。初,程公钜夫荐公起家为郎,其后程公以翰林学士承旨致仕,公遂代之,先往拜其门而后入院。坐主、门生,相继为翰长,真衣冠盛事也。延祐己未五月,谒告欲归。上初以为难,既又重违其意,从之。既归,遣使赐衣段。其冬,使者趣召还朝,公以疾不能行。今上皇帝即位,至治辛酉春,遣使传旨,俾书《孝经》。寻移文乞致仕,未报。壬戌春,遣使存问,赐上尊酒、衣二称。其年六月辛巳,薨于里第之正寝。是日,犹观书作字,谈笑如常时,至暮翛然而逝。年六十有九。魏国夫人先四年薨。子男三人:长亮,早卒;次雍,次奕。九月丙午,雍等奉公柩与魏国合葬于德清县千秋乡东衡山原,从治命也。公治《尚书》,尝为之注,多所发明。律吕之学尤精,深得古人不传之妙。著《琴原》《乐原》各一篇。性善书,专以古人为法,篆则法《石鼓》《诅楚》,隶则法梁鹄、钟繇,行草则法逸少、献之,不杂以近体。他人画山水、竹石、人马、花鸟,优于此或劣于彼,公悉造其微,穷其天趣,至得意处,不减古人。事有难明,情有难见,能于手书数行之内,尽其曲折。尤善鉴定古器物、法书、名画,年祀之久近,谁某之所作,与其真伪,皆望而知之,不待谛玩也。诗赋文辞,清邃高古,殆非食烟火人语,读之使人飘飘然若出尘世外。或得其书,不翅拱璧,尺牍亦藏去为荣。手写释、道书,散之名山甚众。天竺国在西徼数万里外,其高僧亦知公为中国贤者,且宝其书。然公之才名颇为书画所掩,人知其书画而不知其文章,知其文章而不知其经济之学也。

素鄙尘事,家务一委之夫人,毫发不以于虑,专意诗书。夫人,公同里人也,讳道升,字仲姬,有才略,聪明过人,亦能书,为词章,作墨竹,笔意清绝。仁宗尝取其书,合公及子雍书,善装为卷轴,识之御宝,藏之秘书监,曰:"使后世知我朝有一家夫妇父子皆善书,亦奇事也。"公性持重,未尝妄言笑,与人交,不立崖岸,明白坦夷,始终如一。有过辄面加质责,虽气色沮丧,不少衰止。然直而不讦,故罕有怨者。被遇五朝,官登一品,名满天下,而未始有自矜之色,待故交无异布衣时。扁燕处曰"松雪斋",自号"松雪道人",所著词章曰《松雪斋文集》。婚嫁既毕,方将优游斋中,膺潞灉之养,以逸其老,而汔不遂此志。呜呼痛哉!载受业于公之门几廿年,尝次第公语,为《松雪斋谈录》二卷,复采其平生行事以为行状,谂当世立言君子,且移国史院请立传,移太常请谥,谨状。

至治二年八月□日,承务郎、饶州路同知浮梁州事杨载状。

赵孟𫖯传 《元史》卷一七二

赵孟𫖯,字子昂,宋太祖子秦王德芳之后也。五世祖秀安僖王子偁,四世祖崇宪靖王伯圭。高宗无子,立子偁之子,是为孝宗,伯圭其兄也,赐第于湖州,故孟𫖯为湖州人。曾祖师垂,祖希永,父与訔,仕宋皆至大官。入国朝,以孟𫖯贵,累赠师垂集贤侍读学士;希永太常礼仪院使,并封吴兴郡公;与訔集贤大学士,封魏国公。孟𫖯幼聪敏,读书过目辄成诵,为文操笔立就。年十四,用父荫补官,试中吏部铨法,调真州司户参军。宋亡,家居,益自力于学。至元二十三年,行台侍御史程钜夫奉诏搜访遗逸于江南,得孟𫖯,以之入见。孟𫖯才气英迈,神采焕发,如神仙中人。世祖顾之喜,使坐右丞叶李上。或言:"孟𫖯宋宗室子,不宜使近左右。"帝不听。时方立尚书省,命孟𫖯草诏颁天下,帝览之,喜曰:"得朕心之所欲言者矣。"诏集百官于刑部议法，众欲计至元钞二百贯赃满者死。孟頫曰："始造钞时，以银为本，虚实相权。今二十余年间，轻重相去至数十倍，故改中统为至元。又二十年后，至元必复如中统。使民计钞抵法，疑于太重。古者，以米、绢民生所须，谓之二实。银、钱与二物相权，谓之二虚。四者为直，虽升降有时，终不大相远也。以绢计赃，最为适中。况钞乃宋时所创，施于边郡。金人袭而用之，皆出于不得已。乃欲以此断人死命，似不足深取也。"或以孟頫年少，初自南方来，讥国法不便，意颇不平，责孟頫曰："今朝廷行至元钞，故犯法者以是计赃论罪，汝以为非，岂欲沮格至元钞耶？"孟頫曰："法者人命所系，议有重轻，则人不得其死矣。孟頫奉诏与议，不敢不言。今中统钞虚，故改至元钞，谓至元钞终无虚时，岂有是理！公不揆于理，欲以势相陵，可乎？"其人有愧色。帝初欲大用孟頫，议者难之。二十四年六月，授兵部郎中。兵部总天下诸驿，时使客饮食之费几十倍于前，吏无以供给，强取于民，不胜其扰，遂请于中书增钞给之。至元钞法滞涩不能行，诏遣尚书刘宣与孟頫驰驿至江南，问行省丞相慢令之罪，凡左右司官及诸路官，则径笞之。孟頫受命而行，北还，不笞一人。丞相桑哥大以为谴。时有王虎臣者，言平江路总管赵全不法，即命虎臣往按之。叶李执奏不宜遣虎臣，帝不听。孟頫进曰："赵全固当问，然虎臣前守此郡，多强买人田，纵宾客为奸利，全数与争，虎臣怨之。虎臣往，必将陷全，事纵得实，人亦不能无疑。"帝悟，乃遣他使。桑哥钟初鸣时，即坐省中，六曹官后至者，则笞之。孟頫偶后至，断事官遽引孟頫受笞，孟頫入诉于都堂，右丞叶李曰："古者刑不上大夫，所以养其廉耻，教之节义。且辱士大夫，是辱朝廷也。"桑哥亟慰孟頫，使出，自是所笞唯曹史以下。他日行东御墙外，道险，孟頫马跌，堕于河。桑哥闻之，言于帝，移筑御墙稍西二丈许。帝闻孟頫素贫，赐钞五十锭。二十七年，迁集贤直学士。是岁地震，北京尤甚，地陷，黑砂水涌出，人死伤数十万。帝深忧之，时驻跸龙虎台，遣阿剌浑撒里驰还，召集贤、翰林两院官询致灾之由。议者畏忌桑哥，但泛引经传及五行灾异之言，以修人事、应天变为对，莫敢语及时政。先是桑哥遣忻都及王济等理算天下钱粮，已征入数百万，未征者尚数千万，害民特甚，民不聊生，自杀者相属，逃山林者则发兵捕之，皆莫敢沮其事。孟𫖯与阿剌浑撒里甚善，劝令奏帝赦天下，尽与蠲除，庶几天变可弭。阿剌浑撒里入奏如孟𫖯所言，帝从之。诏草已具，桑哥怒，谓必非帝意。孟𫖯曰："凡钱粮未征者，其人死亡已尽，何所从取？非及时除免之，他日言事者倘以失陷钱粮数千万归咎尚书省，岂不为丞相深累耶？"桑哥悟，民始获苏。帝尝问叶李、留梦炎优劣，孟𫖯对曰："梦炎臣之父执，其人重厚，笃于自信，好谋而能断，有大臣器。叶李所读之书，臣皆读之；其所知所能，臣皆知之能之。"帝曰："汝以梦炎贤于李耶？梦炎在宋为状元，位至丞相。当贾似道误国罔上，梦炎依阿取容。李布衣，乃伏阙上书，是贤于梦炎也。汝以梦炎父友，不敢斥言其非，可赋诗讥之。"孟𫖯所赋诗，有"往事已非那可说，且将忠直报皇元"之语，帝叹赏焉。孟𫖯退，谓奉御彻里曰："帝论贾似道误国，责留梦炎不言。桑哥罪甚于似道，而我等不言，他日何以辞其责？然我疏远之臣，言必不听。侍臣中读书知义理、慷慨有大节，又为上所亲信，无逾公者。夫捐一旦之命，为万姓除残贼，仁者之事也，公必勉之。"既而，彻里至帝前数桑哥罪恶，帝怒，命卫士批其颊，血涌口鼻，委顿地上。少间复呼而问之，对如初。时大臣亦有继言者，帝遂按诛桑哥。罢尚书省，大臣多以罪去，帝欲使孟𫖯与闻中书政事，孟𫖯固辞。有旨，令出入宫门无禁。每见，必从容语及治道，多所裨益。帝问："汝赵太祖孙耶？太宗孙耶？"对曰："臣太祖十一世孙。"帝曰："太祖行事汝知之乎？"孟𫖯谢不知。帝曰："太祖行事多可取者，朕皆知之。"孟𫖯自念久在上侧，必为人所忌，力请补外。二十九年，出同知济南路总管府事。时总管阙，孟𫖯独署府事，官事清简。

有元掀儿者，役于盐场，不胜艰苦，因逃去。其父求得他人尸，遂诬告同役者杀掀儿。既诬服，孟𫖯疑其冤，留弗决。逾月，掀儿自归，郡中称为神明。金廉访司事韦哈剌哈孙素苛虐，以孟𫖯不能顺其意，以事中之。会修《世祖实录》，召孟𫖯还京师，乃解。久之，迁知汾州，未上。有旨，书金字《藏经》，既成，除集贤直学士、江浙等处儒学提举。迁泰州尹，未上。至大三年，召至京师，以翰林侍读学士与他学士撰定祀南郊祝文，及拟进殿名，议不合，谒告去。仁宗在东宫，素知其名，及即位，召除集贤侍讲学士、中奉大夫。延祐元年，改翰林侍讲学士，迁集贤侍讲学士、资德大夫。三年，拜翰林学士承旨、荣禄大夫。帝眷之甚厚，以字呼之而不名。帝尝与侍臣论文学之士，以孟𫖯比唐李白、宋苏子瞻，又尝称孟𫖯操履纯正、博学多闻、书画绝伦，旁通佛、老之旨，皆人所不及。有不悦者间之，帝初若不闻者，又有上书，言国史所载不宜使孟𫖯与闻者，帝乃曰："赵子昂，世祖皇帝所简拔，朕特优以礼貌，置于馆阁，典司述作，传之后世，此属呶呶何也！"俄赐钞五百锭，谓侍臣曰："中书每称国用不足，必持而不与，其以普庆寺别贮钞给之。"孟𫖯尝累月不至宫中，帝以问左右，皆谓其年老畏寒，敕御府赐貂鼠衣。初，孟𫖯以程钜夫荐，起家为郎。及钜夫为翰林学士承旨，求致仕去，孟𫖯代之，先往拜其门，而后入院，时人以为衣冠盛事。六年，得请南归，帝遣使赐衣币，趣之还朝，以疾不果行。至治元年，英宗遣使即其家，俾书《孝经》。二年，赐上尊及衣二袭。是岁六月卒，年六十九。追封魏国公，谥文敏。孟𫖯所著有《尚书注》；有《琴原》《乐原》，得律吕不传之妙。诗文清邃奇逸，读之使人有飘飘出尘之想。篆、籀、分、隶、真、行、草书，无不冠绝古今，遂以书名天下。天竺有僧，数万里来求其书归，国中宝之。其画山水、木石、花竹、人马，尤精致。前史官杨载称孟𫖯之才颇为书画所掩，知其书画者不知其文章，知其文章者不知其经济之学。人以为知言云。子雍、奕，并以书画知名。

四库全书总目提要·松雪斋集提要

《松雪斋集》十卷、《外集》一卷 江苏巡抚采进本

元赵孟頫撰。孟頫，字子昂，宋太祖之后，以秀王伯圭赐第湖州，故为湖州人。年十四，以父荫入仕。宋亡家居，会程钜夫访遗逸于江南，以孟頫入见，即授兵部郎中，累官翰林学士承旨。卒，追封魏国公，谥文敏。事迹具《元史》本传。杨载作孟頫《行状》，称所著有《松雪斋诗集》，不详卷数。明万历间，江元禧所编《松雪斋集》，寥寥数篇，实非足本。惟焦竑《经籍志》载孟頫集十卷，与此本目次相合。而史所《琴原》《乐原》，得律吕不传之妙者，检勘均在其中；《外集》杂文十九首，亦他本所未载，盖全帙也。孟頫以宋朝皇族，改节事元，故不谐于物论。观其《和姚子敬韵》诗，有"同学故人今已稀，重嗟出处寸心违"句，是晚年亦不免于自悔。然论其才艺，则风流文采，冠绝当时，不但翰墨为元代第一，即其文章，亦揖让于虞、杨、范、揭之间，不甚出其后也。集前有戴表元序，见《剡源集》中，末题"大德戊戌"岁。盖孟頫自汾州知州谒告归里时裒集所作，请表元序之者。表元不妄许与，而此序推挹甚至，共有所以取之矣。后人编录《全集》，仍录此序以为冠，非无意也。

赵孟頫系年简编

一、青少年时期（一——三十二岁）

公元一二五四年　宋理宗宝祐二年　元宪宗四年　甲寅　一岁

九月十日，赵孟頫生于吴兴。父赵与訔四十二岁，以朝请大夫直宝祐章阁，知平江府改主管建康府崇禧观。

周密（公谨）二十三岁，戴表元（帅初）十一岁，李衎（仲宾）十岁，高克恭（彦敬）七岁，吴澄（幼清）六岁，任仁发（月山）生。

公元一二五七年　宋理宗宝祐五年　元宪宗七年　丁巳　四岁

赵与訔升太府卿。

鲜于枢（伯机）生。

公元一二五八年　宋理宗宝祐六年　元宪宗八年　戊午　五岁

始学书，习《千字文》一卷。赵与訔除秘阁修撰、江西转运副使兼知隆兴府。

邓文原（善之）生，田衍（师孟）生。

公元一二六〇年　宋理宗景定元年　元世祖中统元年　庚申　七岁

赵与訔除司农卿、兼左司郎中、复兼敕令所删修官，迁右文殿修撰、两浙计度转运副使。忽必烈即元帝位。

钱选（舜举）登进士。

公元一二六一年　宋理宗景定二年　元世祖中统二年　辛酉　八岁

赵与訔升集英殿修撰，进宝章阁待制、知临安府浙西安抚使，又迁枢密都承旨、受赐金紫服、兼总领淮西军马钱粮。赵孟𫖯随父宦游金陵。

仇远（山村）生。

公元一二六五年　宋度宗咸淳元年　元世祖至元二年　乙丑　十二岁

赵与訔赐进士出身，三月，卒于临安府第，归葬湖州，享年五十三岁。宋度宗赐银、绢以敛，赠银青光禄大夫。赵孟𫖯丧父，遵母嘱发愤勤学，昼夜不休。

公元一二七一年　宋度宗咸淳七年　元世祖至元八年　辛未　十八岁

忽必烈建国号大元，发兵南下。

杨载（仲弘）生。

公元一二七二年　宋度宗咸淳八年　元世祖至元九年　壬申　十九岁

试中国子监，注真州司户参军。

虞集（伯生）生。

公元一二七五年　宋恭宗德祐元年　元世祖至元十二年　乙亥　二十二岁

居临安（今杭州），绘《松溪图卷》。

公元一二七六年　宋端宗景炎元年　元世祖至元十三年　丙子　二十三岁

元军南下，江西提刑文天祥起兵勤王。三月，临安陷，宋恭帝降元。孟𫖯乃归，居湖州故里，从敖继公致力于学。
　　程文海（钜夫）奉元世祖诏赴江南求贤，吴澄等应诏至京师。

　　公元一二七九年　元世祖至元十六年　己卯　二十六岁
　　作成《尚书集注》初稿。
　　张世杰、陆秀夫抗元不屈死，宋帝赵昺投海死，南宋亡。

　　公元一二八二年　元世祖至元十九年　壬午　二十九岁
　　辞吏部郎中夹谷之奇荐举，拒任翰林编修当在此际。与吴澄相识于杭城，遂结为学友。

　　公元一二八四年　元世祖至元二十一年　甲申　三十一岁
　　于书铺得《淳化阁帖》三卷，结交戴表元。

　　公元一二八五年　元世祖至元二十二年　乙酉　三十二岁
　　与袁桷（伯长）相见于杭州，定交论文酬唱，出示己作之《牟端明脱靴图》《黄鲁直返棹图》。李衎来杭论画竹。

二、出仕元朝初赴大都和总管济南府时期（三十三——四十一岁）

　　公元一二八六年　元世祖至元二十三年　丙戌　三十三岁
　　草书《千字文》（上海博物馆藏）。游杭州，与袁桷为友。
　　管道升之父管伸许女与孟𫖯，当在此年。与张伯淳、凌时中等人受程文海荐应召。

　　公元一二八七年　元世祖至元二十四年　丁亥　三十四岁
　　至大都，作《初至都下即事诗》曰："海上春深柳色浓，蓬莱宫阙五云中。半生落魄江湖上,今日钧天一梦同。"任奉训大夫(从五品)、兵部郎中。随尚书刘宣出使江南,督查"至元钞法"。在杭州会周密,为题王献之《保母帖》。跋王羲之《大道帖》。此际,已结识南来的鲜于枢。

公元一二八八年　元世祖至元二十五年　戊子　三十五岁
春有湖州之行,应管道升之请,摹王羲之《黄庭经》,并绘《羲之换鹅图》于鸥波亭。秋别妻还京。有《罪出》诗。

公元一二八九年　元世祖至元二十六年　己丑　三十六岁
在衢州跋《定武兰亭帖》。观王献之《保母帖》。题钱选《八花真迹卷》。时以公事至杭州,偕妻子管道升同至京师。
顾安(定之)生。

公元一二九〇年　元世祖至元二十七年　庚寅　三十七岁
在大都,迁集贤直学士、奉议大夫(正五品)。
是岁地震,北京尤甚。子赵雍(仲穆)生。

公元一二九一年　元世祖至元二十八年　辛卯　三十八岁
得韩滉《五牛图卷》,并题。与高克恭过从甚密。

公元一二九二年　元世祖至元二十九年　壬辰　三十九岁
进朝列大夫(从四品)。自思进退,力请补外。夏,同知济南总管府事,暂还吴兴,携《五牛图》重新装池。跋欧阳询书《梦奠帖》。

公元一二九三年　元世祖至元三十年　癸巳　四十岁
在济南府东昌官舍题《五牛图》。书《盘阳路重修先圣庙记》(中国国家图书馆藏拓片)。

公元一二九四年　元世祖至元三十一年　甲午　四十一岁
忽必烈崩，成宗（铁穆耳）即位。
朱德润（泽民）生。

三、休病江南时期（四十二——四十五岁）

公元一二九五年　元成宗元贞元年　乙未　四十二岁
应成宗之召，赴大都与修《世祖实录》，管道升同行。后以病辞，偕妻归吴兴。在京为友人鉴定《唐摹褉序神龙本》。回故里后会周密，共赏所藏法书名画，并吟诗唱和，为作《鹊华秋色图》（台北"故宫博物院"藏）。
康里巎巎（子山）生。

公元一二九六年　元成宗元贞二年　丙申　四十三岁
绘《人马图卷》（纽约大都会艺术博物馆藏）。自题《千字文》卷。在杭州鲜于枢"困学斋"与友人同观赵孟坚《双勾水仙图卷》并题跋。观刘松年《乐志论图》因自行书《乐志论》于图后。观韩幹《圉人呈马图》而仿作《人骑图卷》（故宫博物院藏）。
李衎题赵孟頫小楷《过秦论》。
唐棣（子华）生。

公元一二九七年　元成宗大德元年　丁酉　四十四岁
除太原路汾州知州兼管本州诸军奥鲁劝农事，未赴。题十年前旧作《百骏图》。作《先侍郎阡表》以悼亡父。撰《尚书集注》完稿。

公元一二九八年　元成宗大德二年　戊戌　四十五岁
戴表元在杭州为《松雪斋集》作序。与周密、乔箐成、郭畀等人在鲜于枢寓舍同赏郭忠恕《雪霁江行图》、王羲之《思想帖》等真迹。题《思想帖》跋曰："祐之出右军《思想帖》真迹，有龙跳天门、虎卧凤阁之势，观者无不咨嗟叹赏，神物之难遇也。"上召赴京金书《藏经》，乃荐举江南善书者二十余人同往。书毕，名扬京师。执政欲留翰苑，以病力辞，偕管道升返吴兴。

邓文原任崇德州教授。周密卒。

四、任江浙儒学提举时期（四十六——五十六岁）

公元一二九九年　元成宗大德三年　己亥　四十六岁

作《自写小像》（故宫博物院藏）。绘《桐阴高士图》。题宋高宗书、马和之绘《孝经图册》。题顾恺之《洛神赋图》，并楷书《洛神赋》于图后，绘《秀石疏林图》（皆故宫博物院藏）。

任集贤直学士，行江浙等处儒学提举。

公元一三〇〇年　元成宗大德四年　庚子　四十七岁

书《归去来辞》并绘陶渊明像。书《黄庭经》一卷。绘《达摩像》《古木散马图》（皆台北"故宫博物院"藏）。在苏州为禅师中峰明本草庵书匾"栖云"。为康里巙巙之父撰写《神道碑》。

公元一三〇一年　元成宗大德五年　辛丑　四十八岁

行书《前后赤壁赋》，并绘苏东坡像（故宫博物院藏）。为高克恭绘《秋林平远图》。陈琳访松雪斋，作《溪凫图》，赵孟頫为之润色并题识："陈仲美戏作此，近世画人皆不及也。"（台北"故宫博物院"藏）

倪瓒（云林）生。

公元一三〇二年　元成宗大德六年　壬寅　四十九岁

行书《吴兴赋卷》。小楷书《法帖谱系杂说》一册。行书张衡《归田赋》（上海博物馆藏），书牟巘撰《嘉兴路重修儒学记》。绘《兰竹石图卷》（上海博物馆藏）。为钱德钧绘《水村图卷》，一月后再题（故宫博物院藏）。绘《兰石图卷》（故宫博物院藏）。冬，在苏州得唐人钟绍京所书《黄庭经》，并临王羲之书《黄庭经》以赠友人束季博。

鲜于枢卒，张伯淳卒。

公元一三〇三年　元成宗大德七年　癸卯　五十岁

绘《重江叠嶂图》（台北"故宫博物院"藏），虞集题诗。为张履常作《古木竹石图》（故宫博物院藏）。跋李衎绘《墨竹图》。章草书《急就篇》（台北"故宫博物院"藏）。重题赠韩定叟楷书《千字文》。

危素（太朴）生。

公元一三〇四年　元成宗大德八年　甲辰　五十一岁

绘《红衣罗汉图》（辽宁省博物馆藏）。绘《兰蕙图》，题曰："王元章吾通家子也，将之邵阳，作此《兰蕙图》以赠其行。"（美国旧金山亚洲艺术博物馆藏）。行书书札集（故宫博物院藏）。

公元一三〇五年　元成宗大德九年　乙巳　五十二岁

仍在江浙等处儒学提举任上。行书《玄都坛歌》（故宫博物院藏），赠南谷道人。绘《九歌图册》（美国纽约大都会艺术博物馆藏）。与牟应龙（成甫）中秋赏月赋词。

公元一三〇八年　元武宗至大元年　戊申　五十五岁

为李衎《四清图卷》题跋（故宫博物院藏）。行书《宝云寺记》（中国国家图书馆藏拓片）。行书《止斋记》（上海博物馆藏）。郭畀（天锡）客杭，与之游。友人吴澄任国子监丞，马昫守湖州。

公元一三〇九年 元武宗至大二年 己酉 五十六岁

任江浙等处儒学提举期满，改升中顺大夫（正四品）、扬州路泰州尹兼劝农事，尚未赴任，皇太子爱育黎拔力八达遣使来召，欲罗致大都翰苑。游吴兴，绘《竹院泉鸣图轴》（台北"故宫博物院"藏）、《松荫饲马图卷》。楷书牟巘所撰《湖州妙严寺碑记》（美国普林斯顿大学美术馆藏）。过郭畀"此静轩"，作《此静轩图》并题诗。草书《急就章》（上海博物馆藏）。

五、再次赴京时期（五十七——六十五岁）

公元一三一〇年 元武宗至大三年 庚戌 五十七岁

为李公麟临王维《辋川图》题跋。楷书《参同契》，绘《夏木垂阴图》。秋天应召离开江南赴大都，此前于杭州题跋鲜于枢临《鹅群帖》遗墨。得《定武兰亭帖》，数次临仿、题跋，有"书法以用笔为上，而结字亦须用工。盖结字因时相传，用笔千古不易"句。临王羲之《十七帖》，行楷《淮云院记》（故宫博物院藏）。冬十月，与夫人管道升同抵大都，拜翰林侍读学士（从三品），知制诰同修国史。

邓文原授江浙儒学提举，马昫为刑部尚书。高克恭卒，戴表元卒。

公元一三一一年 元武宗至大四年 辛亥 五十八岁

在太子左右，与宫中元明善、王振鹏等文艺之士往还。书《金刚经》一册以悼长子赵亮（由亮）。三月元仁宗（爱育黎拔力八达）登基，升集贤侍讲学士（从二品）、中奉大夫，管道升受封为吴兴郡夫人。奉敕为刊行《御集百本经》写序。

牟巘卒。

公元一三一二年　元仁宗皇庆元年　壬子　五十九岁

新春改元。祖、父皆得封赠，奉制《大元封赠吴兴郡公赵公碑》。请假归吴兴立先人碑。行书《送友人李愿归盘谷序》（中国国家图书馆藏拓片）。临《黄庭经卷》，临马和之《毛诗图》。绘《秋郊饮马图》（故宫博物院藏）。

邓文原召为国子司业，李衎任吏部尚书拜集贤殿大学士。

公元一三一三年　元仁宗皇庆二年　癸丑　六十岁

先任翰林侍讲学士、知制诰同修国史，转集贤侍读学士、正奉大夫。作《渔父词》二首和管夫人。

黄公望赴大都，升中台察使院职，旋弃官南归。

公元一三一四年　元仁宗延祐元年　甲寅　六十一岁

仕于大都。元旦朝会，作《万年欢》曲。又题韩滉《五牛图》。题李成《寒鸦图》、绘《天马图》。作《赤兔鹘赋》颂廷臣伯帖木儿。迁集贤学士（正二品）、资德大夫。

公元一三一五年　元仁宗延祐二年　乙卯　六十二岁

书《大元万寿宫敕藏御服碑》。绘《人马图》、《三马图》。题何澄《归庄图》（吉林省博物院藏）。行书《续千字文》（故宫博物院藏）。

友人元明善任礼部尚书。杨载登进士，授承务郎。

公元一三一六年　元仁宗延祐三年　丙辰　六十三岁

绘《落花游鱼图》。楷书《道德经卷》并于卷首绘白描《老子像》，楷书《胆巴碑》（皆故宫博物院藏）。程文海（钜夫）致仕，孟頫接任，书袁桷《七观帖》以赠南归。

秋进拜翰林学士承旨（从一品）、荣禄大夫，知制诰兼修国史，用一品例，推恩三代，赠管道升魏国夫人。作《自警》诗有句："齿豁童头六十三，一生事事总堪惭。唯余笔砚情犹在，留与人间作笑谈。"

马昫卒。

公元一三一七年　元仁宗延祐四年　丁巳　六十四岁

作《松下听琴图》。楷书《敕赐大龙兴寺祝延圣主本命长生碑》。绘《古木竹石图》赠道士吴全节归里省亲。

公元一三一八年　元仁宗延祐五年　戊午　六十五岁

奉敕跋王羲之《快雪时晴帖》楷书撰题《耕织图诗》《农桑图序》。跋唐怀素《论书帖》。约此际，柳贯（道传）在大都从赵孟頫学书法，孟頫为之临唐人帖。程文海卒，刘敏中卒。

六、晚年居家时期（六十六——六十九岁）

公元一三一九年　元仁宗延祐六年　己未　六十六岁

与袁桷赋诗唱和，有"霜鬓彩幡浑石称，强题新句慰羁情"句。绘《陶靖节像》。四月，因管道升疾作得旨南归。五月十日，管道升病逝于临清舟中，享年五十八岁。与子赵雍护柩还吴兴。数次致书中峰明本，极诉哀情，求允超度夫人亡灵。书《道德经》、行书《洛神赋卷》（故宫博物院藏）。跋旧诗，行书《嵇叔夜与山巨源绝交书》（故宫博物院藏）。

冬，仁宗遣使召还京，孟頫因病不赴。朱德润游大都，得孟頫推荐被任命为应奉翰林文字、同知制诰兼修国史院编修官。

公元一三二〇年　元仁宗延祐七年　庚申　六十七岁
居吴兴。仁宗崩，英宗(硕德八剌)即位。临王羲之帖二十二段。跋旧作《红衣罗汉图》(辽宁省博物馆藏)。楷书《杭州福神观记》(故宫博物院藏)。为崔汝晋书《道德经》。行书欧阳修《昼锦堂记》。楷、行书陆机《文赋》赠来访之杨载。小楷书《汲黯传》卷。绘《桐阴高士图》，邓文原题诗。

李衎卒于维扬。

公元一三二一年　元英宗至治元年　辛酉　六十八岁
绘《古木竹石图》(故宫博物院藏)。英宗遣使命书《孝经》，寻移文乞致仕，未报。题旧临《右军乐毅论帖》。题高克恭《墨竹卷》并书苏轼《墨君堂记》于后。行书《平江路重修儒学记》(中国国家图书馆藏拓片)。为中峰明本绘《墨竹图》(故宫博物院藏)。行书《光福寺重建塔记》(上海博物馆藏)。

公元一三二二年　元英宗至治二年　壬戌　六十九岁
正月十七日，重题四十年前行书《杜工部秋兴诗四首卷》(上海博物馆藏)。英宗遣使至吴兴慰问病中孟𫖯，并赐衣、酒。于病中力疾书跋王献之十三行《洛神赋》。

四月十八日，目昏手弱，仍为亡友束季博之子束善甫所藏二十年前赵孟𫖯小楷《临黄庭经》跋文(旧藏日本长尾甲先生)。

六月辛巳，仍观书作字，谈笑如常，至黄昏，翛然而逝，享年六十九岁。

八月，杨载为撰《行状》，九月十日，与夫人管道升合葬于德清县千秋乡东衡山。

编委会：吴雪勇
　　　　洪　奔
　　　　李东霖

责任编辑：章腊梅
执行编辑：庄燕琳
特约编辑：张素琪
装帧设计：王　晟
责任校对：杨轩飞
责任印制：张荣胜

图书在版编目（CIP）数据

赵孟頫诗文全集 / 任道斌编校 . -- 杭州 : 中国美术学院出版社 , 2023.10
ISBN 978-7-5503-3064-1

Ⅰ . ①赵… Ⅱ . ①任… Ⅲ . ①古典诗歌－诗集－中国－元代②古典散文－散文集－中国－元代 Ⅳ .
① I214.72

中国国家版本馆 CIP 数据核字 (2023) 第 137372 号

赵孟頫诗文全集

任道斌　编校

出版发行：中国美术学院出版社
地　　址：中国·杭州市南山路218号/邮政编码：310002
网　　址：http://www.caapress.com
经　　销：全国新华书店
印　　刷：浙江海虹彩色印务有限公司
版　　次：2023年10月第1版
印　　次：2023年10月第1次印刷
印　　张：10.75
开　　本：890mm × 1240mm　1/32
字　　数：220千
图　　数：3
印　　数：0001—2000
书　　号：ISBN 978-7-5503-3064-1
定　　价：89.00元